LE VOYEUR

ALAIN ROBBE-GRILLET

LE VOYEUR

LES ÉDITIONS DE MINUIT

© 1955 by LES ÉDITIONS DE MINUIT
7, rue Bernard-Palissy, 75006 Paris

ISBN 2-7073-0243-0

I

C'était comme si personne n'avait entendu.

La sirène émit un second sifflement, aigu et prolongé, suivi de trois coups rapides, d'une violence à crever les tympans — violence sans objet, qui demeura sans résultat. Pas plus que la première fois il n'y eut d'exclamation ou de mouvement de recul ; sur les visages, pas un trait n'avait seulement tremblé.

Une série de regards immobiles et parallèles, des regards tendus, presque anxieux, franchissaient — tentaient de franchir — luttaient contre cet espace déclinant qui les séparait encore de leur but. L'une contre l'autre, toutes les têtes étaient dressées dans une attitude identique. Un dernier jet de vapeur, épais et muet, dessina dans l'air au-dessus d'elles un panache — aussitôt apparu qu'évanoui.

Légèrement à l'écart, en arrière du champ que venait de décrire la fumée, un voyageur restait étranger à cette attente. La sirène ne l'avait pas plus arraché à son absence que ses voisins à leur passion. Debout comme eux, corps et membres rigides, il gardait les yeux au sol.

On lui avait souvent raconté cette histoire. Lorsqu'il était tout enfant — vingt-cinq ou trente années peut-être auparavant — il possédait une grande boîte en carton, une ancienne boîte

9

à chaussures, où il collectionnait des morceaux de ficelle. Il ne conservait pas n'importe quoi, ne voulant ni des échantillons de qualité inférieure ni de ceux qui étaient trop abîmés par l'usage, avachis ou effilochés. Il rejetait aussi les fragments trop courts pour pouvoir jamais servir à quoi que ce soit d'intéressant.

Celui-ci aurait à coup sûr fait l'affaire. C'était une fine cordelette de chanvre, en parfait état, soigneusement roulée en forme de huit, avec quelques spires supplémentaires serrées à l'étranglement. Elle devait avoir une bonne longueur : un mètre au moins, ou même deux. Quelqu'un l'avait sans doute laissé tomber là par mégarde, après l'avoir mise en pelote en vue d'une utilisation future — ou bien d'une collection.

Mathias se baissa pour la ramasser. En se relevant il aperçut, à quelques pas sur la droite, une petite fille de sept ou huit ans qui le dévisageait avec sérieux, ses grands yeux tranquillement posés sur lui. Il esquissa un demi-sourire, mais elle ne prit pas la peine de le lui rendre et ce n'est qu'au bout de plusieurs secondes qu'il vit ses prunelles glisser vers la pelote de ficelle qu'il tenait dans la main, à la hauteur de sa poitrine. Il ne fut pas déçu par un examen plus minutieux : c'était une belle prise — brillante sans excès, tordue avec finesse et régularité, manifestement très solide.

Un instant il lui sembla la reconnaître, comme un objet qu'il aurait lui-même perdu très longtemps auparavant. Une cordelette toute semblable avait dû déjà occuper une place importante dans ses pensées. Se trouvait-elle avec les autres dans la boîte à chaussures ? Le souvenir obliqua tout de suite vers la lumière sans horizon d'un paysage de pluie, où nulle ficelle ne tenait de rôle visible.

Il n'avait plus qu'à la mettre dans sa poche. Mais il ne fit qu'en ébaucher le geste et s'attarda, le bras encore à moitié plié, indécis, à considérer sa main. Il vit que ses ongles étaient trop longs, ce qu'il savait déjà. En outre il constata qu'ils avaient, en poussant, pris une forme exagérément pointue ; naturellement ce n'est pas de cette façon-là qu'il les taillait.

L'enfant regardait toujours dans sa direction. Pourtant il était difficile de préciser si c'était lui qu'elle observait, ou bien quelque chose au delà, ou même rien de défini ; ses yeux paraissaient presque trop ouverts pour qu'ils pussent recueillir un élément isolé, à moins qu'il ne fût de dimensions très vastes. Elle devait seulement regarder la mer.

Mathias laissa retomber son bras. Brusquement les machines s'arrêtèrent. La trépidation cessa d'un seul coup, en même temps que le bruit de fond qui accompagnait le navire depuis son départ. Tous les passagers se taisaient, immobiles, serrés les uns contre les autres à l'entrée de la coursive déjà bondée, par où la sortie allait s'effectuer. Prêts pour le débarquement depuis de longues minutes, la plupart d'entre eux tenaient leurs bagages à la main. Tous avaient la figure tournée vers la gauche et les yeux fixés sur le haut de la jetée, où une vingtaine de personnes se trouvaient rassemblées en un groupe compact, également silencieux et figé, cherchant un visage à reconnaître parmi la foule du petit vapeur. De part et d'autre l'expression était la même : tendue, presque anxieuse, bizarrement uniforme et pétrifiée.

Le navire avançait sur son erre, dans le seul bruissement

de l'eau qui se fend et glisse contre la coque. Une mouette grise, venant de l'arrière à une vitesse à peine supérieure, passa lentement à bâbord, devant la jetée, planant sans faire le plus imperceptible mouvement à la hauteur de la passerelle, la tête inclinée sur le côté pour épier d'un œil vers le bas — un œil rond, inexpressif, insensible.

Il y eut un appel de timbre électrique. Les machines se remirent à fonctionner. Le navire amorça une courbe qui le rapprochait avec précaution du débarcadère. Le long de son autre bord, la côte défila rapidement : le phare trapu à bandes noires et blanches, le fort à demi en ruines, l'écluse du bassin, les maisons alignées sur le quai.

« Il est à l'heure, aujourd'hui », dit une voix. Et quelqu'un rectifia : « Presque. » Peut-être était-ce la même personne.

Mathias regarda sa montre. La traversée avait duré juste trois heures. De nouveau la sonnerie électrique retentit ; puis encore une fois, quelques secondes plus tard. Une mouette grise, toute semblable à la première, passa dans le même sens, suivant sans un tremblement d'aile, avec la même lenteur, la même trajectoire horizontale — tête un peu tournée, bec pointant de côté vers le bas, œil fixe.

Le bateau n'avait plus l'air de progresser, dans quelque direction que ce fût. On entendait pourtant, à l'arrière, le bruit de l'eau violemment brassée par l'hélice. La jetée, main-tenant toute proche, dominait le pont d'une hauteur de plusieurs mètres ; la marée devait être basse. La cale qui allait servir pour l'accostage montrait à sa partie inférieure une surface plus lisse, brunie par l'eau et couverte à moitié de mousses verdâtres. En regardant avec plus d'attention, on voyait le bord de pierre qui se rapprochait insensiblement.

Le bord de pierre — une arête vive, oblique, à l'intersection de deux plans perpendiculaires : la paroi verticale fuyant tout droit vers le quai et la rampe qui rejoint le haut de la digue — se prolonge à son extrémité supérieure, en haut de la digue, par une ligne horizontale fuyant tout droit vers le quai.

Le quai, rendu plus lointain par l'effet de perspective, émet de part et d'autre de cette ligne principale un faisceau de parallèles qui délimitent, avec une netteté encore accentuée par l'éclairage du matin, une série de plans allongés, alternativement horizontaux et verticaux : le sommet du parapet massif protégeant le passage du côté du large, la paroi intérieure du parapet, la chaussée sur le haut de la digue, le flanc sans gardefou qui plonge dans l'eau du port. Les deux surfaces verticales sont dans l'ombre, les deux autres sont vivement éclairées par le soleil — le haut du parapet dans toute sa largeur et la chaussée à l'exception d'une étroite bande obscure : l'ombre portée du parapet. Théoriquement on devrait voir encore dans l'eau du port l'image renversée de l'ensemble et, à la surface, toujours dans le même jeu de parallèles, l'ombre portée de la haute paroi verticale qui filerait tout droit vers le quai.

Vers le bout de la jetée, la construction se complique, la chaussée se divise en deux : du côté du parapet un passage rétréci conduisant jusqu'au fanal, et, sur la gauche, la cale en pente rejoignant le niveau de l'eau. C'est ce dernier rectangle, incliné et vu de biais, qui attire les regards ; coupé en diagonale par l'ombre de la paroi qu'il longe, il présente de façon satisfaisante pour l'œil un triangle sombre et un triangle clair.

Tous les autres plans sont brouillés. L'eau du port n'est pas assez calme pour que l'on puisse y distinguer le reflet de la digue. De même, l'ombre de celle-ci n'y forme qu'une bande très imprécise, entamée sans cesse par les ondulations de la surface. L'ombre du parapet sur la chaussée tend, elle, à se confondre avec la face verticale qui la projette. Chaussée et parapet sont du reste encombrés de filets qui sèchent, de caisses vides et de grands paniers en osier — casiers à homards et à langoustes, bourriches à huîtres, pièges à crabes. Entre ces entassements circule avec peine la foule accourue pour l'arrivée du bateau.

Quant au bateau, il se trouve à un niveau si inférieur, lorsque la mer est basse, qu'il devient alors impossible d'apercevoir, depuis le pont, autre chose que la paroi abrupte de la digue fuyant tout droit vers le quai et interrompue à l'autre bout, un peu avant le fanal, par la cale d'accostage — oblique, s'achevant à la base en une surface plus lisse, brunie par l'eau, couverte à moitié de mousses verdâtres — toujours située à la même distance, comme si toute progression avait pris fin.

Pourtant, en regardant avec plus d'attention, on voyait le bord de pierre qui se rapprochait insensiblement.

Le soleil du matin, légèrement voilé comme à l'ordinaire, marquait à peine les ombres — suffisamment malgré tout pour diviser la pente en deux parties symétriques, l'une plus sombre, l'autre plus claire, pointant un bec aigu vers le bas de la descente, où l'eau montait en biseau et clapotait entre les algues.

Le mouvement qui portait le petit vapeur vers ce triangle de pierre, émergeant ainsi de l'obscurité, était oblique lui-même et d'une lenteur de plus en plus voisine de l'arrêt absolu.

Egale et cadencée en dépit de légères variations d'amplitude et de rythme — perceptibles à l'œil, mais n'excédant guère dix centimètres et deux ou trois secondes — la mer s'élevait et s'abaissait, dans l'angle rentrant de la cale. A la partie inférieure du plan incliné, l'eau submergeait et découvrait alternativement de grosses touffes d'algues vertes. De temps en temps, à intervalles sans doute réguliers quoique de période complexe, un remous plus fort venait rompre le bercement : deux masses liquides, arrivant à la rencontre l'une de l'autre, se heurtaient avec un bruit de gifle et quelques gouttes d'écume giclaient un peu plus haut contre la paroi.

Le flanc du navire continuait à se déplacer parallèlement au bord de la rampe ; la largeur du couloir qui l'en séparait encore devait diminuer peu à peu, en même temps que l'avance se poursuivait — était censée se poursuivre — le long de la jetée. Mathias essaya de prendre un repère. Dans l'angle de la cale, l'eau montait et descendait, contre la paroi de pierre brune. A cette distance déjà grande du rivage, on ne voyait à la surface aucune de ces menues épaves qui salissent le fond des ports. Les algues qui poussaient au bas de la rampe — que le flot soulevait et laissait retomber tour à tour — étaient fraîches et luisantes, comme celles venues des grands fonds ; elles ne devaient jamais rester longtemps à découvert. Chaque petite vague entraînait en montant l'extrémité libre des touffes, qu'elle ramenait aussitôt en arrière, pour abandonner à nouveau sur la pierre ruisselante, étendues et molles, orientées dans le sens de la pente, leurs masses de rubans emmêlés. De temps en temps un remous plus fort inondait un peu plus haut et laissait en se retirant, dans un creux du pavage, une mince flaque

15

brillante, vite asséchée, où le ciel se reflétait pendant quelques instants.

Contre la paroi verticale en retrait, Mathias finit par arrêter son choix sur un signe en forme de huit, gravé avec assez de précision pour qu'il pût servir de repère. Cette marque se trouvait exactement en face de lui, c'est-à-dire à quatre ou cinq mètres sur la gauche du point d'émergence de la cale. Une brusque montée du niveau la fit disparaître. Quand il revit, trois secondes plus tard, l'emplacement qu'il s'était efforcé de ne pas quitter des yeux, il ne fut plus tout à fait sûr d'y reconnaître le dessin repéré ; d'autres anfractuosités de la pierre ressemblaient autant — et ne ressemblaient pas plus — à ces deux petits cercles accolés dont il conservait l'image.

Quelque chose tomba, jeté du haut de la digue, et vint se poser à la surface de l'eau — un bouchon de papier, de la couleur des paquets de cigarettes ordinaires. Le niveau montait, dans l'angle rentrant, en même temps qu'un ressac plus fort arrivait du plan incliné. Le choc périodique eut lieu juste sur la boule de papier bleu, qui fut engloutie dans un bruit de gifle ; quelques gouttes d'écume giclèrent contre la paroi verticale, tandis qu'un violent remous submergeait derechef les touffes d'algues et poursuivait au delà, jusqu'à la dépression creusée dans le pavage.

La vague se retira aussitôt ; les algues molles restèrent étendues sur la pierre mouillée, allongées côte à côte dans le sens de la pente. Dans le triangle de lumière, la petite flaque reflétait le ciel.

Avant qu'elle ne se soit entièrement vidée, l'éclat en fut obscurci soudain, comme par le passage d'un grand oiseau.

Mathias leva les yeux. Venant de l'arrière, la mouette grise imperturbable décrivait une fois de plus, avec la même lenteur, sa trajectoire horizontale — ailes immobiles, déployées en double voûte entre les pointes légèrement tombantes, tête penchée vers la droite surveillant l'eau d'un œil rond — l'eau — à moins que ce ne fût le navire — ou rien du tout.

Si c'était une mouette dont le reflet venait de passer sur la flaque, ce ne pouvait en tout cas, d'après leurs positions respectives, être celle-là.

Dans le triangle de lumière, le creux de la chaussée était à sec. A la limite inférieure de la rampe, le flot, en s'élevant, renversait les algues vers le haut. Quatre ou cinq mètres plus à gauche, Mathias aperçut le signe gravé en forme de huit.

C'était un huit couché : deux cercles égaux, d'un peu moins de dix centimètres de diamètre, tangeants par le côté. Au centre du huit, on voyait une excroissance rougeâtre qui semblait être le pivot, rongé par la rouille, d'un ancien piton de fer. Les deux ronds, de part et d'autre, pouvaient avoir été creusés à la longue, dans la pierre, par un anneau tenu vertical contre la muraille, au moyen du piton, et ballant librement de droite et de gauche dans les remous de la marée basse. Sans doute cet anneau servait-il autrefois à passer une corde, pour amarrer les bateaux en avant du débarcadère.

Il était cependant placé si bas qu'il devait demeurer presque tout le temps sous l'eau — et quelquefois sous plusieurs mètres d'eau. D'autre part ses dimensions modestes ne paraissaient pas en rapport avec la grosseur des cordages utilisés d'ordinaire, même pour les petites barques de pêche. On n'aurait pu guère y nouer que de fortes cordelettes. Mathias tourna son regard de quatre-vingt-dix degrés, en direction de la foule des voyageurs, puis il l'abaissa vers le pont du navire. On lui avait souvent raconté cette histoire. C'était par un jour de pluie ; on l'avait laissé seul à la maison ; au lieu de faire un devoir de calcul pour le lendemain, il avait passé tout l'après-midi, installé à la fenêtre de derrière, à dessiner un oiseau de mer qui s'était posé sur un des pieux de la clôture, au bout du jardin.

C'était un jour de pluie — en apparence un jour de pluie comme les autres. Il était assis face à la fenêtre, contre la lourde table encastrée dans l'embrasure, deux gros livres rehaussant sa chaise, afin qu'il pût écrire commodément. La pièce était sans doute très sombre ; seul le dessus de la table devait recevoir assez de lumière du dehors pour que le chêne ciré luise — mais à peine. La page blanche du cahier constituait l'unique tache vraiment claire, avec peut-être aussi le visage de l'enfant — et, à la rigueur, ses mains. Il était assis sur les deux dictionnaires — depuis des heures déjà, probablement. Il avait presque achevé son dessin.

La pièce était très sombre. Dehors il pleuvait. La grosse mouette restait immobile sur son perchoir. Il ne l'avait pas vue arriver. Il ne savait pas depuis quand elle était posée là. D'habitude elles ne venaient pas si près de la maison, même par les plus mauvais temps, bien qu'il n'y eût entre le jardin et la mer que trois cents mètres de lande rase, ondulant vers une échancrure de la côte, limitée sur la gauche par le début de la falaise. Cette partie du jardin n'était rien de plus qu'un carré de lande où l'on plantait chaque année des pommes de terre et que l'on avait entouré, à cause des moutons, d'une clôture en fil de fer maintenue par des piquets de bois. L'inutile grosseur de ceux-ci montrait qu'ils n'avaient pas été conçus pour un pareil usage. Celui qui se dressait au bout de l'allée centrale était encore plus volumineux que les autres, malgré la minceur du portillon à claire-voie qu'il avait à soutenir ; c'était un poteau cylindrique, un tronc de pin grossièrement écorcé, dont l'extrémité presque plate formait, à un mètre cinquante du sol, un perchoir idéal pour la mouette. L'oiseau se présentait de profil, la tête tournée du côté de la barrière, un œil regardant vers la mer, l'autre vers la maison.

Entre la barrière et la maison, le carré de jardin ne contenait en fait de verdure, à cette époque de l'année, que quelques maigres mauvaises herbes d'arrière-saison, émergeant d'un tapis de végétations mortes qui pourrissaient depuis plusieurs jours sous la pluie.

Le temps était très calme, sans un souffle de vent. Il tombait une petite pluie, fine, continue, sans violence, qui, si elle bouchait l'horizon, ne suffisait pas à brouiller la vue pour de plus faibles distances. On aurait dit, au contraire, que dans cet air lavé les objets les plus proches bénéficiaient d'un supplément d'éclat — surtout lorsqu'ils étaient de couleur claire, comme la mouette. Il avait reproduit non seulement les contours de son corps, l'aile grise repliée, l'unique patte (qui masquait l'autre exactement) et la tête blanche avec son œil rond, mais aussi la commissure sinueuse du bec et sa pointe recourbée, le détail des plumes sur la queue, ainsi que sur le bord de l'aile, et jusqu'à l'imbrication des écailles le long de la patte.

Il dessinait sur un papier très lisse, avec un crayon à mine dure, taillé très fin. En appuyant à peine, afin de ne pas laisser de marque sur les pages suivantes du cahier, il obtenait un trait net et bien noir, qu'il n'avait jamais besoin d'effacer tant il prenait de précautions pour reproduire avec fidélité son modèle. La tête penchée vers son ouvrage, les avant-bras reposant sur la table de chêne, il commençait à ressentir de la fatigue d'être resté si longtemps assis, les jambes pendantes, sur un siège aussi peu confortable. Mais il n'avait pas envie de bouger.

Derrière lui toute la maison était vide et noire. Sauf quand le soleil du matin les éclairait, les pièces du devant, du côté de la route, étaient encore plus obscures que les autres. Pourtant celle-ci, où il s'installait pour travailler, ne recevait de jour que par cette seule fenêtre, petite et carrée, profondément enfoncée dans l'épaisseur du mur ; la tapisserie était très sombre, les meubles hauts, lourds, en bois foncé, serrés les uns contre les autres. Il y avait au moins trois immenses armoires, dont deux placées côte à côte, en face de la porte donnant sur le corridor. C'est dans la troisième que se trouvait, à l'étagère inférieure, dans le coin droit, la boîte à chaussures où il rangeait sa collection de ficelles.

Le niveau montait et descendait, dans l'angle rentrant, au bas de la cale. La boule de papier bleu, vite détrempée, s'était à demi déployée et nageait entre deux eaux, à quelques centimètres de la surface. On reconnaissait mieux, à présent, l'enveloppe d'un paquet de cigarettes ordinaires. Elle s'élevait et s'abaissait, en suivant le mouvement de l'eau, mais toujours sur la même verticale — sans se rapprocher ni s'éloigner de la paroi et sans se déplacer vers la droite ou la gauche. Sa position était facile à caractériser pour Mathias, qui la voyait juste dans la même direction que le signe en forme de huit creusé dans la pierre.

Comme il venait de faire cette constatation, il aperçut, environ à un mètre du premier et à la même hauteur, un second dessin en forme de huit couché — deux ronds gravés côte à côte, avec entre eux la même excroissance rougeâtre, qui semblait un résidu de fer. Ainsi, c'était deux anneaux qu'il y aurait eu scellés là. Le plus rapproché de la cale disparut aussitôt, submergé par une vague. L'autre, à son tour, fut englouti.

L'eau, baissant contre la paroi verticale, reflua en avant, pour opérer sa rencontre avec le ressac venu du plan incliné ; un petit cône de liquide jaillit vers le ciel dans un bruit de gifle, quelques gouttes retombèrent alentour ; et tout rentra dans l'ordre. Mathias chercha des yeux l'épave du paquet de cigarettes — incapable de dire à quelle place exacte celui-ci aurait dû surnager. Il est assis, face à la fenêtre, contre la lourde table encastrée dans l'embrasure.

La fenêtre est presque carrée — un mètre de large, à peine plus de haut — quatre vitres égales — sans rideau ni brise-bise. Il pleut. On n'aperçoit pas la mer, pourtant toute proche. Bien qu'il fasse grand jour, la lumière qui arrive du dehors est tout juste suffisante pour faire briller — faiblement — le dessus ciré de la table. Le reste de la pièce est très sombre car elle ne possède, malgré ses dimensions assez vastes, que cette unique ouverture située par surcroît dans un renfoncement, à cause de l'épaisseur du mur. La table carrée, en chêne foncé, s'engage dans l'embrasure d'une bonne moitié de sa largeur. Sur la table, les pages blanches du cahier, posé parallèlement au bord, constituent la seule tache claire — sans compter, au-dessus, quatre rectangles un peu plus grands : donnant sur le brouillard qui masque tout le paysage, les quatre carreaux de la fenêtre.

Il est assis sur une chaise massive, surmontée de deux dictionnaires. Il dessine. Il dessine une grosse mouette, blanche et grise, de l'espèce communément appelée goéland. L'oiseau est de profil, la tête dirigée vers la droite. On reconnaît la commissure sinueuse du bec et sa pointe recourbée, le détail des plumes sur la queue, ainsi que sur le bord de l'aile, et jusqu'à l'imbrication des écailles le long de la patte. On a l'impression, cependant, qu'il lui manque encore quelque chose.

Quelque chose manquait au dessin, il était difficile de préciser quoi. Mathias pensa néanmoins qu'il y avait quelque chose qui n'allait pas — ou bien qui manquait. A la place du crayon, dans sa main droite, il sentit le contact d'une pelote de grosse ficelle, qu'il venait à l'instant de ramasser sur le pont du navire. Il regarda le groupe des passagers, devant lui, comme s'il espérait y découvrir le propriétaire de l'objet, s'approchant le sourire aux lèvres pour lui réclamer son bien. Mais personne ne s'occupait de lui ni de sa trouvaille ; tous continuaient de lui tourner le dos. Un peu en retrait, la petite fille avait également l'air abandonnée. Elle était debout contre un des piliers de fer qui soutenaient l'angle du pont supérieur. Elle avait les deux mains ramenées derrière le dos, au creux de la taille, les jambes raidies et légèrement écartées, la tête appuyée à la colonne ; même dans cette position un peu trop rigide, l'enfant conservait une attitude gracieuse. Son visage reflétait la douceur à la fois confiante et réfléchie dont l'imagination pare les bonnes élèves. Elle était dans la même posture depuis que Mathias avait remarqué sa présence ; elle regardait toujours dans la même direction, là où se trouvait tout à l'heure la mer, mais où se dressait maintenant la paroi verticale de la jetée — toute proche.

Mathias venait de fourrer la cordelette dans la poche de sa canadienne. Il aperçut sa main droite, vide, avec ses ongles trop longs et trop pointus. Pour donner à ces cinq doigts une contenance, il y accrocha la poignée de la petite mallette qu'il avait tenue jusque-là dans la main gauche. C'était un objet de modèle courant, mais dont la fabrication solide inspirait confiance : en « fibre » très dure, d'un brun tirant sur le rouge avec des coins renforcés de couleur plus sombre — entre le tête-de-nègre et le chocolat. La poignée, articulée sur deux boucles en métal, était faite d'une matière plus souple qui devait imiter le cuir. La serrure, les deux charnières et les trois gros rivets apparents dans chacun des huit angles, paraissaient en cuivre comme la monture de la poignée, mais une légère usure des quatre rivets de la face inférieure révélait leur véritable nature : du métal blanc à peine cuivré ; il en allait évidemment de même pour les vingt autres rivets — et sans doute aussi pour le reste des ferrures.

L'intérieur était tapissé d'une garniture en cretonne imprimée, dont le dessin ne ressemblait qu'à première vue à ceux que l'on a l'habitude de trouver sur les tissus de ce genre, même dans des bagages de femme ou de jeune fille : au lieu de bouquets ou de petites fleurs, le sujet décoratif parsemant le fond consistait en de minuscules poupées, comme on pourrait en voir sur des rideaux pour chambre d'enfants. Mais, si l'on ne regardait pas de très près, on ne distinguait rien : seulement des taches de couleurs vives pointillant une toile crème — qui étaient aussi bien des bouquets de fleurs. La valise contenait un agenda de

format moyen, quelques prospectus et quatre-vingt-neuf bracelets-montres montés par séries de dix sur neuf cartons rectangulaires, dont l'un avait un emplacement vide.

Mathias avait déjà réussi une première vente, le matin
même, avant de monter à bord. Bien qu'il se soit agi d'une
montre de la série la moins chère — à cent quinze couronnes —
qui ne lui laissait pas un très gros bénéfice, il s'efforçait de
considérer ce début comme un signe favorable. Dans cette île,
son île natale, où il connaissait personnellement de nombreuses
familles — du moins où, malgré sa mauvaise mémoire des
visages, il pourrait sans mal, grâce aux renseignements recueillis
la veille, faire semblant de renouer avec de vieux souvenirs —
il risquait d'écouler en quelques heures une bonne partie de
sa marchandise. En dépit de l'obligation où il se trouvait de
reprendre le bateau dès quatre heures de l'après-midi, il risquait
même — ce n'était pas matériellement impossible — de vendre
au cours de cette brève journée la totalité de ce qu'il emportait
avec soi. D'ailleurs il n'était pas non plus limité par la contenance de sa mallette : il lui arrivait aussi quelquefois de prendre
des commandes et d'expédier ensuite les articles contre rem-
boursement.

En se bornant aux quatre-vingt-dix montres qui constituaient
son bagage, le bénéfice serait déjà considérable : dix à cent
quinze couronnes, soit mille cent cinquante, dix à cent trente,
mille trois cents, deux mille quatre cent cinquante, dix à cent
cinquante, dont quatre munies d'un bracelet spécial qui faisait
encore cinq couronnes supplémentaires... Pour simplifier le
calcul, Mathias supposa un prix moyen unitaire de deux cents
couronnes ; la semaine précédente il avait fait la somme exacte

pour un chargement de composition voisine, et ce chiffre de deux cents donnait une bonne approximation. Il en avait donc ainsi pour environ dix-huit mille couronnes. Son bénéfice brut variait entre vingt-six et trente-huit pour cent ; en comptant une moyenne de trente pour cent — trois fois huit vingt-quatre, trois fois un trois, trois et deux cinq — cela faisait plus de cinq mille couronnes, c'est-à-dire en réalité le bénéfice brut correspondant à une semaine entière de travail — de bon travail même — sur un terrain ordinaire. Comme frais particuliers, il n'y aurait que les soixante couronnes de la traversée en bateau (aller et retour), pratiquement négligeables.

Il avait fallu l'espoir de ce marché exceptionnel pour décider Mathias à entreprendre le voyage, qui n'était pas compris dans son plan théorique de prospection ; deux fois trois heures de mer représentaient en effet une complication et une perte de temps trop importantes pour une île de dimensions si réduites — à peine deux mille habitants — où rien d'autre ne l'attirait, ni amitiés de jeunesse ni vieux souvenirs d'aucune sorte. Les maisons de l'île se ressemblaient tant, qu'il n'était même pas certain de reconnaître celle où il avait passé presque toute son enfance et qui, sauf erreur, était aussi sa maison natale.

On lui affirmait que rien n'avait changé depuis trente ans, dans le pays, mais il suffit souvent d'un appentis rajouté contre le pignon, ou du ravalement de la façade, pour rendre une construction méconnaissable. En supposant que tout, jusqu'au plus petit détail, fût resté tel qu'il l'avait laissé lors de son départ, il devait encore compter avec les imprécisions et inexactitudes de sa propre mémoire, dont l'expérience justement lui avait appris à se méfier. Plus que les modifications réelles du décor, ou même que les zones floues — si nombreuses pourtant qu'elles l'empêchaient de saisir la plupart des images — il lui fallait craindre les représentations précises, mais fausses, qui pouvaient avoir çà et là pris la place de la terre et des pierres de jadis.

Enfin, toutes les maisons de l'île se ressemblaient : une porte basse encadrée par deux petites fenêtres carrées — et autant sur l'autre face. D'une porte à l'autre, un couloir dallé coupait l'habitation par le milieu, séparant les quatre pièces en deux groupes symétriques : d'un côté la cuisine et une chambre, de l'autre une deuxième chambre et cette pièce réservée qui était peut-être un salon, ou une salle à manger de cérémonie, ou bien une sorte de débarras. La cuisine et la chambre de devant, du côté de la route, recevaient le soleil du matin ; elles se trouvaient donc orientées vers l'est. Les deux autres pièces, par derrière, donnaient sans transition sur la falaise — trois cents mètres de lande rase, faiblement ondulée, s'abaissant à droite vers une échancrure de la côte. Les pluies d'hiver et le vent d'ouest battaient avec violence contre les fenêtres ; c'est seulement par temps plus calme que l'on pouvait laisser leurs volets ouverts. Il était resté tout l'après-midi, installé à la lourde table encastrée dans l'embrasure, à dessiner un oiseau de mer qui s'était posé sur un des pieux de la clôture, au bout du jardin.

Ni la disposition des lieux, ni leur orientation, ne fournissait d'indice suffisant. Quant à la falaise, elle était la même tout autour de l'île — ainsi d'ailleurs que sur le rivage d'en face. Les ondulations et les échancrures s'y confondaient avec autant d'aisance que les galets le long des plages, ou les mouettes grises entre elles.

Mathias, heureusement, s'en souciait peu. Il n'avait pas l'intention de rechercher la maison au bord de la lande, ni l'oiseau sur son perchoir. Il ne s'était renseigné avec tant de soin, la veille, sur la topographie oubliée de l'île et sur ses habitants, qu'en vue d'établir le circuit le plus commode et de faciliter son entrée en matière dans les foyers qu'il serait censé retrouver avec un si compréhensible plaisir. L'effort supplémentaire de cordialité — et surtout d'imagination — nécessité par l'entreprise, recevrait une récompense sans commune mesure, sous la forme des cinq mille couronnes de bénéfice qu'il comptait en retirer.

Il avait fort besoin de cet argent. Les ventes, depuis près de trois mois, restaient très en dessous de la normale ; si les choses ne s'arrangeaient pas, il lui faudrait dans peu de temps se débarrasser de son stock à bas prix — à perte probablement — et chercher une fois de plus un nouveau métier. Parmi les expédients envisagés pour se tirer d'affaire, la prospection immédiate de la petite île occupait une place importante. Dix-huit mille couronnes d'argent liquide signifiaient, en ce moment, beaucoup plus que la part de trente pour cent lui revenant là-dessus comme bénéfice : il ne remplacerait pas tout de suite les montres vendues et cette somme lui permettrait, ainsi, de patienter jusqu'à des jours meilleurs. Si ce territoire privilégié n'avait pas été compris dès le début dans son plan de travail, c'était sans doute qu'il désirait le tenir en réserve, prévoyant des périodes difficiles. Les circonstances, à présent, le contraignaient au voyage — dont les désagréments dans la pratique se révélaient multiples, comme cela était à craindre.

Le bateau partait à sept heures du matin, ce qui avait forcé Mathias à se lever plus tôt que de coutume. Lorsqu'il quittait la ville en autocar, ou par le chemin de fer régional, c'était presque toujours vers huit heures. Son domicile, en outre, était tout proche de la gare, mais très éloigné du port — et aucun des autobus du service urbain ne l'en rapprochait vraiment. Il valait autant faire tout le trajet à pied.

A cette heure matinale, le quartier Saint-Jacques était désert. En passant dans une petite rue, qu'il pensait être un raccourci, Mathias crut entendre une plainte, assez faible, mais semblant venir de si près qu'il tourna la tête. Il n'y avait personne à côté de lui ; la ruelle était aussi vide en arrière qu'en avant. Il allait poursuivre sa route, quand il perçut une seconde fois le même gémissement, très distinct, tout contre son oreille. A cet instant il remarqua la fenêtre d'un rez-de-chaussée — juste à portée de sa main droite — où brillait une lumière, quoiqu'il fît déjà grand jour et que la clarté du dehors ne pût être arrêtée par le simple rideau de voile qui pendait derrière les carreaux. La pièce, il est vrai, paraissait plutôt vaste et son unique fenêtre était de proportions médiocres : un mètre de large, peut-être, et à peine plus de haut ; avec ses quatre vitres égales, presque carrées, elle eût mieux convenu à une ferme qu'à cet immeuble citadin. Les plis du rideau empêchaient de bien distinguer le mobilier, à l'intérieur. On voyait seulement ce que la lumière électrique éclairait avec intensité, au fond de la chambre : l'abat-jour tronconique de la lampe — une lampe de chevet — et la forme plus vague d'un lit bouleversé. Debout près du lit, légèrement penchée au-dessus, une silhouette masculine levait un bras vers le plafond.

Toute la scène demeurait immobile. Malgré l'allure inachevée de son geste, l'homme ne bougeait pas plus qu'une statue.

Sous la lampe il y avait, posé sur la table de nuit, un petit objet rectangulaire de couleur bleue — qui devait être un paquet de cigarettes.

Mathias n'avait pas le temps d'attendre la suite — à supposer qu'une suite dût se produire. Il n'aurait même pas juré que les cris provenaient de cette maison ; il les avait jugés encore plus proches, et moins étouffés que par une fenêtre close. En y réfléchissant, il se demandait s'il avait entendu seulement des plaintes inarticulées : il croyait maintenant qu'il s'agissait de mots identifiables, bien qu'il lui fût impossible de se rappeler lesquels. D'après le timbre de sa voix — agréable, du reste, et sans aucune tristesse — la victime devait être une très jeune femme, ou une enfant. Elle était debout contre un des piliers de fer qui soutenaient l'angle du pont supérieur ; elle avait les deux mains ramenées derrière le dos, au creux de la taille, les jambes raidies et un peu écartées, la tête appuyée à la colonne. Ses grands yeux démesurément ouverts (alors que tous les passagers plissaient plus ou moins les paupières, à cause du soleil qui commençait à percer), elle continuait de regarder droit devant elle, avec la même tranquillité qu'elle mettait tout à l'heure à le regarder dans les yeux.

Devant une telle insistance, il avait cru d'abord que la pelote de ficelle lui appartenait. Elle pouvait en faire elle-même collection. Mais ensuite il trouva cette idée absurde ; ce n'était pas là du tout un jeu pour petite fille. Les garçons, au contraire, ont toujours plein leurs poches de couteaux et de ficelles, de chaînettes et d'anneaux, et aussi de ces tiges poreuses de clématite qu'ils allument en guise de cigarettes.

Il ne se souvenait pas, cependant, qu'on eût beaucoup encouragé ses goûts. Les belles pièces qui parvenaient à la maison étaient, le plus souvent, aussitôt confisquées pour quelque besogne ménagère. Quand il protestait, on avait l'air de ne pas comprendre son dépit, « puisque lui, de toute façon, n'en faisait rien ». La boîte à chaussure était rangée dans la plus grande armoire de la salle de derrière, sur l'étagère du bas ; l'armoire était fermée à clef et on ne lui donnait la boîte que lorsqu'il avait fini tous ses devoirs et appris ses leçons. Il attendait parfois plusieurs jours avant de pouvoir y placer une acquisition nouvelle ; jusque-là, il gardait celle-ci au fond de sa poche droite, où elle tenait compagnie à la petite chaîne en laiton qui, elle, y séjournait à demeure. Dans ces conditions, même une cordelette de grande finesse perd vite une partie de son brillant et de sa netteté ; les spires les plus exposées noircissent, la torsion des brins se relâche, des fils se soulèvent un peu partout. Le frottement continuel contre les maillons de métal accélérait sans doute l'usure. Il arrivait qu'au terme d'une attente trop longue la dernière découverte fût devenue bonne à jeter, ou à ficeler des emballages.

Une inquiétude lui traversa l'esprit : la plupart des fragments conservés dans la boîte y avaient été placés sans passer par la poche, ou après quelques heures à peine de cette épreuve. Quelle confiance, alors, leur accorder ? Evidemment moindre qu'aux autres. Il aurait fallu, pour compenser, leur faire subir un examen plus rigoureux. Mathias eut envie de reprendre dans sa canadienne le morceau de ficelle roulé en forme de huit, afin d'en étudier à nouveau la valeur. Mais il ne pouvait pas atteindre la poche droite avec sa main gauche, et sa main droite était occupée à tenir la petite valise. Il avait encore le temps de poser celle-ci à terre, avant de se trouver pris dans la confusion du débarquement, et même de l'ouvrir pour y mettre à l'abri la cordelette. Le contact trop rude des pièces de monnaie en bronze ou en argent ne valait rien pour elle. Comme Mathias n'éprouvait le besoin d'aucune compagnie pour jouer avec lui à ce jeu-là, il n'avait pas à porter sur soi les plus beaux échantillons dans le but de les faire admirer à ses camarades d'école — ignorant d'ailleurs s'ils y auraient pris le moindre plaisir. A la vérité, les ficelles dont les autres garçons emplissaient leurs poches ne semblaient avoir aucun rapport avec les siennes ; elles réclamaient en tout cas moins de précautions et leur donnaient visiblement moins de souci. Malheureusement la mallette des montres n'était pas la boîte à chaussures ; il évitait de l'encombrer d'objets douteux, risquant de produire une mauvaise impression sur la clientèle au moment où il étalerait sa marchandise. La présentation importait plus que tout le reste et il devait ne rien négliger, ne rien laisser au hasard, s'il désirait faire acheter quatre-vingt-neuf bracelets-montres par un peu moins de deux mille personnes — y compris les enfants et les miséreux.

Mathias essaya mentalement de diviser deux mille par quatre-vingt-neuf. Il s'embrouilla dans l'opération et préféra prendre le chiffre arrondi de cent comme diviseur, pour tenir compte des masures trop isolées qu'il ne visiterait pas. Cela représentait, environ, une vente pour vingt habitants — soit, en supposant des familles de cinq personnes en moyenne, une vente pour quatre foyers. Bien entendu, il savait par expérience que les choses se passaient différemment dans la pratique : dans une même famille, où l'on se sentait bien disposé à son égard, il réussissait quelquefois à placer deux ou trois montres d'un seul coup. Néanmoins le rythme global d'une unité toutes les quatre maisons serait difficile à atteindre — difficile, non pas impossible.

Le succès paraissait surtout, aujourd'hui, une affaire d'imagination. Il faudrait qu'il ait joué autrefois, sur la falaise, avec beaucoup plus de petits camarades qu'il n'en avait jamais connu. Ensemble ils auraient exploré, à marée basse, les régions rarement découvertes que peuplent des formes à la vraisemblance équivoque. Il apprenait aux autres l'art de faire s'épanouir les sabelles et les anémones de mer. En haut des plages, ils ramassaient d'incompréhensibles épaves. Ils surveillaient, pendant des heures, l'eau qui s'élevait et s'abaissait en cadence dans l'angle rentrant de la jetée, au bas de la cale d'accostage, et les algues qui se soulevaient et se couchaient, alternativement d'un côté puis de l'autre. Il leur confiait même ses ficelles et inventait avec eux toutes sortes d'amusements compliqués et incertains. Les gens n'ont pas tant de mémoire ; il leur fabriquerait des enfances qui les conduiraient tout droit à l'achat d'un chronomètre. Avec les jeunes, cela serait encore plus commode d'avoir bien connu un père, une mère, une grand-mère, ou n'importe quoi. .

Un frère et un oncle, par exemple. Mathias était arrivé au quai d'embarquement bien avant l'heure du départ. Il avait parlé avec un marin de la compagnie, qu'il apprit être comme lui natif de l'île ; toute sa famille habitait encore là-bas, sa sœur en particulier, qui vivait avec ses trois filles. Deux d'entre elles étaient fiancées, mais la plus jeune donnait beaucoup de mal à sa mère. On ne parvenait pas à la tenir en place et elle comptait, en dépit de son âge, un nombre inquiétant d'admirateurs. « C'est un vrai démon », répétait l'homme, avec un sourire qui montrait comme il aimait bien sa nièce, malgré tout. La maison était la dernière à la sortie du bourg, sur la route du grand phare. La dame était veuve — une veuve aisée. Les trois filles s'appelaient Maria, Jeanne et Jacqueline. Mathias, qui comptait s'en servir bientôt, ajoutait tous ces renseignements à ceux déjà récoltés la veille. Dans son métier, il n'y avait pas de détail superflu. Il connaîtrait le frère de longue date ; au besoin, il lui aurait vendu une « six rubis », que le marin utilisait depuis des années sans qu'elle ait eu besoin de la plus petite réparation.

A un geste que fit l'autre, Mathias vit distinctement qu'il ne portait pas de bracelet-montre. Ses poignets s'étaient dégagés des manches de sa vareuse tandis que, les deux bras levés, il bouclait la bâche à l'arrière de la camionnette postale. Le poignet gauche n'offrait pas non plus de bande plus claire, marquée sur la peau, comme on l'aurait observé si le bracelet n'était absent que depuis peu — pour un séjour chez l'horloger, par exemple. La montre, il est vrai, n'avait jamais besoin de réparation. Le marin, simplement, ne la portait pas les jours de semaine, de peur de l'abîmer dans son travail.

Les deux bras retombèrent. L'homme cria quelque chose, que l'on ne comprit pas du bateau, à cause du bruit des machines ; en même temps il s'écarta de la voiture, sur le côté, et fit un signe d'adieu au chauffeur. La camionnette, dont le moteur ne s'était pas arrêté, démarra aussitôt pour exécuter un virage rapide, sans hésitation, autour du petit pavillon de la compagnie.

L'employé en casquette galonnée qui avait contrôlé les billets, à la coupée, rentra dans le pavillon ; il referma la porte derrière lui. Le marin qui venait de dérouler l'amarre et de la

2

lancer sur le pont du navire tira de sa poche une blague à tabac et se mit en devoir de confectionner une cigarette. A sa droite, le mousse laissait pendre les bras, en les gardant à une certaine distance de son corps. Ils restaient seuls tous les deux sur le bout du quai, en plus de l'homme à la montre sans reproche ; celui-ci, apercevant Mathias, agita la main à son intention en souhait de bon voyage. Le bord de pierre commençait son mouvement oblique de recul.

Il était sept heures, exactement. Mathias, dont le temps se trouvait mesuré de façon très stricte, en fit la remarque avec satisfaction. Si la brume ne devenait pas trop épaisse, il n'y aurait pas de retard.

De toute manière, une fois là-bas, il ne faudrait pas perdre une minute ; c'est cette durée si brève, imposée à sa tournée, qui en constituait la difficulté principale. En effet la compagnie des vapeurs ne lui facilitait guère la tâche : il n'y avait que deux bateaux par semaine, qui faisaient l'aller et retour dans la même journée, l'un le mardi, l'autre le vendredi. Il n'était pas question de prendre pension dans l'île pendant quatre jours, c'est-à-dire pratiquement une semaine entière ; tout le bénéfice de l'opération, ou peu s'en faut, aurait disparu. Il devait donc se contenter de cette unique et trop courte journée, entre l'arrivée du bateau à dix heures et son départ à seize heures quinze. Il disposait ainsi de six heures et quinze minutes — soit trois cent soixante plus quinze, trois cent soixante-quinze minutes. Un calcul s'imposait : s'il voulait vendre ses quatre-vingt-neuf montres, combien de temps pouvait-il consacrer à chacune d'elles ?

Trois cent soixante-quinze divisé par quatre-vingt-neuf... En opérant avec quatre-vingt-dix et trois cent soixante, le résultat

était immédiat : quatre fois neuf trente-six — quatre minutes
par montre. Avec les nombres exacts, il resterait en plus un
léger battement : d'une part les quinze minutes omises dans
l'opération, d'autre part le temps correspondant à la vente
de la quatre-vingt-dixième montre (déjà vendue) — soit encore
quatre minutes — quinze et quatre, dix-neuf — dix-neuf
minutes de marge, pour ne pas risquer de manquer le bateau
du retour. Mathias tenta d'imaginer cette vente idéale qui ne
durait que quatre minutes : arrivée, boniment, étalage de la
marchandise, choix de l'article, paiement de la valeur inscrite
sur l'étiquette, sortie. Même en supprimant toute hésitation
de la part du client, toute explication complémentaire, toute
discussion quant au prix, comment espérer venir à bout d'un
déroulement complet en si peu de temps ?

La dernière maison à la sortie du bourg, sur la route du
phare, est une maison ordinaire : un simple rez-de-chaussée,
avec seulement deux petites fenêtres carrées encadrant une
porte basse. Mathias, en passant, frappe au carreau de la première fenêtre et, sans s'arrêter, continue jusqu'à la porte. Juste
à la seconde où il atteint celle-ci, il la voit s'ouvrir devant
lui ; il n'a même pas besoin de ralentir pour pénétrer dans le
corridor, puis, après un quart de tour à droite, dans la cuisine
où il pose aussitôt sa mallette à plat sur la grande table. D'un
geste prompt, il a fait jouer la fermeture ; le couvercle bascule,
comme mû par un ressort. Sur le dessus se trouvent les articles
les plus chers ; il saisit le premier carton dans la main gauche,
tandis que de la droite il soulève le papier protecteur et désigne
du doigt les trois belles montres pour dame, à quatre cent
vingt-cinq couronnes. La maîtresse de maison est debout près

de lui, entourée de ses deux filles aînées — une de chaque côté (un peu moins grandes que leur mère) — immobiles et attentives toutes les trois. Avec ensemble, dans un acquiescement rapide, identique et parfaitement synchronisé, elles inclinent toutes les trois la tête. Déjà Mathias détache du carton — arrache, presque — les trois montres, l'une après l'autre, pour les tendre aux trois femmes qui avancent l'une après l'autre la main — la mère d'abord, la fille de droite, la fille de gauche. La somme toute préparée est là, sur la table : un billet de mille couronnes, deux billets de cent couronnes et trois pièces en argent de vingt-cinq couronnes — mille deux cent soixante-quinze — quatre cent vingt-cinq multiplié par trois. Le compte y est. La valise se referme d'un coup sec.

Il voulait, en s'en allant, prononcer quelques paroles d'adieu, mais aucun son ne sortit de sa bouche. Il s'en rendit compte — ce qui lui fit en même temps penser que la scène entière était restée stupidement muette. Une fois sur la route, derrière la porte close, sa valise intacte à la main, il vit bien que tout était encore à faire. S'étant retourné, il frappa de sa bague contre le panneau, qui résonna profondément, comme un coffre vide.

La peinture vernie, refaite de fraîche date, imitait à s'y méprendre les veines et irrégularités du bois. D'après le son qu'elle venait de rendre, on ne pouvait douter que sous cette couche trompeuse la porte ne fût de bois véritable. A hauteur du visage, il y avait deux nœuds arrondis, peints côte à côte, qui ressemblaient à deux gros yeux — ou plus exactement à une paire de lunettes. Ils étaient figurés avec une minutie que l'on n'a pas coutume d'apporter à ce genre de décoration ; mais, bien que de facture en un sens réaliste, ils présentaient une perfection de lignes sortant presque de la vraisemblance, un visage somme toute artificiel à force de paraître concerté, comme si les accidents eux-mêmes y eussent répondu à des lois. Il aurait été cependant difficile de fournir la preuve, au moyen de quelque détail particulier, de l'impossibilité flagrante d'un pareil dessin dans la nature. Il n'est pas jusqu'à la symétrie suspecte de l'ensemble qui ne pût s'expliquer par un procédé courant de menuiserie. En grattant la peinture à cet endroit précis, on eût peut-être découvert dans le bois deux vrais nœuds, coupés justement de cette façon — ou offrant en tout cas une configuration très voisine.

Les fibres y formaient deux cercles foncés, épaissis l'un comme l'autre sur leurs bords intérieurs et supérieurs et munis chacun, en son sommet, d'une petite excroissance dirigée vers le haut. Plutôt qu'une paire de lunettes, on croyait voir deux anneaux peints en trompe-l'œil, avec les ombres qu'ils projetaient sur le panneau de bois et les deux pitons qui servaient à les fixer. Leur situation avait certes de quoi surprendre et leurs dimensions modestes semblaient peu en rapport avec la grosseur des filins utilisés d'ordinaire : on n'aurait pu guère y nouer que des cordelettes.

A cause des algues vertes qui croissaient sur la partie basse de la cale d'accostage, Mathias était obligé de choisir avec attention la place où il posait le pied, craignant de glisser, de perdre l'équilibre et d'endommager son précieux chargement.

En quelques pas, il fut hors de péril. Ayant achevé de gravir le plan incliné, il continua son chemin le long de la chaussée, sur le haut de la digue, qui menait tout droit vers le quai. Mais la foule des voyageurs s'écoulait avec beaucoup de lenteur, au milieu des filets et des pièges, et Mathias ne pouvait pas marcher aussi vite qu'il le désirait. Bousculer ses voisins n'avançait à rien, vu l'exiguïté et la complication du passage. Il n'avait qu'à se laisser porter. Néanmoins il se sentait gagné par une légère impatience. On tardait trop à lui ouvrir. Levant cette fois la main à hauteur de son visage, il frappa de nouveau — entre les deux yeux dessinés sur le bois. La porte, très épaisse sans doute, rendit un son mat qui dut à peine se remarquer de l'intérieur. Il allait recommencer en s'aidant de sa grosse bague, quand il entendit du bruit dans le vestibule.

Il s'agissait maintenant de mettre sur pied quelque chose d'un peu moins fantomatique. Il était indispensable que les clientes parlent ; pour cela il fallait d'abord leur adresser la parole. L'accélération exagérée des gestes constituait aussi un écueil important : faire vite n'empêchait pas de demeurer naturel.

La porte s'entrebâilla sur la tête méfiante de la mère. Dérangée dans son travail par cette visite inattendue et se trouvant en face d'une figure étrangère — dans une île si petite où elle connaissait tout le monde — elle s'apprêtait déjà à repousser le battant. Mathias était quelqu'un qui se trompait — ou bien un voyageur de commerce, ce qui ne valait pas mieux.

Evidemment, elle ne demanda rien. Il fit un effort qui lui parut considérable : « Bonjour, Madame, dit-il... Comment allez-vous ? » La porte lui claqua au nez.

La porte n'avait pas claqué, mais elle était toujours fermée. Mathias éprouva comme un début de vertige.

Il s'aperçut qu'il marchait trop près du bord, du côté où la digue ne possédait pas de parapet. Il s'arrêta pour laisser passer un groupe de personnes ; un rétrécissement du chemin libre, causé par l'accumulation de caisses vides et de paniers, étranglait dangereusement la file. Tout en bas de la paroi verticale sans garde-fou, son regard plongea vers l'eau, qui montait et descendait contre la pierre. L'ombre de la jetée la colorait d'un vert sombre, presque noir. Dès que le passage fut dégagé, il s'écarta du bord — vers la gauche — et reprit son cheminement.

Une voix, derrière lui, répéta que le bateau était à l'heure, ce matin. Mais cela n'était pas tout à fait exact : il avait accosté, en réalité, avec cinq bonnes minutes de retard. Mathias fit un mouvement du poignet, pour jeter un coup d'œil à sa montre. Toute cette arrivée était interminable.

Quand il put enfin pénétrer dans la cuisine, un temps sans rapport avec celui dont il disposait avait dû s'écouler, bien qu'il n'eût pas avancé d'un pouce ses affaires. La maîtresse de maison, visiblement, ne le laissait entrer qu'à contre-cœur. Il posa sa mallette à plat sur la grande table ovale qui occupait le milieu de la pièce.

« Vous allez juger vous-même », se força-t-il à prononcer ; mais en écoutant le son de sa propre phrase et le silence qui suivit, il sentit combien elle tombait à faux. Elle manquait de conviction — de densité — à un degré inquiétant ; c'était pire que de n'avoir rien dit. La table était recouverte d'une toile cirée à petites fleurs, comme aurait dû en porter la doublure de sa valise. Aussitôt qu'il eut ouvert celle-ci, il prit l'agenda pour le placer vivement au fond du couvercle renversé, dans l'espoir de dissimuler les poupées à sa cliente.

A la place de l'agenda, étalée bien en évidence sur le papier protégeant les premières montres, apparut la pelote de ficelle roulée en forme de huit. Mathias était devant la porte de la maison, en train de contempler les deux cercles aux déformations symétriques, peints côte à côte au centre du panneau. A la fin, il entendit du bruit dans le vestibule et la porte s'entre-bâilla sur la tête méfiante de la mère.

« Bonjour, Madame. »

Il crut un instant qu'elle allait répondre, mais il se trompait ; elle continua de le regarder sans rien dire. Son expression tendue — presque anxieuse — indiquait autre chose que de la surprise, autre chose que de la mauvaise humeur ou de la suspicion ; et si c'était de la crainte, on devinait mal ce qui la causait. Les traits du visage s'étaient figés dans la pose où ils avaient fait leur apparition — comme fixés à l'improviste sur une plaque photographique. Cette immobilité, loin d'en faciliter le déchiffrage, ne faisait que rendre plus contestable chaque essai d'interprétation : bien que la figure ait de toute évidence possédé un sens — un sens très banal et que l'on pensait au premier abord pouvoir aisément découvrir — elle fuyait sans cesse devant les références dans lesquelles Mathias tentait de l'emprisonner. Il était même difficile d'affirmer que ce fût lui qu'elle observait — lui qui provoquait sa méfiance, son étonnement, sa frayeur... — ou bien quelque chose au delà — par-dessus la route, le champ de pommes de terre qui la bordait, la clôture en fil de fer et la lande rase au delà — quelque chose qui venait de la mer.

Elle n'avait pas l'air de le voir. Il fit un effort qui lui parut considérable :

« Bonjour, Madame, dit-il. J'ai des nouvelles pour vous... »

Les prunelles n'avaient pas bougé d'un millimètre ; il eut pourtant l'impression — il imagina l'impression, il la tira, filet chargé de poissons, ou de trop d'algues, ou d'un peu de vase — il imagina que le regard s'arrêtait sur lui.

Le regard de la cliente était sur lui. « J'ai des nouvelles pour vous, des nouvelles de votre frère, votre frère le marin. » La dame ouvrit la bouche à plusieurs reprises, en remuant les lèvres comme si elle parlait — avec peine. Mais aucun son n'en sortit.

Puis, très bas, avec quelques secondes de retard, on entendit les mots : « Je n'ai pas de frère » — mots trop brefs qui ne correspondaient pas du tout aux mouvements exécutés, un instant auparavant, par les lèvres. Immédiatement après — en écho — arrivèrent les sons attendus, un peu plus distincts quoique déformés, inhumains, rappelant la voix d'un mauvais phonographe :

« Quel frère ? Tous mes frères sont marins. »

Pas plus que les lèvres, le regard n'avait bougé. Il fuyait toujours vers la lande rase, la falaise, la mer lointaine, au delà du champ et de sa clôture en fil de fer.

Mathias, sur le point d'abandonner, reprit l'explication à son début : il s'agissait du frère qui travaillait à la compagnie des vapeurs. La voix se fit plus régulière pour lui répondre : « Ah bien, oui, c'est Joseph. » Et elle demanda s'il y avait une commission.

A partir de là, heureusement, la conversation prit de la vigueur et s'accéléra. Les intonations et les physionomies commençaient à être au point ; gestes et paroles se mirent à fonctionner à peu près normalement : « ...montres-bracelets... ce qui se fait de mieux aujourd'hui, en même temps que de moins cher ; vendues avec bon de garantie et certificat d'origine, estampillées et numérotées, étanches, inoxydables, indéréglables, résistant au choc... » Il aurait fallu se rendre compte du temps que tout cela représentait, mais à ce moment la question de savoir si le frère portait une montre — et depuis quand — menaça d'amener une nouvelle rupture. Mathias eut besoin de toute son attention pour passer outre.

Il parvint ainsi sans encombre jusqu'à la cuisine et sa table ovale, où il déposa la mallette tout en continuant l'entretien. Ensuite il y eut la toile cirée et les petites fleurs de la toile cirée. Les choses allaient presque trop vite. Il y eut la pression des doigts sur la fermeture de la valise, le couvercle qui s'ouvrait largement, l'agenda reposant sur la pile des cartons, les poupées dessinées au fond du couvercle, l'agenda dans le fond du couvercle, sur la pile des cartons le bout de cordelette roulé en forme de huit, le bord vertical de la digue qui fuyait tout droit vers le quai. Mathias s'écarta de l'eau, en direction du parapet.

Parmi la file des voyageurs, devant lui, il chercha des yeux la petite fille qui regardait dans le vague ; il ne la vit plus — à moins qu'il ne l'ait vue sans la reconnaître. Il se retourna tout en marchant, pensant l'apercevoir en arrière. Il fut surpris de découvrir qu'il se trouvait maintenant le dernier. Derrière lui, la jetée était à nouveau déserte, faisceau de lignes parallèles délimitant une série de plans allongés, alternativement horizontaux et verticaux, bandes alternées d'ombre et de lumière. Tout au bout se dressait le fanal qui marquait l'entrée du port.

Avant d'arriver à l'extrémité, la bande horizontale formée

par la chaussée subissait une altération, elle perdait en un brusque rentrant les deux tiers de sa largeur et poursuivait, ainsi rétrécie, jusqu'à la tourelle du fanal, entre le parapet massif (du côté de la haute mer) et la paroi sans garde-fou décalée de deux ou trois mètres, plongeant abrupte dans l'eau noire. Pour Mathias, la rampe d'accostage n'était plus visible, à cause de sa forte pente, si bien que la chaussée à cet endroit semblait coupée sans raison.

De ce point à celui où il se tenait, l'espace en principe réservé à la circulation était tellement embarrassé d'objets de toutes sortes qu'il se demanda comment la foule des passagers et des parents venus à leur rencontre avait fait pour s'y frayer un chemin.

Lorsqu'il reprit vers le quai sa marche interrompue, il n'y avait plus personne sur la digue, de ce côté-là non plus. Elle s'était vidée d'un seul coup. Sur le quai, devant le front des maisons alignées, on ne voyait que trois ou quatre petits groupes, stationnant çà et là, et quelques isolés qui allaient de sens et d'autre, vaquant à leurs affaires. Les hommes portaient tous des pantalons de toile bleue, plus ou moins passés et bigarrés de rapiéçages, et l'ample vareuse des pêcheurs. Les femmes étaient en tablier et tête nue. Les uns comme les autres avaient aux pieds des sabots. Ce ne pouvait être là les voyageurs débarqués du bateau et leurs familles. Ceux-ci avaient disparu — soit dans leurs demeures déjà, soit peut-être dans une ruelle proche qui conduisait au centre du bourg.

Mais le centre du bourg ne se trouvait pas derrière les maisons bordant le port. C'était, ouverte par son plus petit côté sur le quai même, une place grossièrement triangulaire pointant

43

vers l'intérieur. Outre le quai, qui en constituait ainsi la base, quatre voies y débouchaient : une sur chacun des deux grands côtés (les moins importantes) et les deux autres au sommet du triangle — à droite la route du fort, qui contournait celui-ci avant de longer la côte vers le nord-ouest, et à gauche la route du grand phare.

Au centre de la place, Mathias remarqua une statue qu'il ne connaissait pas — du moins dont il n'avait pas gardé le souvenir. Dressée sur une éminence de granit sculpté imitant un roc naturel, une femme en costume du pays (que personne ne portait plus d'ailleurs) scrutait l'horizon, vers le large. Bien qu'il n'y eût aucune liste de noms gravée sur les faces du socle, ce devait être un monument aux morts.

Tandis qu'il passait le long de la haute grille de fer entourant la statue — cercle de barreaux rectilignes, verticaux et équidistants — il vit surgir à ses pieds, sur le trottoir aux larges dalles rectangulaires qui complétait l'ensemble, l'ombre de la paysanne de pierre. Elle était déformée par la projection, méconnaissable, mais bien marquée : très foncée par rapport au reste de la surface poussiéreuse et si nette de contours qu'il éprouva la sensation de buter contre un corps solide. Il fit un mouvement instinctif pour éviter l'obstacle.

Il n'avait pas encore eu le temps d'amorcer le crochet nécessaire que déjà il souriait de sa méprise. Il posa le pied en plein milieu du corps. Autour de lui les barreaux de la grille rayaient le sol avec la régularité oblique de ces feuilles blanches aux épais traits noirs, que l'on donne aux écoliers pour leur apprendre à pencher normalement leur écriture. Mathias, malgré qu'il en eût, appuya sur la droite pour être plus vite sorti du réseau. Il descendit sur le pavage inégal de la place. Le soleil, comme en témoignait la précision des ombres, avait achevé de dissiper la brume matinale. Il était rare, à cette saison, qu'une journée s'annonçât aussi belle.

Un café-tabac, qui faisait en même temps garage suivant ce qu'il avait appris la veille, se tenait en effet sur le côté droit du triangle, au coin de la ruelle qui conduisait au vieux bassin.

Devant la porte un grand panneau-réclame, soutenu en arrière par deux montants de bois, donnait le programme hebdomadaire du cinéma local. Les séances avaient sans doute lieu le dimanche dans le garage lui-même. Sur l'affiche aux couleurs violentes un homme de stature colossale, en habits Renaissance, maintenait contre lui une jeune personne vêtue d'une espèce de longue chemise pâle, dont il immobilisait d'une seule main les deux poignets derrière le dos ; de sa main libre il la serrait à la gorge. Elle avait le buste et le visage à demi renversés, dans son effort pour s'écarter de son bourreau, et ses immenses cheveux blonds pendaient jusqu'à terre. Le décor, dans le fond, représentait un vaste lit à colonnes garni de draperies rouges.

Le panneau était placé de telle façon — masquant en partie la porte d'entrée — que Mathias fut obligé de faire un détour pour pénétrer dans le café. Il n'y avait pas de clients dans la salle, ni patron derrière le comptoir. Au lieu d'appeler, après une minute d'attente il ressortit.

Personne ne se montrait aux alentours. L'endroit, du reste, donnait par sa structure même une impression de solitude. Hormis le bureau de tabac, il n'y avait pas une seule boutique : l'épicerie, la boucherie, la boulangerie, le café principal donnaient tous sur le port. En outre, plus de la moitié du côté gauche de la place était occupé par un mur d'enceinte haut de près de deux mètres — sans ouverture — au crépi délabré et dont le faîtage de tuiles manquait en plusieurs points. Au sommet du triangle, dans la fourche des deux routes, un petit bâtiment d'allure officielle, isolé par un bout de jardin, arborait au fronton de sa porte une longue hampe sans drapeau ; cela pouvait être une école, ou la mairie — ou les deux à la fois. Partout (sauf autour de la statue), l'absence complète de trottoir étonnait : la chaussée aux pavés anciens, pleine de creux et de bosses, arrivait au ras des maisons. Mathias avait oublié ce détail, comme tout le reste. Dans son inspection circulaire, son regard tomba de nouveau sur le panneau de bois. Il avait vu déjà cette affiche en ville, quelques semaines auparavant, placardée à de multiples exemplaires. Probablement était-ce à cause de son inclinaison inhabituelle qu'il remarquait pour la première fois la poupée salie et désarticulée qui traînait sur le sol, aux pieds du héros.

Il leva les yeux vers les fenêtres, au-dessus du café, dans l'espoir d'attirer enfin l'attention de quelqu'un. La maison, dont la simplicité touchait au dénuement, était à un seul étage comme toutes ses voisines, alors que le long du quai la plupart en comportaient un de plus. Il apercevait à présent, dans la ruelle qui débouchait en face de lui, l'arrière de celles dont il avait en venant cotoyé les façades — d'architecture aussi rudimentaire malgré leur taille un peu plus élevée. La dernière, à l'angle de la place et du quai, se détachait en un pan d'ombre sur l'eau scintillante du port. On voyait surgir du pignon l'extrémité libre de la jetée — également à contre-jour — marquée seulement d'une ligne horizontale de lumière, courant d'un bout à l'autre entre le parapet et la paroi intérieure, et réunie par un court trait oblique au bateau amarré contre la cale. Plus éloigné qu'il n'en avait l'air et placé de cette façon, devant la digue agrandie par la marée basse, celui-ci était devenu d'une petitesse dérisoire.

Mathias dut mettre la main en auvent devant ses yeux, pour les abriter du soleil.

Emergeant du coin des maisons, une femme en robe noire à large jupe et tablier étroit traversa la place vers lui. Afin de n'avoir pas à monter sur le trottoir du monument aux morts, elle décrivit une courbe, dont l'éventuelle pureté disparut dans les irrégularités du terrain. Quand elle ne fut plus qu'à deux ou trois pas, Mathias la salua et lui demanda si elle savait où il trouverait le patron du garage. Il voulait — ajouta-t-il — louer une bicyclette pour la journée. La femme lui désigna l'affiche du cinéma, c'est-à-dire le bureau de tabac situé derrière ; puis, apprenant qu'il n'y avait personne à l'intérieur, elle prit une mine affligée, comme si dans ce cas la situation avait été sans issue. Pour qu'il ne regrettât rien, elle avança l'opinion — en termes très confus — que ce garagiste ne lui aurait pas loué de bicyclette ; ou bien sa phrase signifiait plutôt...

A ce moment la tête d'un homme apparut dans l'encadrement de la porte, au-dessus du panneau-réclame.

« Tenez, dit la femme, voilà qu'on vient. » Et elle s'engagea dans la ruelle qui menait au bassin. Mathias s'approcha du buraliste.

« Belle fille ! Hein ? » fit celui-ci, avec un clin d'œil vers la ruelle.

Quoiqu'il n'eût rien vu de particulièrement attirant chez la personne en question, qui ne lui avait même pas semblé très jeune, Mathias rendit le clin d'œil — par souci professionnel. En fait, il ne lui était pas venu à l'esprit qu'on pût la considérer sous cet angle ; il se rappelait seulement qu'elle portait un mince ruban noir autour du cou, à la mode ancienne de l'île. Il se mit aussitôt à expliquer son affaire : il venait de la part du père Henry, le patron du café Transatlantique (un des grands établissements de la ville) ; il désirait louer une bicyclette pour la journée — une bonne bicyclette. Il la rapporterait dès quatre heures de l'après-midi, avant le départ du vapeur, car il n'avait pas l'intention de rester jusqu'au vendredi.

« Vous êtes voyageur ? demanda l'homme.

— Bracelets-montres », acquiesça Mathias, en donnant une tape légère à sa mallette.

« Ha ! Ha ! Vous placez des montres, répéta l'autre. C'est très bien, ça. » Mais tout de suite après, avec une grimace : « Vous n'en vendrez pas une, dans ce pays d'arriérés. Vous perdez votre temps.

— On va tenter sa chance, répondit Mathias avec bonne humeur.

— Bon, bon ; ça vous regarde. Alors, vous voulez un vélo ?

— Oui. Quelque chose qui marche, autant que possible. »

Le garagiste réfléchit un instant et déclara qu'à son avis on n'avait pas besoin de bicyclette pour faire le tour de six pâtés de maisons. Il désignait la place, autour d'eux, d'une moue ironique.

« Je fais surtout la campagne, expliqua Mathias. Une spécialité, en quelque sorte.

— Ah bon ! La campagne ? Parfait ! » approuva le garagiste.

Il avait prononcé le dernier mot en ouvrant de grands yeux : le commerce des montres avec les habitants de la falaise lui paraissait encore plus chimérique. L'entretien néanmoins demeurait très cordial — un peu long, simplement, au goût de Mathias. Son interlocuteur avait une façon curieuse de répondre, commençant toujours par abonder dans son sens, répétant au besoin les propres termes de sa phrase d'un ton convaincu, pour introduire le doute une seconde plus tard et tout détruire par une proposition contraire, plus ou moins catégorique.

« Enfin, conclut-il, vous visiterez le pays. Vous avez le beau temps. La falaise, il y a des gens qui trouvent ça pittoresque.

— Pour le pays, vous savez, je le connais déjà : c'est là que je suis né ! » répartit Mathias.

Et comme preuve de l'affirmation, il donna son nom de famille. Cette fois le garagiste se lança dans des considérations plus complexes d'où il ressortait, en même temps, qu'il fallait bien sûr être né là pour avoir eu l'idée saugrenue d'y venir en tournée, que l'espoir d'y vendre un seul bracelet-montre trahissait une méconnaissance totale de l'endroit, et qu'enfin des noms comme celui-là on en trouvait partout. Lui, du reste, n'était pas né dans l'île — certes non — et il ne comptait pas « y moisir ».

Quant à la bicyclette, l'homme en possédait une excellente, mais elle n'était pas « ici en ce moment ». Il irait la chercher « pour rendre service » ; Mathias pourrait en disposer dans une demi-heure, sans faute. Celui-ci remercia ; il s'accommoderait de cette solution ; il ferait ainsi, avant de prospecter les hameaux, un tour rapide des maisons du bourg et reviendrait prendre la machine au bout de trois quarts d'heure exactement.

A tout hasard, il proposa de faire voir sa marchandise : « articles splendides, garantis à toute épreuve et de prix imbattables ». L'autre ayant accepté, ils entrèrent dans la salle, où Mathias ouvrit sa valise sur la première table près de la porte. A peine eut-il soulevé le papier protégeant le carton supérieur, que son client se ravisa : il n'avait aucun besoin de montre-bracelet, il en portait une au poignet (il releva sa manche — c'était exact) et en tenait une deuxième en réserve. D'autre part il devait se dépêcher pour ramener à temps la bicyclette promise. Dans sa hâte, il poussait presque le voyageur hors du café. On eût dit qu'il venait d'agir dans le seul but de vérifier le contenu de la mallette. Qu'espérait-il donc y voir ?

Par-dessus le panneau de bois Mathias aperçut la statue de granit, qui coupait en deux la partie visible de la digue. Il descendit sur le pavage cahoteux et, pour contourner le panneau, fit un pas en direction de la mairie — de ce qui ressemblait à une mairie — en réduction. Si le bâtiment avait été plus neuf, sa taille l'aurait fait prendre pour une maquette.

De part et d'autre du fronton triangulaire dominant la porte, une décoration en bandeau courait tout le long de la façade, entre le rez-de-chaussée et l'étage — deux sinusoïdes inverses et emmêlées (c'est-à-dire décalées d'une demi-période sur le même axe horizontal). Ce motif, qui n'appartenait à aucun style, se répétait sous la corniche du toit.

Le regard, à partir de là, balaya vers la gauche toute la longueur de la place : le jardinet devant la mairie, la route du grand phare, le mur de clôture au faîtage croulant, la rue étroite et l'arrière des premières maisons ouvrant de l'autre côté sur le port, le pignon de celle du coin qui projetait son ombre sur les pavés, la partie centrale de la digue à contre-jour au-dessus d'un quadrilatère d'eau scintillante, le monument aux morts, le petit vapeur devant la cale marquée par un trait de lumière, l'extrémité libre de la digue avec son fanal, la haute mer jusqu'à l'horizon.

Le socle cubique du monument ne comportait aucune inscription, non plus, sur sa face sud. Mathias avait oublié d'acheter des cigarettes. Il le ferait tout à l'heure, en repassant. Dans la salle du bureau de tabac figurait, au milieu des réclames pour apéritifs, la pancarte répandue à travers toute la province par le syndicat des horlogers détaillants : « Une montre s'achète chez un Horloger. » Il n'y avait pas d'horloger dans l'île. Le buraliste mettait du parti-pris à dénigrer l'endroit et ses habitants. Son exclamation au sujet de la femme au ruban noir devait être une antiphrase — début resté sans suite d'un mode d'expression favori :

« Belle fille ! Hein ?

— Ça oui ! Pour une belle fille... On en mangerait !

— Eh bien, vous n'êtes pas difficile ! Elles sont toutes affreuses dans ce pays d'alcooliques.»

Les prédictions pessimistes du bonhomme (« Vous n'en vendrez pas une dans ce pays d'arriérés ») étaient, malgré tout, de mauvais augure. Sans y attacher d'importance objective — sans croire qu'elles correspondaient chez leur auteur à une connaissance réelle du marché, ou même à un pouvoir quelconque de divination — Mathias aurait préféré ne pas les avoir entendues. Il conservait aussi une certaine contrariété de la décision récente de commencer sa tournée par le bourg, alors que selon le programme établi il terminait au contraire par là — si la campagne lui en laissait le loisir avant le départ du bateau. Sa confiance — fabriquée avec soin, mais trop fragile — en était déjà ébranlée. Il cherchait encore à voir dans ce tremblement — dans cette rature propitiatoire — un gage de succès, il sentait en réalité vaciller sous lui toute l'entreprise.

Il allait donc, au départ, consacrer trois quarts d'heure à visiter ces maisons tristes, où il était sûr de n'essuyer que des échecs. Quand il partirait enfin sur sa bicyclette, il serait plus de onze heures. De onze heures à quatre heures quinze, il ne restait que cinq heures un quart — trois cent quinze minutes. D'autre part ce n'était pas quatre minutes par vente qu'il fallait compter, mais dix au moins. En utilisant ses trois cent quinze minutes au maximum, il n'arriverait à écouler que trente-et-une montres et demie. Et malheureusement ce résultat lui-même était faux : il devait d'abord déduire le temps considérable passé en déplacements et, surtout, le temps perdu avec les gens qui n'achèteraient rien — évidemment les plus nombreux. Sur deux mille habitants, d'après ses calculs les plus favorables (dans lesquels il plaçait les quatre-vingt-neuf montres), il y en avait de toute manière mille neuf cent onze qui refusaient ; à raison d'une seule minute par personne, cela représentait mille neuf cent onze minutes, soit — en divisant par soixante — plus de trente heures, rien que pour les refus. C'est de cinq fois moins qu'il disposait ! Un cinquième de minute — douze secondes — douze secondes par réponse négative. Autant valait abandonner tout de suite, puisqu'il n'avait même pas assez de temps pour se libérer de tous les refus.

Devant lui, le long du quai, s'alignaient les façades qui le remenaient vers l'entrée de la digue. L'éclairage frisant ne parvenait à y faire ressortir aucun relief, aucune prise où s'accrocher. Avec leur crépi de chaux taché d'humidité, elles étaient sans âge — comme sans époque. L'agglomération ne reflétait plus grand'chose de l'ancienne importance de l'île — importance toute militaire, il est vrai, mais qui avait permis aux siècles passés le développement d'un florissant petit port. Après l'abandon par la marine d'une base impossible à défendre contre les armes modernes, un incendie avait achevé de détruire la cité tombée en décadence. Les habitations reconstruites à la place, beaucoup moins cossues, n'étaient plus à l'échelle de l'immense jetée, qui ne protégeait à présent qu'une vingtaine de petits voiliers et quelques chalutiers de faible tonnage, ni du fort dont la masse encore imposante limitait le bourg de l'autre côté. Ce n'était là qu'un très modeste port de pêche, sans arrière-pays, sans débouchés. On débarquait les crustacés et les poissons de chalut sur le continent, où le bénéfice devenait de jour en jour plus médiocre. Les araignées de mer — spécialité de l'île — se vendaient particulièrement mal.

A marée basse, les dépouilles de ces crabes jonchaient la vase découverte au pied du quai. Parmi les pierres plates aux chevelures d'algues pourrissantes, sur l'étendue noirâtre à peine inclinée, où brillait çà et là une boîte de conserve provisoirement épargnée par la rouille, un fragment de faïence décoré de fleurettes, une écumoire presque intacte en émail bleu, on reconnaissait leurs carapaces bombées, hérissées d'épines, à côté de celles plus allongées et lisses des tourteaux. Il y avait aussi une quantité considérable de pattes anguleuses — ou de morceaux de pattes — un, deux ou trois articles, terminés par un ongle trop long, légèrement courbe, acéré — et de grosses pinces pointues, plus ou moins brisées, dont certaines étonnaient par leurs dimensions, dignes de véritables monstres. Sous le soleil du matin, l'ensemble dégageait une odeur déjà forte, sans être pourtant repoussante : mélange d'iode, de mazout et de crevette un peu passée.

Mathias, qui s'était écarté de son chemin pour s'approcher du bord, se retourna vers les maisons. Il retraversa toute la largeur du quai, en direction de la boutique formant le coin de la place — une sorte de mercerie-quincaillérie-bazar — et pénétra dans l'orifice obscur qui s'ouvrait entre elle et la boucherie.

La porte, qu'il avait trouvée entrebâillée, se referma d'elle-même doucement dès qu'il l'eut lâchée. Venant du grand soleil, il ne distingua plus rien. Il voyait, dans son dos (et orientée non pas vers lui mais dans le sens opposé), la vitrine de la quincaillerie. Il remarqua, sur la gauche, une écumoire en tôle émaillée, ronde et à long manche, toute semblable à celle qui émergeait de la vase, du même bleu, à peine plus neuve. En regardant mieux, il s'aperçut qu'un éclat assez gros avait sauté, laissant une marque noire en forme d'éventail, frangée de lignes concentriques qui mouraient en ton dégradé vers le bord. A droite, une douzaine de petits couteaux — tous pareils — montés sur un carton, comme des montres — pointaient en rond vers un dessin minuscule qui devait figurer le sceau du fabricant. Leur lame, longue de dix centimètres environ, était épaisse du côté non tranchant, mais très aiguisée de l'autre et beaucoup plus effilée que celle des couteaux habituels ; ils se rapprochaient davantage de stylets à section triangulaire, avec une seule arête amincie et coupante. Mathias ne se souvenait pas d'avoir jamais vu d'instruments comme ceux-là ; ils servaient sans doute aux pêcheurs pour quelque besogne spéciale de dépeçage — besogne très courante, puisque nulle indication ne prenait la peine de la préciser. Le carton s'ornait seulement d'un encadrement rouge, de la marque « L'Indispensable » inscrite en capitales tout en haut, et du label au centre de la roue dont les couteaux constituaient les rayons. Le dessin en représentait un arbre au tronc svelte et rectiligne, terminé par deux branches en i grec qui portaient une petite touffe de feuillage — dépassant à peine les deux branches sur les côtés, mais retombant jusqu'au creux de la fourche.

Mathias se retrouva sur la chaussée sans trottoir. Bien entendu, il n'avait pas vendu un seul bracelet-montre. A la devanture du quincailler on voyait aussi divers objets passant progressivement aux articles de mercerie : depuis les grosses boules de ficelle pour réparer les filets de pêche, jusqu'aux cordonnets tressés de soie noire et aux pelotes à épingles.

Passé la boucherie, Mathias fut absorbé par l'entrée suivante.

Il s'avançait dans le même couloir, étroit et sans lumière, dont il connaissait maintenant la configuration. Il n'obtint pas cependant plus de succès. A la première porte où il frappa, personne ne répondit. A la seconde une très vieille femme, aimable bien que tout à fait sourde, le contraignit vite à renoncer : comme elle ne comprenait rien à ce qu'il voulait, il se retira en faisant force sourires, l'air pleinement satisfait de sa visite ; plutôt surprise d'abord, la vieille prit le parti de se réjouir aussi et même de le remercier avec chaleur. Après maintes courbettes réciproques, ils se séparèrent sur une poignée de mains pleine d'affection ; pour un peu elle l'aurait embrassé. Il monta l'escalier mal commode jusqu'au premier étage. Là, une mère de famille l'éconduisit sans lui laisser le temps de placer un mot ; il y avait un bébé qui hurlait dans l'appartement. Au deuxième étage il ne trouva que des enfants, laids et sales, craintifs, malades peut-être puisqu'ils n'étaient pas à l'école, un mardi.

De nouveau sur le quai, il revint d'un pas en arrière pour tenter de convaincre le boucher. Celui-ci avait deux clientes à servir ; ni lui ni elles ne firent assez attention à ses discours pour qu'il pût seulement ouvrir sa valise. Il n'insista pas, chassé par l'odeur froide de la viande.

La boutique qui suivait était le café « A l'Espérance ». Il y entra. La première chose à faire dans un café est toujours de boire. Il s'approcha du comptoir, posa la mallette à terre entre ses pieds et demanda une absinthe.

La fille qui servait, derrière le bar, avait un visage peureux et des manières mal assurées de chien battu. Quand elle s'enhardissait à lever les paupières, on voyait tout à coup deux grands yeux — beaux et sombres — mais ce n'était qu'un éclair ; elle les baissait aussitôt, ne laissant admirer que ses longs cils de poupée dormeuse. Ses formes un peu frêles ajoutaient encore à son air vulnérable.

Trois hommes — trois marins — que Mathias venait de rencontrer discutant devant la porte — entrèrent et s'assirent à une table. Ils commandèrent du vin rouge. La serveuse fit le tour du bar, portant avec une prudence gauche la bouteille et les trois verres fourrés l'un dans l'autre. Sans souffler mot elle disposa ceux-ci en face des clients. Pour les emplir avec plus de précaution, elle inclina le haut du buste en courbant la tête de côté. Sous son tablier elle avait une robe noire, décolletée en rond dans le dos, sur la peau fragile. Sa coiffure lui dégageait complètement la nuque.

Un des marins s'était tourné vers le comptoir. Mathias, avant d'avoir eu le temps de comprendre ce qui l'arrachait à son propre regard, opéra une rotation brusque qui le ramena au verre d'absinthe — dont il but une gorgée. Devant lui se dressait un nouveau personnage, apparu contre le chambranle de la porte intérieure située près du tiroir-caisse. Mathias lui adressa un vague salut.

L'homme ne sembla pas le remarquer. Il gardait lui-même les yeux fixés sur la jeune fille qui finissait de servir le vin. Elle manquait d'habitude dans le métier. Elle versait trop lentement en surveillant sans cesse le niveau du liquide dans le verre, appliquée à n'en pas perdre une goutte. Lorsque le troisième fut plein jusqu'au bord, elle redressa la bouteille et, la tenant à deux mains, regagna sa place les yeux baissés. A l'autre bout du bar l'homme la considérait sans indulgence, qui marchait vers lui à pas menus. Elle dut entrevoir la présence de son maître — l'espace d'un battement de cils — car elle s'arrêta net, hypnotisée par les raies du plancher à la pointe de ses chaussures.

Les autres personnages étaient tous immobiles déjà. Une fois résorbé, à son tour, le déplacement craintif de la jeune fille — trop aléatoire pour se prolonger dans de telles conditions — la scène entière se solidifia.

Tout le monde se taisait.

La servante regardait le sol à ses pieds. Le patron regardait la servante. Mathias voyait le regard du patron. Les trois marins regardaient leurs verres. Rien ne révélait la pulsation du sang dans les veines — ne fût-ce qu'un tremblement.

Il serait vain de prétendre évaluer le temps que cela dura. Deux syllabes résonnèrent. Mais, au lieu de rompre le silence, elles firent corps avec lui de toutes parts :

« Tu dors ? »

La voix était grave, profonde, un peu chantante. Bien que prononcés sans colère, presque bas, les mots contenaient sous une douceur feinte on ne sait quelle menace. Sinon, ce pouvait être en cette apparence de menace, au contraire, que résidait la feinte.

Avec un décalage notable dans l'exécution — comme si l'ordre avait mis longtemps à lui parvenir, à travers des étendues de sable et d'eau stagnante — la jeune fille reprit son avance apeurée, sans relever la tête, vers celui qui venait de parler. (Avait-on vu bouger ses lèvres ?) Arrivée près de lui — à moins d'un pas de distance — à portée de sa main — elle se pencha pour remettre en place la bouteille — offrant sa nuque courbée, où saillait faiblement la pointe d'une vertèbre, à la base du cou. Puis, redressée, elle s'absorba dans l'essuyage méticuleux de verres fraîchement lavés. Dehors, derrière la porte vitrée, par delà les pavés et la vase, l'eau du port brillait au soleil en éclats dansants : losanges ondulant en flammes couchées d'arc gothique, lignes dont la rétraction crispée soudain dessine un éclair — qui s'étire d'un coup, se tend à l'horizontale, pour se briser à nouveau en zigzag — jeu de patience, assemblage toujours sans fissure aux incessantes dislocations.

A la table des marins, de l'air siffla entre des dents serrées — précédant de peu le retour de la parole.

Avec passion, mais à mi-voix, syllabes une à une repêchées :
« ...mériterait... », commença le plus jeune, qui poursuivait
quelque lent débat entamé ailleurs. « Elle mériterait... » Un
silence... Un petit sifflement... Les paupières plissées par l'exi-
gence de sa recherche, il sondait un recoin obscur où était
relégué le billard chinois. « Je ne sais pas ce qu'elle mériterait. »

« Hé ! oui », fit l'un des deux autres — son voisin — au
timbre plus sonore, traînant exagérément sur l'interjection
initiale.

Le troisième, assis en face, aspira le reste de vin au fond de
son verre et dit, placide, lassé déjà par ce sujet : « Des claques...
Et toi aussi. »

Ils se turent. Dans l'encadrement de la porte intérieure, le
patron avait disparu. L'espace d'un battement de cils, Mathias
aperçut les grands yeux sombres de la fille. Il but une gorgée.
L'essuyage des verres était terminé ; pour se donner une contenance, elle mit ses mains derrière le dos, sous prétexte de renouer
les cordons défaits de son tablier.

« Le fouet ! » reprit la voix du jeune homme. Il siffla entre
ses dents, deux coups secs, et répéta le mot d'un ton plus incertain — comme rêveur.

Juste au-dessous, Mathias regarda le fond d'alcool jaune et
trouble, devant soi. Il vit sa main droite posée sur le bord du
comptoir, les ongles qu'il avait négligé de tailler depuis trop
longtemps et leur anormale acuité.

Il enfonça la main dans la poche de sa canadienne, où il
sentit le contact de la cordelette. Il se rappela la valise à ses
pieds, le but de son voyage, l'urgence du travail. Mais le patron
n'était plus là et la serveuse ne devait pas disposer à la légère

de cent cinquante ou deux cents couronnes. Deux des buveurs appartenaient visiblement à la catégorie qui n'achète pas de bracelet-montre ; quant au plus jeune, il ressassait une quelconque histoire d'épouse infidèle ou de fiancée sans foi, dont il serait malaisé de le distraire.

Mathias acheva son absinthe et fit mine de payer la consommation, en remuant la monnaie dans sa poche.

« C'est trois couronnes sept », dit la jeune fille.

Contrairement à son attente, elle parlait avec naturel, sans aucune trace de gêne. L'absinthe n'était pas chère. Il aligna sur le comptoir les trois piécettes d'argent et les sept décimes en bronze, puis rajouta une demi-couronne toute neuve :

« Pour toi, petite.

— Merci, Monsieur. » Elle ramassa le tout — qu'elle laissa tomber pêle-mêle dans le tiroir-caisse.

« La patronne n'est pas là ? demanda Mathias.

— Elle est en haut, Monsieur », répondit la jeune fille.

La silhouette du cafetier se découpait de nouveau dans l'embrasure de la porte intérieure, exactement à la même place — non pas dans l'axe de l'ouverture, mais contre le montant droit — comme s'il n'avait pas bougé depuis sa première apparition. L'expression du visage était sans changement : fermée, dure, cireuse, sur laquelle on pouvait lire l'hostilité, ou le souci — ou seulement l'absence — selon les penchants de chacun ; on avait aussi bien le droit de lui prêter les desseins les plus ténébreux. La serveuse s'était courbée pour ranger les verres propres sous le comptoir. De l'autre côté de la porte vitrée, les reflets de l'eau vacillaient dans le soleil.

« Belle journée ! » dit Mathias.

Il se baissa et saisit sa valise de la main gauche. Il avait hâte maintenant de se retrouver dehors. Si personne ne lui répondait, il partirait sans insister davantage.

« Ce Monsieur voulait voir Madame Robin », dit à ce moment la voix tranquille de la jeune fille. L'eau du port, à demi en contre-jour, scintillait d'éclats insoutenables. Mathias passa la main droite sur ses yeux.

« A quel sujet ? » demanda le patron.

Mathias se retourna vers lui. C'était un homme de très grande taille, à la carrure imposante — presque un géant. L'impression de force qui s'en dégageait était encore accrue par une immobilité dont il semblait difficilement se départir.

« C'est Monsieur Robin », expliqua la jeune fille.

Mathias inclina la tête, avec un sourire aimable. Cette fois le cafetier lui rendit son salut, mais d'un signe à peine perceptible. Il devait avoir à peu près l'âge de Mathias.

« J'ai connu un Robin autrefois, dit celui-ci, quand j'étais tout gosse, il y a une trentaine d'années... » Et il se mit à évoquer, de façon assez vague, des souvenirs d'école applicables à n'importe qui dans l'île. « Robin, ajouta-t-il, c'était un costaud ! Jean, je crois qu'il s'appelait, Jean Robin...

— Un cousin, fit l'homme en hochant la tête. Et il n'était pas si costaud que ça... Il est mort, en tout cas.

— Non ?

— En trente-six, il est mort.

— C'est pas possible ? » s'exclama Mathias, soudain plein de tristesse. Son amitié pour ce Robin imaginaire augmentait sensiblement du fait qu'il ne risquait plus de le rencontrer en travers de ses inventions. Il signala, au passage, son propre

nom de famille et tenta de faire parler son interlocuteur, qui
se mettrait ainsi lui-même en confiance. « Et de quoi il est mort,
ce pauvre vieux ?

— C'est pour ça que vous vouliez voir ma femme ? » s'enquit
le vrai Robin, dont la perplexité pouvait ne pas être feinte.

Mathias le rassura. Le but de sa visite était tout différent :
il vendait des bracelets-montres et il avait justement de très
jolis modèles pour dames, qui intéresseraient à coup sûr une
femme de goût comme Mme Robin.

M. Robin fit un petit geste du bras — premier mouvement
réel depuis son entrée en scène — pour bien montrer qu'il
n'était pas dupe du compliment. Le voyageur eut un rire
entendu, qui malheureusement n'éveilla aucun écho. A la table
des marins, le bonhomme rougeaud assis à gauche de l'amoureux
berné répéta son « Hé ! oui » traînant — sans raison apparente,
puisque personne ne lui avait rien dit. Mathias se dépêcha de
préciser qu'il possédait aussi des articles pour hommes, d'une
qualité exceptionnelle vu leur prix, à l'abri de toute concurrence. Il aurait dû, sans attendre, ouvrir sa mallette et détailler
les avantages de la marchandise en la faisant admirer à la
ronde ; mais le comptoir était trop élevé pour permettre cette
opération, qui exigeait beaucoup d'aisance, et l'utilisation d'une
des tables de la salle l'obligeait à tourner le dos au patron, seul
client sérieux. Il opta néanmoins pour cette solution peu satisfaisante et commença son discours — trop à l'écart, donc, pour
risquer de convaincre qui que ce fût. Après avoir lavé, essuyé
et rangé son verre vide, la serveuse passait un torchon sur le
dessus en zinc du bar, à l'endroit où il venait de boire. A côté
de lui les trois marins avaient entamé une nouvelle discussion,

au beau milieu également, avec la même économie de mots
et la même lenteur, sans souci de progression ni de dénouement.
Il s'agissait à présent d'un lot de crabes-araignées (des « crochards », disaient-ils), à transporter sur le continent et ils n'é-
taient pas d'accord quant à la manière de les vendre — à cause,
semblait-il, d'un différend les opposant à leur mareyeur habituel.
A moins qu'ils ne fussent d'accord, mais pas tout à fait contents
de la décision prise. Pour clore le débat, le plus âgé — qui
faisait face aux deux autres — déclara que c'était sa tournée.
La jeune fille reprit la bouteille de vin rouge et sortit du bar,
à pas menus, en la portant avec précaution.

Mathias, qui s'était approché du cafetier afin de lui faire
voir de plus près une des séries de montres (celles à deux
cent cinquante couronnes, pour messieurs, avec grille de pro-
tection doublant le verre), vit le regard de l'homme quitter
le carton, en direction de la table où son employée servait le
vin. Elle tenait la tête penchée, en courbant le cou et les épaules,
pour mieux suivre la montée du liquide dans les verres. Sa
robe noire était décolletée en rond dans le dos. Ses cheveux
relevés lui dégageaient la nuque.

Comme on ne faisait plus attention à lui, Mathias alla replacer
le carton dans la valise. Le marin à la figure rouge leva les
yeux de son côté et lui adressa une rapide grimace de connivence.
En même temps il tapait sur le coude de son voisin :

« Et toi, petit Louis, tu veux pas une montre ? Hein ?
(Clin d'œil.) Pour faire cadeau à la Jacqueline ? »

En guise de réponse, le jeune homme siffla entre ses dents,
deux coups secs. La fille se redressa brusquement en tordant
la taille. Le temps d'un éclair, Mathias aperçut ses prunelles

et l'iris aux reflets sombres. Elle pivota sur ses talons, comme une marionnette, puis alla rapporter la bouteille derrière le comptoir, ayant aussitôt retrouvé son allure lente et fragile de poupée articulée, qu'il avait attribuée d'abord à la maladresse — à tort, probablement.

Il revint lui-même vers le cafetier, avec une série pour dames : les « fantaisies ».

« Et voici pour Madame Robin ; c'est ça qui lui ferait plaisir ! Deux cent soixante-quinze, la première. Trois cent quarante-neuf, celle-ci, avec un boîtier ancien. Ça vaut cinq cents couronnes comme un rien chez n'importe quel horloger, une machine pareille. Et le bracelet, moi, je le donne en prime ! Regardez ça : un vrai bijou ! »

Il en fut pour ses frais d'enthousiasme. A peine lancée, sa bonne humeur mal simulée s'éteignit d'elle-même. Le climat était trop défavorable. S'obstiner n'avait pas de sens, dans ces conditions. Personne ne l'écoutait.

Cependant, personne non plus n'avait refusé de façon explicite. Ils comptaient peut-être le laisser continuer jusqu'au soir, en jetant de temps à autre un coup d'œil distrait sur ses montres et en répondant deux ou trois mots, çà et là, pour l'empêcher de partir. Il valait mieux le faire tout de suite : la cérémonie du refus n'était en somme pas indispensable.

« Si ça vous amuse, dit enfin le patron, vous n'avez qu'à monter. Elle n'achètera rien, mais ça la distraira. »

Pensant que le mari l'accompagnerait, Mathias cherchait déjà un prétexte pour se dérober, quand il comprit qu'il n'en était rien : le cafetier lui expliquait en effet le chemin qu'il devait prendre pour trouver son épouse, occupée à faire le ménage ou la cuisine — dit-il — ce qui rendait assez étrange l'idée qu'elle eût encore besoin de distraction. Quoi qu'il en soit, Mathias décida d'accepter cette dernière tentative, espérant récupérer ses moyens de persuasion hors de la présence du géant au visage muré. Jusqu'ici, il avait eu constamment l'impression de parler dans le vide — un vide des plus hostiles, qui dévorait à mesure ses paroles.

Il boucla sa mallette et gagna le fond de la salle. Au lieu de le faire passer par la porte s'ouvrant derrière le bar, on lui avait indiqué une autre issue, située dans le coin du billard chinois.

Le battant refermé, il se trouva dans un vestibule assez malpropre, vaguement éclairé par une petite porte vitrée donnant sur une cour intérieure, elle-même profonde et sombre. Les murs, autour de lui, peints jadis d'une couleur ocre-jaune uniforme, étaient salis, écaillés, éraflés, fendus par endroits. Le bois du plancher et des marches, bien que visiblement usé par de fréquents lavages autant que par les semelles, était noir de poussière incrustée. Divers objets encombraient les angles : des caisses de bouteilles vides, des grandes boîtes en carton ondulé, une lessiveuse, des fragments de meubles au rebut. On voyait qu'ils avaient été rangés là avec une certaine méthode, et non accumulés en désordre au hasard d'abandons successifs. D'ailleurs l'ensemble ne répugnait pas par une crasse excessive ; tout y paraissait en réalité très ordinaire : on notait simplement que les planchers n'étaient pas cirés (ce qui, du reste, correspondait à la normale) et que les peintures avaient besoin d'être refaites. Quant au complet silence qui régnait ici, il était beaucoup moins déprimant — et plus justifié — que la tension quasi muette qui envahissait à chaque instant le café.

Un étroit couloir prenait sur la droite, rejoignant sans doute l'arrière-boutique et, plus loin, la rue. Il y avait en outre deux escaliers, aussi exigus l'un que l'autre, profusion peu compréhensible car ils ne semblaient pas conduire à des ailes différentes de l'immeuble.

Mathias devait prendre le premier qu'il verrait devant soi, en sortant de la salle ; tous les deux pouvaient, dans une certaine mesure, satisfaire à cette définition, mais ni l'un ni l'autre entièrement. Il hésita quelques secondes et finit par choisir le plus éloigné, parce que l'autre était nettement en retrait. Il monta un étage. Là, il fut en présence de deux portes — comme on le lui avait annoncé — dont l'une ne possédait pas de poignée.

La deuxième n'était pas close, mais appliquée seulement contre le chambranle. Il y frappa sans trop insister, de peur de faire jouer le battant, qu'il sentait prêt à tourner sur ses gonds à la moindre poussée.

Il attendit. Le palier n'était pas assez clair pour qu'il pût distinguer si la peinture de la porte imitait les veines du bois, ou bien des lunettes, des yeux, des anneaux, ou les spires en forme de huit d'une ficelle roulée.

Il frappa de nouveau en s'aidant de sa grosse bague. Comme il le craignait, la porte s'ouvrit toute seule. Il se rendit compte ainsi qu'elle ne donnait encore que sur un vestibule. Après une nouvelle attente, il s'y avança, ne sachant plus où frapper. Trois portes se dressaient maintenant devant lui.

Celle du milieu bâillait largement. La pièce qu'elle offrait aux regards n'était pas la cuisine annoncée par le cafetier, mais une ch mbre spacieuse qui surprit Mathias par sa ressemblance avec quelque chose dont il ne sut pas, ensuite, préciser l'origine. Tout le centre en demeurait dégagé, si bien que

66

l'on remarquait dès le premier abord le carrelage noir et blanc revêtant le sol : octogones blancs, grands comme des assiettes, accolés par quatre de leurs côtés et ménageant ainsi entre eux la place à un nombre égal de petits carrés noirs. Mathias se souvint alors qu'une vieille habitude de l'île consistait à mettre des carreaux, et non du plancher, aux pièces les plus belles de la maison — plutôt d'ailleurs pour la salle à manger, ou le salon, que dans une chambre à coucher. Celle-ci, pourtant, ne laissait aucun doute sur sa destination : un lit vaste et bas occupait un des angles, son grand côté disposé le long du mur faisant face à la porte. Contre la cloison perpendiculaire, sur la droite, à la tête du lit, une table de nuit supportait une lampe de chevet. Venait ensuite une porte fermée, puis la coiffeuse, surmontée d'une glace ovale. Une descente de lit en peau de mouton naturelle complétait ce coin. Pour voir plus avant, le long de la cloison de droite, il aurait fallu passer la tête dans la pièce. De même, toute sa partie gauche restait masquée par le battant de la porte, entrouverte sur le vestibule où se tenait Mathias.

Le carrelage, sur le sol, était parfaitement propre. Aucune trace suspecte ne ternissait les dalles blanches, mates, unies, et comme neuves. L'ensemble avait un air net et presque coquet (malgré une certaine bizarrerie) qui contrastait avec le spectacle de l'escalier et du corridor.

Le caractère un peu anormal du lieu ne pouvait provenir uniquement de ce carrelage ; ses couleurs ne représentaient rien de si imprévu et sa présence dans une chambre à coucher s'expliquait aisément : par exemple à la suite d'une modification dans l'appartement, ayant conduit à permuter entre elles différentes pièces. Le lit, la table de chevet, le petit tapis rectangulaire, la coiffeuse à glace, étaient tous de modèles très courants, ainsi que le papier peint où de minuscules bouquets multicolores parsemaient un fond de teinte crème. Au-dessus du lit, un tableau à l'huile (ou une vulgaire reproduction, encadrée comme une toile de maître) figurait un coin de chambre tout à fait analogue : un lit bas, une table de chevet, une peau de mouton. A genoux sur celle-ci et tournée vers le lit, une petite fille en chemise de nuit est en train de faire sa prière, courbant la nuque et mains jointes. C'est le soir. La lampe éclaire, à quarante-cinq degrés, l'épaule droite et le cou de l'enfant.

Sur la table de nuit, la lampe de chevet était allumée — oubliée, puisqu'il faisait grand jour. La clarté venant du dehors, à peine tamisée par un simple rideau de voile, avait empêché Mathias de s'en rendre compte tout de suite ; mais l'abat-jour tronconique était, sans erreur possible, illuminé de l'intérieur. Juste au-dessous brillait un petit objet rectangulaire de couleur bleue — qui devait être un paquet de cigarettes.

Alors que tout le reste paraissait en ordre, le lit présentait au contraire un aspect de lutte, ou de ménage en cours. Les draperies d'un rouge sombre censées le recouvrir étaient défaites, bouleversées même, et pendaient d'un côté jusque sur le carrelage.

Une sorte de chaleur arrivait de la chambre, comme si un foyer quelconque y brûlait encore, à cette saison — invisible depuis la porte entrouverte du vestibule où s'était tenu Mathias.

Vers l'extrémité du palier, il y avait une poubelle vide et, plus loin, deux balais appuyés au mur. En bas de l'escalier, il hésita à emprunter le couloir étroit qui — pensait-il — le ramènerait directement au quai. Il rentra dans la salle de café, où il n'y avait plus personne. Il s'en consola vite : ces marins-là n'auraient rien acheté, ni le patron, ni la fille aux allures craintives, qui n'était probablement pas craintive du tout, ni gauche, ni soumise. Il ouvrit la porte vitrée et fut de nouveau sur les pavés bosselés et disjoints, devant l'eau scintillante du port.

Il faisait encore meilleur, à présent. Sa canadienne doublée de laine commençait à lui peser. Pour le mois d'avril, c'était véritablement une très belle journée.

Mais il n'avait déjà que trop perdu de temps et il ne s'attarda pas à se chauffer au soleil. Tournant le dos au bord du quai, qui dominait la bande de vase découverte jonchée de crabes aux pinces disloquées, vers laquelle il venait de faire quelques pas tout en songeant à autre chose, il revint à la ligne des façades et à l'exercice incertain de sa profession.

Devanture rougeâtre... Porte vitrée... Il manœuvra le bec de cane d'un mouvement automatique et se trouva dans la boutique suivante, basse de plafond, plus obscure que ses voisines. Une cliente, penchée sur le comptoir en face de la commerçante, vérifiait à l'envers une longue addition que celle-ci était en train d'effectuer sur un très petit rectangle de papier blanc. Il ne dit rien, de crainte de leur faire perdre le compte. La boutiquière, qui murmurait ses chiffres à mi-voix tout en les suivant de la pointe de son crayon, s'interrompit un instant pour sourire au nouvel arrivant et l'inviter, d'un signe de la main, à prendre patience. Elle se replongea aussitôt dans son opération. Elle allait si vite que Mathias se demanda comment l'autre faisait pour contrôler. D'ailleurs elle devait se tromper tout le temps car elle recommençait sans cesse les mêmes séries de nombres et ne semblait pas en venir à bout. Ayant prononcé avec plus de force : « Quarante-sept », elle inscrivit quelque chose sur le papier.

« Cinq ! » protesta la cliente.

Elles vérifièrent une fois de plus la colonne incriminée, en chœur maintenant et à haute voix, mais à une allure encore plus vertigineuse : « Deux et un trois et trois six et quatre dix... » Le magasin était bourré de marchandises diverses, entassées dans des casiers depuis le plancher jusqu'au plafond, et cela sur les quatre côtés ; on avait même placé des étagères derrière la vitre, déjà modeste, formant devanture — ce qui contribuait beaucoup à assombrir la salle. Par terre s'empilaient encore des paniers et des caisses. Enfin les deux larges comptoirs assemblés en L, qui occupaient le reste de la place disponible, disparaissaient sous un amoncellement d'objets de toutes sortes — à l'exception toutefois d'un demi-mètre carré de surface libre, où s'isolait le rectangle de papier blanc couvert de chiffres sur lequel se penchaient, de part et d'autre, les deux dames.

Les articles les plus variés se cotoyaient là pêle-mêle. Il y avait des bonbons, des tablettes de chocolat, des pots de confitures. Il y avait des jouets de bois découpé et des boîtes de conserve. Un cageot plein d'œufs reposait à même le sol. A côté, sur une claie, brillait un poisson solitaire, raide et bleu, fusiforme, long comme un poignard et bariolé de vaguelettes. Mais il y avait aussi des stylos et des livres, des sabots, des espadrilles et même des coupons de tissus. Et il y avait encore une quantité d'autres choses, de nature si disparate que Mathias regretta de ne pas avoir regardé avant d'entrer ce qui pouvait être indiqué sur l'enseigne de la boutique. Dans un angle, à hauteur des yeux, se dressait un mannequin pour étalage : un corps de jeune femme aux membres coupés — les bras juste au-dessous de l'épaule et les cuisses à vingt centimètres du tronc — dont la tête s'inclinait un peu, en avant et de côté, pour produire un effet « gracieux », et dont une hanche saillait plus que l'autre, dans une pose dite naturelle. Elle était de proportions menues, plus petite que la normale autant que permettaient d'en juger ses mutilations. Elle tournait le dos, la face appliquée contre un rayon chargé de rubans. Elle était vêtue seulement d'un soutien-gorge et d'une étroite ceinture à jarretelles à la mode de la ville.

« Quarante-cinq ! clama la marchande d'un ton triomphant. Vous aviez raison. » Et elle s'attaqua à la colonne de chiffres suivante.

Au-dessus de la mince ligne de soie barrant le dos, la peau dorée et lisse des épaules luisait doucement. La pointe d'une vertèbre formait sous la chair une légère éminence à la base fragile du cou.

« Et voilà ! s'écria la commerçante, nous y sommes arrivées quand même. »

Le regard de Mathias parcourut une rangée de bouteilles, puis une autre de bocaux multicolores, et s'arrêta sur elle après avoir décrit un demi-cercle. La cliente s'était redressée et l'observait fixement derrière ses lunettes. Pris au dépourvu, il ne put se rappeler ce qu'il convenait de dire, dans cette situation particulière.

Il ne retrouva que des gestes : il déposa sa valise sur le demi-mètre carré de comptoir libre et en fit jouer la fermeture. Rapidement, il enleva l'agenda noir pour le placer dans le fond du couvercle rabattu. Il n'avait pas encore articulé une parole lorsqu'il souleva le papier protégeant la première série de montres — les « luxe ».

« Une minute, s'il vous plaît », dit la boutiquière avec un très engageant sourire. Se retournant vers les rayons, elle se pencha, déblaya le terrain devant les tiroirs qui occupaient toute la partie basse, en ouvrit un et de son air le plus victorieux exhiba un carton de dix bracelets-montres, absolument identique à celui qu'on lui présentait. Cette fois la situation était sans conteste imprévue : Mathias, à plus forte raison, ne trouva toujours rien à dire. Il remit son bien dans la mallette et replaça l'agenda par-dessus. Avant de refermer le couvercle, il eut le temps de jeter un coup d'œil aux petites poupées de couleurs vives couchées dans le fond.

« Donnez-moi donc un quart de bonbons, dit-il.

— Oui. Lesquels désirez-vous ? » Elle récita une liste de parfums et de prix ; mais, sans s'inquiéter de cela, il lui désigna le bocal dont les papillottes de papier avaient les teintes les plus voyantes.

Elle en pesa cent vingt-cinq grammes et lui tendit le petit sac de cellophane, qu'il mit dans la poche droite de sa canadienne, où les bonbons rejoignirent la fine cordelette de chanvre. Puis il paya et sortit.

Il restait trop longtemps dans les boutiques. Il y entrait avec plaisir — parce qu'on y accède directement depuis la route, comme dans les habitations campagnardes — et chaque fois il lui fallait attendre de longues minutes, à cause des chalands, pour n'éprouver à la fin que des mécomptes.

Heureusement une suite de maisons sans magasin succédaient à celle-ci. Négligeant d'explorer le premier étage, qu'il supposa être le logement de la marchande de bonbons, il passa aux suivantes.

De couloirs obscurs en portes closes, d'escaliers étroits en échecs, il se perdit de nouveau au milieu de ses fantômes. Au bout d'un palier malpropre, il frappe de sa grosse bague à une porte sans poignée qui s'ouvre d'elle-même... La porte s'ouvrit et une tête méfiante apparut dans l'entrebâillement — juste suffisant pour lui permettre de reconnaître le carrelage noir et blanc qui couvre le sol... Les carreaux sur le sol étaient d'un gris uniforme ; la pièce où il pénétrait ne présentait rien de remarquable — sauf un lit défait dont les draperies rouges pendent jusqu'à terre... Il n'y avait pas plus de draperies rouges que de lit défait, pas de peau de mouton, pas de table de nuit ni de lampe de chevet ; il n'y avait ni paquet bleu de cigarettes, ni tapisserie à fleurs, ni tableau accroché au mur. La pièce où on l'introduisait n'était qu'une cuisine, au milieu de laquelle il posa sa valise à plat sur la grande table ovale. Ensuite il y eut la toile cirée, le dessin de la toile cirée, le déclic de la serrure en faux cuivre, etc...

Emergeant d'une ultime boutique, si obscure celle-là qu'il n'y avait rien distingué du tout — ni rien entendu peut-être — il s'aperçut qu'il était parvenu à l'extrémité du quai, à l'endroit où prenait naissance, presque perpendiculairement, la longue digue aux lignes parallèles qui fuyaient en faisceau vers le fanal, où elles semblaient converger. Deux bandes horizontales ensoleillées, alternant avec deux bandes d'ombre verticales.

Le bourg aussi finissait là. Mathias, évidemment, n'avait pas vendu une seule montre et il en irait de même dans les trois ou quatre ruelles de derrière. Il s'efforça de penser, à titre de réconfort, que sa spécialité était en somme la campagne ; si réduite fût-elle, la ville exigeait sans doute d'autres qualités. La chaussée, sur la jetée, était déserte. Il allait s'y engager, quand il vit devant soi une ouverture pratiquée dans le parapet massif, qui, marquant ainsi la limite du quai, se prolongeait à droite jusqu'à un vieux mur à demi rasé, vestige apparemment de l'ancienne cité royale.

Au delà commençait, sans transition ou peu s'en faut, une côte rocheuse au relief assez faible – larges bancs à peine inclinés de pierre grise qui se dégradaient jusqu'à l'eau, sans céder la place au sable, même à marée basse.

Mathias descendit les quelques degrés de granit qui conduisaient aux roches plates. Sur sa gauche il apercevait maintenant le flanc extérieur de la digue — vertical, mais éclairé par le soleil — unique bande où le parapet se confondait avec la base, sans séparation discernable. Tant que la marche fut assez commode, il continua de s'avancer en direction de la mer ; mais il dut s'arrêter bientôt, n'osant pas sauter par-dessus une faille, peu impressionnante pourtant, embarrassé qu'il était de ses grosses chaussures, de sa canadienne et de la précieuse valise.

Il s'assit donc sur le rocher, face au soleil, et cala près de lui sa mallette, de façon qu'elle ne risque pas de glisser. Malgré la brise plus forte qui soufflait ici, il défit la ceinture de sa canadienne, la déboutonna complètement et en rabattit les pans en arrière. D'un geste machinal il tâta son portefeuille, dans la poche intérieure gauche de sa veste. Le soleil, qui se

74

réverbérait avec violence à la surface de l'eau, le forçait à fermer les paupières plus qu'à moitié. Il se rappela la petite fille, sur le pont du navire, qui gardait les yeux grands ouverts et la tête levée — les mains ramenées dans le dos. Elle avait l'air liée au pilier de fer. Il plongea de nouveau la main dans la poche intérieure de sa veste et en retira le portefeuille, pour vérifier que s'y trouvait encore le fragment de journal découpé la veille dans « Le Phare de l'Ouest », un des quotidiens locaux. Il n'y avait du reste aucune raison que la coupure se fût envolée. Mathias remit le tout en place.

Une petite vague se brisa contre les rochers, au bas de la pente, et vint mouiller la pierre à une hauteur où celle-ci était auparavant bien sèche. La mer montait. Une mouette, deux mouettes, puis une troisième, passèrent à la file en remontant le vent de leur lent vol plané — immobile. Il revit les anneaux de fer fixés contre la paroi de la digue, abandonnés et submergés tour à tour par l'eau qui s'élevait et s'abaissait en cadence, dans l'angle rentrant de la cale. Le dernier des oiseaux, décroché soudain de sa trajectoire horizontale, tomba comme un caillou, creva la surface et disparut. Une petite vague frappa le roc avec un bruit de gifle. Il se retrouva dans l'étroit vestibule, devant la porte entrebâillée sur la chambre au carrelage noir et blanc.

La jeune fille aux allures craintives était assise sur le bord du lit défait, ses pieds nus reposant dans la laine du tapis en peau de mouton. Sur la table de chevet, la petite lampe était allumée. Mathias plongea la main dans la poche intérieure de sa veste et en retira le portefeuille. Il y prit la coupure de journal et, après avoir rangé le portefeuille, relut le texte attentivement, une fois de plus, d'un bout à l'autre.

On n'y disait en réalité pas grand'chose. La longueur ne dépassait pas celle d'un fait divers de seconde importance. Encore, une bonne moitié ne faisait-elle que retracer les circonstances oiseuses de la découverte du corps ; comme toute la fin était consacrée à des commentaires sur l'orientation que les gendarmes comptaient donner aux recherches, il restait fort peu de lignes pour la description du corps lui-même et rien du tout pour la reconstitution de l'ordre des violences subies par la victime. Les adjectifs « horrible », « ignoble » et « odieux » ne servaient à rien, dans ce domaine. Les lamentations vagues sur le sort tragique de la fillette n'avançaient guère non plus. Quant aux formules voilées employées pour raconter sa mort, elles appartenaient toutes au langage de convention en usage dans la presse pour cette rubrique et ne renvoyaient, au mieux, qu'à des généralités. On sentait très bien que les rédacteurs utilisaient les mêmes termes à chaque occasion similaire, sans chercher à fournir le moindre renseignement réel sur un cas particulier dont on pouvait supposer qu'ils ignoraient tout eux-mêmes. Il fallait réinventer la scène d'un bout à l'autre à partir de deux ou trois détails élémentaires, comme l'âge ou la couleur des cheveux.

Une vaguelette vint frapper le roc, en contre-bas, à quelques mètres de Mathias. Ses yeux commençaient à lui faire mal. Il se détourna de l'eau, vers le haut du rivage, où un étroit « chemin de douaniers » longeait la côte en direction du sud. L'éclat du jour y avait la même aveuglante intensité. Il ferma tout à fait les yeux. De l'autre côté, derrière le parapet de la digue, les façades sans relief s'alignaient le long du quai, jusqu'à la place triangulaire et son monument encerclé d'une grille.

76

En deçà, se répète la succession des devantures : la quincaillerie, la boucherie, le café « A l'Espérance ». C'est là qu'il a bu son absinthe, au comptoir, pour le prix de trois couronnes sept.

Il est au premier étage, debout dans l'étroit vestibule, devant la porte entrebâillée sur la chambre au carrelage noir et blanc. La fille est assise au bord du lit défait, ses pieds nus foulant la laine du tapis. Auprès d'elle, les draperies rouges bouleversées pendent jusqu'au sol.

Il fait nuit. Seule est allumée la petite lampe sur la table de chevet. La scène, un long moment, demeure inanimée et silencieuse. Puis on entend de nouveau les mots : « Tu dors ? », prononcés par la voix grave et profonde, un peu chantante, qui semble cacher on ne sait quelle menace. Mathias aperçoit alors, s'encadrant dans la grande glace ovale au-dessus de la coiffeuse, l'homme, qui se tient dans la partie gauche de la pièce. Il est debout ; il a le regard fixé sur quelque chose ; mais la présence du miroir, entre lui et l'observateur, empêche d'en préciser la direction. Les yeux toujours baissés, la fille se lève et se met en marche, à mouvements peureux, vers celui qui vient de parler. Elle quitte la partie visible de la chambre pour apparaître, quelques secondes plus tard, dans le champ de la glace ovale. Arrivée près de son maître — à moins d'un pas de distance — à portée de sa main — elle s'arrête.

La main du géant s'approche avec lenteur et va se poser à la base fragile du cou. Elle s'y moule, elle appuie, sans effort apparent, mais avec une force si persuasive qu'elle oblige tout le corps frêle à fléchir, peu à peu. Ployant les jambes, la fille recule un pied, puis l'autre, et se place ainsi d'elle-même à genoux sur le dallage — octogones blancs, larges comme des assiettes, accolés par quatre de leurs côtés, ce qui ménage entre eux la place à un nombre égal de petits carrés noirs.

L'homme, qui a lâché prise, murmure encore cinq ou six syllabes, de la même voix basse — mais plus voilée, presque rauque cette fois, inintelligible. Avec un décalage notable dans l'exécution — comme si l'ordre avait mis longtemps à lui parvenir, à travers des étendues de sable et d'eau stagnante — elle déplace doucement ses deux bras, avec précaution dirait-on ; ses petites mains, obéissantes, remontent le long de ses cuisses, passent derrière les hanches et s'immobilisent à la fin dans le dos, un peu au-dessous du creux de la taille — poignets croisés — comme captives. Alors on entend la voix qui dit : « Tu es belle... », avec une sorte de violence contenue ; et les doigts du géant reviennent se poser sur la proie qui attend à ses pieds — tellement menue qu'elle y paraît presque disproportionnée.

Le bout des doigts se promène sur la peau nue, à la naissance du cou et le long de la nuque baissée que dégage entièrement la coiffure ; puis la main glisse sous l'oreille, pour effleurer de la même façon la bouche et le visage, qu'elle oblige ensuite à se relever, offrant enfin les yeux, grands et sombres, entre les longs cils courbes de poupée.

Une vague plus forte frappa contre le roc, avec un bruit de gifle ; de la gerbe d'écume qui jaillit, quelques gouttes entraînées par le vent retombèrent tout près de Mathias. Le voyageur jeta un coup d'œil inquiet à sa valise, qui n'avait rien reçu. Il regarda l'heure et se leva d'un bond. Il était onze heures cinq ; les quarante-cinq minutes demandées par le garagiste étaient déjà écoulées, la bicyclette devait être prête. Il gravit d'un pas rapide les roches plates, franchit le parapet par le petit escalier de granit et se hâta vers la place, le long du quai au pavage inégal, refaisant le chemin dans le même sens que lors de son débarquement, une heure plus tôt. La marchande de bonbons, de la porte du magasin, lui adressa au passage un signe de reconnaissance.

Dès qu'il eut tourné le coin de la quincaillerie, il vit derrière le monument aux morts une bicyclette étincelante, toute nickelée, appuyée contre le panneau-réclame du cinéma. Les innombrables pièces de métal poli renvoyaient dans toutes les directions les rayons du soleil. A mesure qu'il s'en approchait, Mathias put se rendre compte du perfectionnement de l'engin, muni de tous les accessoires désirables, ainsi que de plusieurs autres dont il ignorait l'usage et qu'il jugea par conséquent superfétatoires.

Contournant le panneau, il entra tout de suite dans la salle du café-tabac pour régler la location. Il n'y avait personne, mais une feuille de papier se trouvait placée en évidence au milieu du comptoir, accrochée au levier d'un siphon d'eau gazeuse. Il lut : « Prenez le vélo qui est devant la porte et déposez ici deux cents couronnes de garantie. Merci. »

Tout en extrayant les deux billets de son portefeuille, Mathias s'étonna du procédé : puisqu'on lui faisait confiance en négligeant de contrôler le dépôt de cette somme, pourquoi exiger de lui une garantie ? C'était mettre inutilement sa bonne foi en cause. S'il obtempérait et qu'un voleur survînt avant le garagiste, comment fournirait-il ensuite la preuve du versement ? En revanche il pourrait aisément, s'il n'exécutait pas la consigne, prétendre que le voleur était passé par là. Sans doute n'existait-il pas de malfaiteur dans l'île, ni personne dont on eût à se méfier.

Il glissa les deux billets demandés sous le siphon et ressortit.

Il était en train d'arranger le bas de son pantalon sous la tige de ses grosses chaussettes, quand il reconnut la voix joviale :

« Belle machine ! Hein ? »

Il leva les yeux. La tête du garagiste était apparue dans l'encadrement de la porte, au-dessus du panneau-réclame.

« Ça oui ! Pour une belle machine... » approuva Mathias. Son regard descendit le long de l'affiche du cinéma. Vu la carrure d'Hercule de l'homme aux habits Renaissance, celui-ci n'aurait guère eu de peine à ramener vers soi le buste de la jeune femme ; c'était donc lui qui préférait la maintenir ainsi, courbée en arrière — afin de mieux contempler son visage, peut-être. Sur le sol, à leurs pieds, gisant en travers du carrelage noir et blanc...

« C'est le programme de dimanche dernier, intervint le garagiste. J'attends la nouvelle affiche au courrier de ce matin, avec les bobines. »

Désirant acheter un paquet de cigarettes, Mathias rentra un instant dans le bureau de tabac avec son interlocuteur, qui eut l'air fort surpris de découvrir l'argent de la garantie sous la bouteille à pression ; il protesta que cette formalité était inutile, rendit les deux billets à Mathias et chiffonna en boule le papier accroché au siphon.

Sur le pas de la porte, ils échangèrent d'autres propos insignifiants. Le buraliste vanta encore les qualités de sa bicyclette : les pneus, les freins, le changement de vitesse, etc. Enfin il souhaita bonne chance à Mathias qui montait en selle.

Le voyageur remercia. « Je serai de retour vers les quatre

heures », dit-il en s'en allant. Il tenait le guidon de sa main droite et de la gauche la petite mallette, qu'il ne voulait pas arrimer sur le porte-bagage, pour perdre moins de temps à chaque arrêt. La valise ne pesait pas bien lourd et ne le gênerait pas pour pédaler, car il ne comptait faire ni grande vitesse ni acrobatie.

Il se dirigea d'abord, sur les pavés cahoteux, jusqu'au jardin de la mairie. A gauche de celui-ci, il s'engagea sur la route qui menait au grand phare. Aussitôt qu'il eut quitté le pavage de la place, il roula sans la moindre difficulté, très satisfait de sa machine.

Les maisonnettes qui bordaient la rue présentaient déjà l'aspect typique de celles de la campagne : un rez-de-chaussée avec une porte basse encadrée par deux fenêtres carrées. Il les visiterait au retour, s'il en trouvait le temps ; il n'avait que trop traîné, en vain, dans ce bourg. Il exécuta un rapide calcul de ce qui lui restait jusqu'au départ du bateau : cinq heures à peine ; desquelles il fallait déduire la durée des trajets à bicyclette : une heure au maximum — c'était suffisant pour une distance totale n'excédant pas (sauf erreur) dix à quinze kilomètres. Il disposait ainsi pour les ventes (et les refus) de quatre heures environ, soit deux cent quarante minutes. Il ne s'amuserait pas à insister longuement auprès de clients récalcitrants : sitôt qu'il aurait décelé l'intention de ne pas acheter, il plierait bagage ; de cette manière il expédierait la plupart des refus en quelques secondes. Pour les ventes effectives il faudrait compter raisonnablement dix minutes par unité, y compris les menus parcours à pied dans les hameaux. Ses deux cent quarante minutes représentaient, sur ces bases, le placement de vingt-quatre montres — pas les plus chères, peut-être, mais, par exemple, des articles de cent cinquante ou cent soixante-dix couronnes en moyenne, avec un bénéfice...

Au moment de franchir la limite du bourg, le marin de la compagnie, sa sœur et ses trois nièces lui revinrent en mémoire. Il se trouvait juste devant la dernière maison, qui se dressait à main droite, un peu séparée des autres — de sorte qu'il pouvait sans tricherie flagrante la considérer comme la première de la campagne. Il arrêta sa machine, l'appuya contre le mur et frappa au panneau de bois de la porte.

Il regarda ses ongles. Une longue raie de cambouis, toute fraîche, barrait la face intérieure des doigts. Pourtant il n'avait pas touché à la chaîne de la bicyclette. Il inspecta son guidon, passa la main sous la poignée droite et sur le levier du frein ; de nouvelles taches restèrent marquées au bout de l'index et du médius. Probablement le garagiste venait-il de graisser l'articulation du frein, dont il aurait ensuite oublié d'essuyer la poignée. Mathias cherchait des yeux quelque chose pour se nettoyer, quand la porte s'ouvrit. Il cacha vivement la main dans sa poche, où elle rencontra le paquet de cigarettes inentamé, le sac de bonbons et enfin la ficelle roulée, contre laquelle il frotta l'intérieur des phalanges, aussi soigneusement qu'il était possible en si grande hâte, sans l'aide de l'autre main et au fond d'une poche pleine.

Et ce furent aussitôt les échanges de paroles préliminaires, le frère qui travaillait à la compagnie des vapeurs, les bracelets-montres à des prix défiant toute concurrence, le corridor coupant la maison par son milieu, la première porte à droite, la grande cuisine, la table ovale occupant le centre de la pièce (c'était plutôt d'ailleurs une table de salle à manger), la toile cirée aux petites fleurs multicolores, la pression des doigts sur la fermeture en faux cuivre, le couvercle qui basculait en arrière, l'agenda noir, les prospectus...

De l'autre côté de la table, un cadre rectangulaire posé sur le buffet (buffet de salle à manger, également), entre des objets hétéroclites allant du moulin à café jusqu'au poisson épineux rapporté de la colonie, un cadre en métal chromé, haut de vingt centimètres et incliné sur son support invisible, contenait une photographie de Violette, jeune.

Ce n'était pas Violette, évidemment, mais une personne qui lui ressemblait en tout cas beaucoup ; de visage surtout, car le costume de celle-ci montrait qu'elle était encore une enfant, malgré les formes naissantes de son corps qui auraient pu déjà appartenir à une jeune fille — de taille réduite. Elle portait ses habits de tous les jours — ceux d'une petite paysanne — détail qui étonnait, car on n'a pas l'habitude à la campagne de prendre ainsi des instantanés pour les faire agrandir : les photos y commémorent d'ordinaire quelque événement et se font en robe du dimanche (de communiante, en général, à cet âge-là), entre une chaise et un palmier en pot, chez le photographe. Violette au contraire se tenait adossée au tronc rectiligne d'un pin, la tête appuyée contre l'écorce, les jambes raidies et légèrement écartées, les bras ramenés en arrière. Sa posture, mélange ambigu d'abandon et de contrainte, pouvait laisser croire qu'on l'avait attachée à l'arbre.

« Une bien jolie fille, que vous possédez là ! dit aimablement le voyageur.

— N'en parlez pas, c'est une vraie malédiction. Et ne vous fiez pas à ses airs soumis : elle a le démon au corps cette gamine ! »

Une conversation familière s'engagea ; mais Mathias voyait bien qu'en dépit de l'intérêt qu'il prenait à l'éducation des filles — et à celle de la jeune Jacqueline en particulier, dont la désobéissance donnait tant de mal — en dépit, même, du plaisir que lui causaient les heureuses fiançailles de Jeanne et de Maria, les deux sœurs aînées, leur mère n'avait aucune intention de lui acheter quoi que ce fût. La question des cadeaux de mariage était réglée depuis longtemps et, pour l'heure, on réduisait les dépenses au strict nécessaire.

Malheureusement la dame était bavarde et il dut subir d'interminables histoires qui ne lui servaient plus à rien, mais qu'il n'osait pas interrompre puisqu'il avait commis l'imprudence de se présenter comme un ami de la famille. Il connut donc la situation exacte des deux gendres et les projets d'avenir des futurs époux. Après le voyage de noces, sur le continent, l'un des ménages reviendrait habiter le pays, tandis que l'autre irait se fixer... Violette avait les jambes ouvertes mais appliquées néanmoins toutes les deux contre le tronc, les talons touchant la souche mais écartés l'un de l'autre de toute la largeur de celle-ci — quarante centimètres environ. On ne distingue pas la cordelette les maintenant dans cette position, à cause d'une touffe d'herbes qui pousse par devant. Les avant-bras sont liés ensemble dans le dos, au creux de la taille, chacune des mains dans l'angle du coude opposé. Il faut aussi que les épaules soient attachées à l'arbre, en arrière, probablement au moyen de lanières qui passent sous les aisselles, mais dont on suit mal le parcours. L'enfant semble lasse et tendue à la fois ; la tête s'incline sur le côté droit, vers lequel tout le corps est légèrement tordu, la hanche droite remontée et saillant plus que l'autre,

le pied droit ne reposant sur le sol que par son extrémité anté-
rieure, le coude effacé alors que le gauche pointe au delà du
tronc. Le cliché, pris l'été précédent par un touriste de passage
dans l'île, était excellent de vie malgré la pose un peu figée.
Le séjour de l'étranger n'avait duré qu'une seule journée,
heureusement, car Dieu sait ce qui serait encore arrivé avec
celui-là. La dame estimait que sa fille aurait eu besoin d'une
correction sévère, seulement le malheur ayant voulu que son
père soit mort (comme le voyageur le savait sans doute) elle
en profitait pour se moquer de sa pauvre maman, qui en devien-
drait folle bientôt. Elle redoutait déjà le moment où elle allait
se trouver privée des deux sœurs aînées, si sérieuses, et rester
seule à la maison avec cette enfant sans cœur qui était, à treize
ans, la honte de la famille.

Mathias se demandait ce qu'en réalité elle avait pu faire
pour que sa propre mère en soit venue à la considérer avec
cette espèce de haine. Certes la fillette semblait précoce. « Sans
cœur », « perverse », « méchante »... c'était autre chose.
L'histoire du jeune pêcheur dont elle venait encore — prétendait-
on — de détruire les fiançailles, manquait de clarté. Ce garçon-
là, en tant qu'« amoureux » d'une enfant, y jouait pour le
moins un rôle assez bizarre. Et pourquoi l'étranger avait-il
envoyé à sa petite compagne d'un après-midi, en souvenir
de son passage, une photographie luxueusement encadrée ?
La mère, sans sourire, parlait de « pouvoir magique » et assu-
rait qu'on l'aurait brûlée comme sorcière « pour moins que
ça, il n'y a pas si longtemps ».

Au pied du pin les herbes sèches commençaient à flamber,
ainsi que le bas de la robe en cotonnade. Violette se tordit

dans l'autre sens et rejeta la tête en arrière, en ouvrant la bouche. Cependant Mathias réussissait enfin à prendre congé. Oui, il raconterait à l'oncle trop indulgent la dernière incartade de sa Jacqueline. Non, il ne risquait pas de la rencontrer ce matin, puisqu'elle gardait les moutons au bord de la falaise, loin de la route, et que lui-même, s'il quittait celle-ci, le ferait dans la direction opposée — vers la ferme des Marek — à moins qu'il ne continue tout droit jusqu'au phare.

Il évita de regarder l'heure à sa montre, se doutant des vains remords qu'il éprouverait d'avoir encore perdu tout ce temps. Il essaya plutôt de pédaler plus vite, mais la valise se mit alors à le gêner ; pour changer, il roula en tenant à la fois, dans sa main gauche, la poignée du guidon et celle de la mallette — ce qui n'était pas très commode non plus. La pente du terrain s'accentua, l'obligeant à réduire l'allure. Le soleil et la chaleur devenaient en outre excessifs.

Il s'arrêta à deux reprises pour visiter des maisons isolées, au bord de la route ; il se pressa tant pour en sortir qu'il garda l'impression d'y avoir manqué la vente, faute d'être demeuré dix secondes de plus.

Quand il arriva à l'embranchement qui menait au moulin, il continua tout droit : le détour lui paraissant soudain inutile.

Un peu plus loin, sous prétexte qu'elle était de construction trop modeste, il passa sans s'arrêter devant une maisonnette située à peine en retrait de la voie — plate, désormais. Il pensa qu'il lui faudrait pourtant se rendre à la ferme des Marek : il connaissait ces gens-là de longue date et il leur vendrait sûrement quelque chose. Le chemin y conduisant prenait à

gauche sur la grand-route, après le tournant des deux kilomètres ;
à droite, au même point, s'ouvrirait le sentier rejoignant la
côte sud-ouest — là où Violette, jeune, garde les moutons au
bord de la falaise...

La mer monte toujours. Elle s'élance avec d'autant plus de
force que le vent souffle de ce côté. Après le choc des hautes
lames, des cascades blanchâtres s'écoulent en sens inverse, le
long des flancs polis du schiste. A l'abri des roches avancées,
prises à revers par le ressac, de menus flocons d'écume rousse
s'envolent en tourbillon dans le soleil.

Au fond d'une échancrure qui se creuse vers la droite, les
vagues, plus paisibles, viennent mourir l'une après l'autre sur
le sable lisse, laissant en se retirant de minces lisérés de mousse,
qui s'avancent irrégulièrement et dessinent ainsi des festons
successifs — effacés sans cesse, ou repris dans des combinaisons
nouvelles.

C'est déjà le tournant, et la borne blanche des deux kilomètres. (A partir de cet endroit, il n'y a plus que mille six cents
mètres jusqu'au hameau du grand phare, tout au bout de la
route.)

Aussitôt apparaît le croisement : à gauche le chemin de la
ferme, et à droite une sorte de piste, très large au départ, où
la bicyclette s'engage sans difficulté, mais qui s'amenuise ensuite
en un simple sentier de terre battue — encadré çà et là de
tronçons d'ornières, plus ou moins marqués entre les touffes
de bruyère et d'ajonc nain — juste suffisant pour y rouler à l'aise.
Au bout de quelques centaines de mètres, le sol s'incline en
pente douce vers les premières ondulations de la falaise. Mathias
n'a plus qu'à se laisser descendre.

II

Un trait d'ombre, rectiligne, large de moins d'un pied, barrait la poussière blanche de la route. Un peu de biais, il s'avançait en travers du passage sans fermer complètement celui-ci : son extrémité arrondie — presque plate — ne dépassait pas le milieu de la chaussée, dont toute la partie gauche demeurait libre. Entre cette extrémité et les herbes rases bordant la route, était écrasé le cadavre d'une petite grenouille, cuisses ouvertes, bras en croix, formant sur la poussière une tache à peine plus grise. Le corps avait perdu toute épaisseur, comme s'il n'était resté là que la peau, desséchée et dure, invulnérable désormais, collant au sol de façon aussi étroite que l'aurait fait l'ombre d'un animal en train de sauter, pattes étendues — mais immobilisé en l'air. Sur la droite l'ombre véritable, qui était en réalité beaucoup plus foncée, se mit à pâlir progressivement, pour disparaître tout à fait au bout de quelques secondes. Mathias leva la tête vers le ciel.

Le bord supérieur d'un nuage venait de masquer le soleil ; une frange brillante se déplaçant à vive allure en indiquait encore l'emplacement. D'autres nuages, peu compacts et de faible taille, étaient apparus çà et là, arrivant du sud-ouest. La plupart présentaient des formes incertaines, que le vent disloquait en mailles lâches. Mathias suivit un instant dans son vol une grenouille assise, qui s'étira pour devenir un oiseau, vu de profil et les ailes repliées, avec un cou assez court comme celui de la mouette et un bec légèrement courbe ; on reconnaissait même son gros œil rond. Pendant une fraction de seconde la mouette géante sembla posée sur le sommet du poteau télégraphique dont l'ombre, intacte, s'avançait à nouveau en travers de la route. Dans la poussière blanche on ne distinguait pas l'ombre des fils.

A cent mètres au delà, une paysanne portant un sac à provisions marchait à la rencontre de Mathias — venant sans doute du hameau du grand phare. Les sinuosités de la voie et la disposition du croisement empêchaient qu'elle ait vu de quel chemin le voyageur avait débouché. Ainsi pouvait-il aussi bien arriver directement du bourg, ou encore revenir de la ferme des Marek. La femme, en revanche, aurait remarqué cette pause inexplicable, dont il s'étonna lui-même à la réflexion. Pourquoi se trouvait-il arrêté au milieu de la route, les yeux levés vers les nuages, tenant d'une main le guidon d'une bicyclette nickelée et de l'autre une petite valise en fibre ? Il se rendit compte seulement alors de l'engourdissement dans lequel il flottait jusque-là (depuis quand ?) ; il ne parvint pas à comprendre, en particulier, pour quelle raison il n'était pas remonté sur sa machine, au lieu de pousser celle-ci sans se presser comme si plus rien ne l'appelait nulle part.

En face de lui la paysanne n'était plus maintenant qu'à une cinquantaine de mètres. Elle ne le regardait pas mais avait sûrement déjà enregistré sa présence et son comportement insolite. Il était trop tard pour sauter en selle et faire semblant de rouler placidement depuis le bourg, ou depuis la ferme, ou depuis n'importe où. Aucune montée, si minime fût-elle, n'ayant pu l'obliger à mettre pied à terre en cet endroit, sa halte ne se justifierait que par un incident — sans gravité — survenu en un point délicat de la mécanique — le changement de vitesse, par exemple.

Il considéra la bicyclette louée, qui étincelait au soleil, et prit le temps de penser que ces menus dérangements frappent aussi parfois des machines neuves. Saisissant le guidon de sa main gauche, dans laquelle il tenait déjà la poignée de la mallette, il se baissa pour inspecter la chaîne. Elle semblait en parfait état, huilée avec soin, située de façon satisfaisante dans le plan de l'engrenage du pédalier. Pourtant, sur la main droite, les traces de cambouis encore nettement visibles prouvaient qu'il avait été contraint d'y toucher, une fois au moins. Cet indice était d'ailleurs inutile : sitôt qu'il eut effleuré effectivement la chaîne, l'intérieur des dernières phalanges de ses quatre doigts fut graissé par d'abondantes taches bien noires, qui ôtaient tout éclat et toute importance aux anciennes — qu'elles dissimulaient par surcroît en partie. Sur le gras du pouce resté indemne il rajouta deux raies transversales ; puis il se redressa. A deux pas de lui, il reconnut la figure jaune et ridée de la vieille Mme Marek.

Mathias était arrivé le matin même par le vapeur, avec l'intention de passer la journée dans l'île ; il avait aussitôt cherché à se procurer une bicyclette, mais en attendant que fût prête celle qu'on lui proposait il avait commencé sa tournée par le port, contrairement à ses projets. Comme il ne réussissait à rien vendre de sa marchandise — en dépit de la modicité des prix et de l'excellence de la qualité — il s'était ensuite acharné dans toutes (dans presque toutes) les maisons du bord de la route, où ses chances lui paraissaient plus fortes. C'est en vain qu'il y avait encore perdu beaucoup de temps ; si bien qu'une fois rendu au tournant des deux kilomètres — à la croisée des chemins — il s'était effrayé soudain de son retard et avait jugé plus sage de continuer tout droit, au lieu de faire un nouveau détour jusqu'à la ferme. Pour comble de malchance, le dérailleur de la bicyclette louée au café-tabac fonctionnait mal et...

La vieille femme allait le dépasser sans lui adresser la parole. Elle l'avait dévisagé et s'était détournée comme si elle ne le connaissait pas. Il en éprouva d'abord une sorte de soulagement, puis il se demanda si le contraire n'eût pas été préférable. Enfin il lui vint à l'esprit que peut-être elle faisait exprès de ne pas le reconnaître, bien qu'il ne vît pas pourquoi elle montrerait de la répugnance à bavarder quelques minutes avec lui, ou à lui dire en tout cas un simple bonjour. A tout hasard il décida d'intervenir, de parler le premier, malgré l'effort considérable que cela lui coûtait à ce moment précis. Au moins, de cette façon, saurait-il à quoi s'en tenir. Il accentua la grimace amorcée, qu'il s'imaginait ressembler à un sourire.

Mais il était trop tard à présent pour attirer l'attention de la paysanne par de seuls mouvements du visage. Elle avait déjà franchi la passe difficile entre le cadavre séché de la grenouille et l'extrémité arrondie du poteau télégraphique. Bientôt elle s'éloignerait dans l'autre sens. Il fallait une voix humaine pour l'empêcher de poursuivre sa marche vers des régions encore plus inaccessibles. Mathias crispa la main droite sur le métal poli du guidon.

Une phrase cahotique sortit de sa bouche — peu claire et d'une excessive longueur, trop brusque pour être tout à fait aimable, grammaticalement incorrecte — où il entendit néanmoins au passage les formules essentielles : « Marek », « bonjour », « pas reconnu ». La vieille femme se tourna vers lui sans comprendre. Avec plus de calme il réussit à répéter l'indispensable, en le complétant par l'énoncé de son propre nom.

« Eh bien ! fit la dame, je ne vous avais pas reconnu. » Elle lui trouvait l'air fatigué, « une drôle de figure » avait-elle commencé par dire. Lors de leur précédente rencontre, qui remontait à plus de deux ans (la dernière fois qu'elle était allée en ville chez son beau-fils), Mathias portait encore sa petite moustache... Il protesta : jamais il n'avait porté ni barbe ni moustache. Mais la vieille paysanne ne parut pas convaincue par cette affirmation. Elle lui demanda, pour changer de sujet, ce qu'il était venu chercher au pays : il ne risquait pas d'y découvrir beaucoup d'appareils électriques à réparer, surtout dans la campagne où l'on se servait presque partout du pétrole pour l'éclairage.

Mathias expliqua qu'il n'exerçait plus cette profession d'électricien ambulant. Il vendait maintenant des bracelets-montres. Il était arrivé le matin même par le vapeur, avec l'intention de passer la journée dans l'île. Il avait loué une bicyclette, qui malheureusement ne marchait pas aussi bien que son propriétaire le prétendait. (Il montra sa main barbouillée de cambouis.) Aussi avait-il perdu beaucoup de temps jusqu'au tournant des deux kilomètres et quand il...

Mme Marek l'interrompit : « C'est vrai, vous n'avez dû trouver personne à la maison. »

Le voyageur la laissa parler. Elle raconta le départ de sa bru, pour une quinzaine de jours, sur le continent. Le mari (son fils aîné) devait rester toute la matinée au bourg. (Les deux autres fils étaient marins.) Joséphine déjeunait le mardi dans sa famille. Les enfants ne rentraient de l'école qu'à midi et demie, sauf le plus âgé des garçons qui travaillait comme apprenti chez le boulanger et n'en revenait que le soir. Celui-là ne possédait pas tout son bon sens : la semaine précédente...

Mathias aurait pu rencontrer le père, ou le fils, car il avait commencé sa tournée par le port, contrairement à ses projets. Comptant davantage sur la clientèle des campagnes, il s'était ensuite acharné à la tâche dans toutes les maisons du bord de la route. Ici comme là, il avait perdu en vain beaucoup de temps. Il espérait au moins recevoir un accueil plus favorable auprès de ses vieux amis les Marek, dont il n'aurait manqué pour rien au monde la visite ; sa déception avait été très forte de voir la maison fermée et d'être obligé de rebrousser chemin sans emporter de nouvelles fraîches de la famille — de Mme Marek, de ses enfants, de ses petits-enfants. Il s'interrogeait sur les significations possibles de leur absence à tous, à l'heure où d'habitude on se rassemble pour le repas. Ne fallait-il pas s'inquiéter de cette solitude incompréhensible des lieux ?

L'oreille tendue guette son propre silence. La respiration — qui le troublerait — cesse d'elle-même. A l'intérieur on n'entend pas le moindre bruit. Personne ne parle. Rien ne bouge. Tout est mort. Mathias se penche un peu plus vers la porte close.

Il frappe à nouveau, en s'aidant de sa grosse bague, contre le panneau de bois qui résonne profondément, comme un coffre vide ; mais il sait déjà l'inutilité de son geste : s'il y avait quelqu'un la porte serait ouverte, par ce beau soleil, et sans doute les fenêtres aussi. Il lève la tête vers celles du premier étage ; aucun signe de vie n'y tremble non plus — battant que l'on repousse, rideau soulevé qui retombe, silhouette qui s'efface en arrière — ni même ce trouble résiduel, ou précurseur, des embrasures béantes où l'on devine qu'un buste penché vient de disparaître, ou qu'un buste apparu soudain va se pencher.

Laissant sa bicyclette appuyée au mur, il fait quelques pas indécis sur la terre battue de la cour. Il s'avance jusqu'à la fenêtre de la cuisine et tente de regarder à travers les carreaux ; mais l'intérieur est trop sombre pour y distinguer quoi que ce soit. Il se retourne vers l'entrée du chemin par lequel il est arrivé, fait deux ou trois mètres dans cette direction, s'arrête, repart dans l'autre sens, jette encore un coup d'œil à la porte et aux volets fermés du rez-de-chaussée, pour continuer cette fois jusqu'à la barrière du jardin. Le portillon à claire-voie en est également verrouillé.

Il revient du côté de la maison. Il s'approche de la fenêtre qui doit être celle de la cuisine et vérifie que les volets de bois plein en sont solidement clos, et non pas rabattus seulement. Impossible, donc, de chercher à voir à l'intérieur.

Il va reprendre sa machine. Il n'a plus qu'à s'en aller.

Sa déception est grande. Il espérait, là au moins, recevoir un accueil plus favorable. Tout au long de la route il se réjouissait de cette halte chez ses bons amis d'enfance, sans penser qu'ils pouvaient être absents.

Depuis le matin — depuis la veille au soir — il se réjouissait de cette halte chez ses bons amis d'enfance, se disant qu'ils seraient bien surpris de le voir arriver sur sa bicyclette, lui qui n'était jamais revenu dans l'île natale. Il avait déjà vu pourtant en plusieurs occasions les quatre enfants de Robert Marek, qui passaient de temps à autre de courtes vacances chez leur oncle, en ville, à deux pas de son propre logement. Ils auraient grandi depuis la dernière fois, aussi risquait-il fort de ne pas les reconnaître, mais il s'arrangerait sans mal pour que les parents ne s'en aperçoivent pas. Peut-être le retiendrait-on à déjeuner ; ce serait certes plus agréable que de manger seul les deux sandwiches emportés en guise de casse-croûte, qui cuisaient en plein soleil dans la poche gauche de sa canadienne.

La chaleur en effet devenait excessive. La pente du terrain s'accentua, l'obligeant à réduire l'allure. Il s'arrêta à deux reprises pour visiter des maisons isolées, au bord de la route. Comprenant tout de suite qu'on ne lui achèterait rien, il en ressortit presque aussitôt. Quand il arriva à l'embranchement qui menait au moulin, il continua tout droit : les renseignements qu'il possédait sur ces gens-là ne lui laissaient pas d'espoir de leur vendre le plus modeste article ; inutile d'y aller, dans ces conditions ; il avait assez perdu de temps comme cela.

Un peu plus loin, il aperçut une maisonnette bâtie en retrait du chemin, au bout d'un long sentier mal entretenu. L'aspect par trop pauvre de la construction le dispensa de s'y rendre. Il regarda sa montre : il était plus de midi.

Il roulait moins malaisément, maintenant que la route ne montait plus. Il fut bientôt au tournant des deux kilomètres. Sur la borne blanche il lut l'inscription fraîchement repeinte : « Phare des Roches Noires - 1 km 6. » Tout le monde, dans le pays, disait « le grand phare ». Encore cinquante mètres et il quitta la grand-route, pour s'engager à gauche sur la voie secondaire qui conduisait à la ferme des Marek.

Le paysage changeait sensiblement : un talus bordait les deux côtés du chemin, couronné de façon presque ininterrompue par d'épais buissons derrière lesquels s'élevait çà et là le tronc d'un pin, incliné vers le sud-est dans la direction des vents dominants (c'est-à-dire les arbres de gauche penchés au-dessus du buisson et ceux de droite le fuyant).

Dans sa hâte d'atteindre le but immédiat qui rassurait son entreprise, Mathias voulut pédaler plus vite. La chaîne de la bicyclette se mit à produire un bruit désagréable — comme un frottement latéral contre la dentelure du pignon. Il avait déjà senti quelque chose d'anormal en changeant de vitesse après avoir gravi la côte, mais il ne s'en était pas inquiété et le grincement avait décrû peu à peu — à moins qu'il ne lui fût seulement sorti de l'esprit. A présent au contraire il s'accentuait si rapidement que le voyageur préféra mettre pied à terre. Il posa sa valise sur la chaussée et s'accroupit pour inspecter la transmission, tout en faisant tourner la pédale avec la main. Il conclut de cet examen qu'il lui suffirait de forcer légèrement le tendeur, mais en le manipulant il effleura la chaîne et se couvrit les doigts de taches de cambouis, qu'il dut ensuite essuyer tant bien que mal aux herbes du fossé. Il remonta en selle. Le bruit suspect avait à peu près disparu.

Dès qu'il eut débouché dans la cour de terre battue qui s'étendait devant la ferme (simple élargissement terminal du chemin en cul-de-sac), il vit que les volets de bois plein étaient tirés, aux deux fenêtres du rez-de-chaussée. Entre celles-ci, la porte qu'il s'attendait à trouver grande ouverte était close également. Les deux fenêtres du premier étage, situées juste au-dessus de celles du rez-de-chaussée, avaient leurs volets ouverts mais étaient fermées, malgré le grand soleil qui tapait contre les vitres. Entre les deux, au-dessus de la porte, il y avait un large espace de pierre grise, où il semblait manquer une troisième fenêtre ; à la place se trouvait ménagée dans l'épaisseur du mur une toute petite niche, comme pour loger une statuette ; mais cette niche était vide.

De part et d'autre de la porte s'arrondissait une touffe de mahonia, dont les fleurs encore verdâtres commençaient à virer au jaune. Mathias appuya sa bicyclette au mur de la maison, sous les volets fermés de la première fenêtre, à gauche du mahonia de gauche. Il s'avança jusqu'à la porte, tenant toujours sa mallette à la main, et frappa au panneau de bois, par acquit de conscience car il savait qu'on n'ouvrirait pas.

Au bout de quelques secondes, il frappa de nouveau, en s'aidant de sa grosse bague. Puis il s'écarta en arrière et leva la tête vers les fenêtres du premier étage. Visiblement il n'y avait personne.

Il regarda du côté des hangars à foin, au fond de la cour, se retourna vers l'entrée du chemin par lequel il était arrivé, fit trois mètres dans cette direction, s'arrêta pour repartir dans l'autre sens et poursuivit cette fois jusqu'à la barrière du jardin potager. Le portillon à claire-voie en était fermé à clef, au moyen d'une chaîne et d'un cadenas.

Il revint du côté de la maison. Les volets de la fenêtre de droite, qui devait être celle de la cuisine, lui parurent mal joints, comme si on les avait seulement poussés pour se protéger du soleil. Il s'en approcha et tenta de les écarter, mais il n'y parvint pas : les crochets intérieurs étaient mis.

Mathias n'avait plus qu'à s'en retourner. Il alla prendre sa bicyclette, contre le mur sous l'autre fenêtre, s'y installa et refit le chemin en sens inverse, tenant le guidon de la main droite et la valise de la main gauche — qui s'appuyait en outre légèrement à la poignée gauche du guidon. A peine avait-il retrouvé la grand-route que le grincement recommença de plus belle. Devant lui, à cent mètres environ, une paysanne portant un sac à provisions marchait à sa rencontre.

Il lui fallut mettre de nouveau pied à terre, afin de repousser la chaîne dans le plan de rotation du pignon denté. Comme précédemment, il ne put éviter de s'y salir les doigts. Lorsqu'il se redressa, l'opération terminée, il s'aperçut que la femme à la figure jaune et ridée qui allait le croiser était la vieille Mme Marek.

Celle-ci ne le reconnut pas tout de suite. S'il ne lui avait pas adressé le premier la parole, elle serait même passée sans le regarder, tant elle pensait peu le rencontrer là. Pour s'excuser de son inattention, elle prétendit que le visage de Mathias avait changé depuis la dernière fois qu'ils s'étaient vus, en ville, et qu'il paraissait aujourd'hui très fatigué — ce qui était normal puisqu'il avait dû se lever de bien meilleure heure que de coutume, pour prendre le bateau, sans s'être couché plus tôt pour cela. D'ailleurs il dormait trop peu depuis plusieurs jours.

Leur rencontre précédente remontait à deux années déjà. Mathias annonça qu'il avait, depuis lors, changé aussi de métier : il vendait maintenant des bracelets-montres. Il regrettait beaucoup de n'avoir trouvé personne à la ferme, car les articles très avantageux qu'il présentait auraient certainement plu à Robert et à sa femme. Comment se faisait-il que ni l'un ni l'autre ne fût à la maison, ni aucun des enfants non plus ? Mathias espérait que tous se portaient bien, cependant.

Oui, ils étaient tous en bonne santé. La grand-mère donna les raisons de leur absence, aux uns comme aux autres — le père descendu au bourg, la mère en voyage pour une quinzaine de jours, les enfants pas encore revenus de l'école, etc... — et déclara que si Mathias pouvait repasser dans le courant de l'après-midi, il verrait cette fois Robert, ainsi que la Joséphine, qui aurait bien besoin d'une montre, la pauvre fille, pour faire son travail en temps voulu au lieu d'être toujours en retard d'un quart d'heure.

Le voyageur venait sans doute de manquer de peu le père et les trois plus jeunes des enfants, qui rentraient en général vers midi et demie. Ils empruntaient le raccourci traversant les prés et débouchant au fond du jardin, derrière la maison. Peut-être, ajouta-t-elle, étaient-ils arrivés à présent ; mais elle n'invita pas Mathias à l'accompagner, ce qu'il n'osa pas proposer lui-même, à cause de l'heure, craignant de déranger au moment du repas. Elle demanda seulement à voir les montres et il dut faire sa présentation au bord de la route, en posant la valise à même le sol. Juste à côté, écrasé dans la poussière sur la chaussée, il y avait le cadavre desséché d'un crapaud.

Pressée de rentrer chez soi, la vieille dame ne mit pas longtemps à se décider. Elle désirait offrir un joli cadeau à son petit-fils — celui qui travaillait chez le boulanger comme apprenti — pour son dix-septième anniversaire. Elle prit le modèle à cent cinquante-cinq couronnes (avec bracelet métallique) — c'était suffisant, dit-elle, pour un gamin. Le voyageur lui assura qu'elle ne regretterait pas son choix, mais le détail des qualités de l'objet n'intéressait pas la paysanne ; elle coupa court aux explications et garanties, paya, remercia, souhaita bonne chance à Mathias et s'en fut en hâtant le pas. Ne sachant où ranger la montre, que le voyageur habitué aux ventes à domicile n'était pas en mesure d'emballer avec assez de soin, elle l'avait tout simplement passée à son poignet — mais sans mettre les aiguilles à l'heure, bien que le mouvement fût remonté.

Accroupi devant sa mallette, Mathias après avoir replacé en ordre les cartons, les prospectus, l'agenda de toile noire, rabattit le couvercle et fit jouer le déclic de fermeture. Sur la poussière blanche de la route il contempla de plus près la tache grisâtre qu'il avait prise d'abord pour les restes d'une grenouille. Les pattes de derrière, trop courtes, étaient bien en réalité celles d'un crapaud. (Ce sont toujours eux, d'ailleurs, qui se font écraser sur les routes.) La mort pouvait ne remonter qu'à la nuit précédente car le corps de l'animal n'était pas aussi desséché que la poussière le faisait paraître. Du côté de la tête, déformée et vidée par l'aplatissement, une fourmi rouge cherchait à recueillir quelque déchet encore utilisable.

La chaussée, alentour, changea de couleur. Mathias leva les yeux vers le ciel. Avançant à vive allure, un nuage à moitié disloqué par le vent masquait le soleil derechef. Le temps se couvrait progressivement.

Le voyageur enfourcha sa bicyclette et poursuivit son chemin. L'air devenait plus frais, la canadienne plus supportable. Le terrain ne montait ni ne descendait. L'état satisfaisant de la voie favorisait le roulement. Le vent, soufflant de côté, ne gênait pratiquement pas le cycliste, qui pédalait vite sans se fatiguer, sa petite valise à la main.

Il s'arrêta pour visiter une maisonnette isolée, en bordure de la route — un simple rez-de-chaussée du type le plus ordinaire. Deux touffes de mahonia à feuilles de houx encadraient le seuil, comme devant la plupart des maisons de l'île, ainsi que de la côte en face. Il appuya sa bicyclette contre le mur, sous la fenêtre, et frappa au panneau de la porte.

La personne qui vint lui ouvrir apparut dans l'entrebâillement à un niveau beaucoup plus bas qu'il ne s'y attendait. C'était un enfant sans doute — vu sa taille — un assez jeune enfant même — mais Mathias ne put seulement distinguer s'il avait affaire à un garçon ou à une fille, tant la silhouette se retira vite en arrière, dans la pénombre du couloir. Il entra et repoussa lui-même le battant. A cause de la demi-obscurité, à laquelle ses yeux n'avaient pas eu le temps de se faire, il ne sut pas comment s'était ouverte la porte qu'il franchit ensuite.

Un homme et une femme se tenaient assis à une table, l'un en face de l'autre. Ils ne mangeaient pas ; ils avaient déjà fini, peut-être. On aurait dit qu'ils attendaient le voyageur.

Celui-ci posa sa mallette sur la toile cirée, entièrement libre. Profitant du consentement tacite, il déballa sa marchandise tout en débitant son boniment avec assurance. Les deux personnages demeurés assis sur leur chaise l'écoutaient poliment ; ils examinaient même les cartons avec un certain intérêt, se les passant l'un à l'autre et s'efforçant à quelques très brefs commentaires : « Celle-ci a une forme commode », « Le boîtier de celle-là est plus élégant », etc... Mais ils donnaient l'impression de songer à autre chose — ou bien à rien — d'être las, désemparés, malades depuis longtemps, ou en proie à un chagrin immense ; et le plus souvent leurs commentaires se réduisaient à des notions scrupuleusement objectives : « Celle-là est plus plate », « Cette autre a le verre bombé », « Le cadran de celle-ci est rectangulaire »... dont l'inutilité évidente ne semblait pas les gêner.

A la fin ils fixèrent leur choix sur une des montres les moins chères — réplique exacte de celle que venait d'acheter la vieille paysanne. Ils la désignèrent sans enthousiasme, et comme sans raison. (« Pourquoi pas celle-là aussi bien ?) Ils n'échangèrent aucune opinion à son sujet. C'est à peine s'ils l'avaient vue. Quand l'homme eut sorti son portefeuille et réglé le prix, le voyageur regretta de n'avoir pas insisté pour leur faire prendre un article deux ou trois fois plus coûteux, pensant qu'ils l'auraient acquis sans plus d'hésitation, avec la même indifférence.

Personne ne vint le reconduire. La montre neuve au bracelet métallique était restée posée sur la toile cirée, entre la femme et son compagnon qui déjà regardaient ailleurs, perdue, brillante, injustifiée.

Jusqu'au hameau des Roches Noires, il n'y avait plus aucune habitation. Mathias roula ainsi pendant près d'un kilomètre avec diligence et régularité. Sur la route, la bicyclette ne projetait plus qu'une ombre très pâle — encore qu'intermittente — qui s'évanouit bientôt tout à fait. Contre le fond gris du ciel, où ne subsistaient que de rares et fugitives places bleues voilées de gaze, se dressait le phare tout proche.

L'ouvrage était un des plus hauts de la région, un des plus puissants aussi. Il comprenait, outre la tour elle-même, peinte en blanc, légèrement conique, un sémaphore, une station de radio, une petite centrale électrique, un poste avancé muni de quatre énormes sirènes pour les temps de brume, diverses constructions accessoires abritant des machines et du matériel, enfin les logements des employés et de leurs familles. Ingénieurs ou simples mécaniciens auraient constitué une clientèle de richesse suffisante, mais ces gens-là n'étaient malheureusement pas de ceux qui achètent leurs montres à des commis-voyageurs.

Il restait le hameau proprement dit. Limité autrefois à trois ou quatre masures, il se développait parallèlement aux installations voisines, quoique de façon plus modeste. Même si Mathias avait possédé une meilleure mémoire, il ne l'aurait guère reconnu tant il s'était agrandi depuis son enfance : une dizaine de maisonnettes, hâtivement bâties mais de bon aspect, encadraient et dissimulaient à présent les anciennes, dont les murs plus épais, le toit plus bas, les petites fenêtres carrées se signalaient encore ici et là aux yeux avertis. Les nouvelles venues n'appartenaient plus au monde de la pluie et du vent : bien qu'à vrai dire assez peu différentes de leurs aînées — mis à part ces menus détails — elles paraissaient à la fois sans climat, sans hi toire, sans situation géographique. On se demandait comment elles faisaient pour tenir tête, avec peut-être autant de succès, aux mêmes intempéries ; à moins que les conditions atmosphériques ne se soient aussi un peu modifiées.

On arrivait là, désormais, comme on serait arrivé n'importe où. Il y avait une épicerie et, bien entendu, un débit de boissons, situé presque à l'entrée du village. Abandonnant sa bicyclette près de la porte, Mathias y pénétra.

La disposition intérieure était la même que dans tous les établissements de ce genre, à la campagne ou dans la banlieue des grandes villes — ou sur le quai des petits ports de pêche. La fille qui servait, derrière le bar, avait un visage peureux et des manières mal assurées de chien mal assurées de chien mal assurées de fille qui servait derrière le... Derrière le bar, une grosse femme à la figure satisfaite et joviale, sous d'abondants cheveux gris, versait à boire à deux ouvriers en bleus de travail. Elle maniait la bouteille avec des gestes vifs et précis de professionnelle, relevant le goulot d'une légère rotation du poignet à l'instant exact où le liquide atteignait le bord supérieur du verre. Le voyageur s'approcha du comptoir, posa sa mallette à terre entre ses pieds et demanda une absinthe.

Machinalement le voyageur allait commander une absinthe, quand il se ravisa — juste avant d'avoir prononcé le mot. Il chercha le nom d'une autre consommation et, ne trouvant rien, désigna la bouteille que la patronne tenait encore à la main après avoir servi les deux employés du phare.

« Donnez-moi la même chose », dit-il et il posa sa mallette à terre entre ses pieds.

La femme plaça devant lui un verre tout pareil aux deux premiers ; de l'autre main, qui n'avait pas lâché la bouteille, elle l'emplit à son tour — du même mouvement, si rapide que la plus grosse partie de la dose se trouvait encore en l'air, entre le fond du verre et le goulot, au moment où déjà elle redressait celui-ci. En même temps que la rotation du poignet prenait fin, la surface du liquide versé s'immobilisa, rigoureusement au niveau des bords — sans le plus mince ménisque — comme un plan fictif délimitant la contenance théorique du verre.

La couleur — un brun rougeâtre assez foncé — était celle de la plupart des apéritifs à base de vin. Remise en place avec promptitude sur son étagère, la bouteille ne se distinguait plus de ses voisines, dans l'alignement des différentes marques. Auparavant, lorsque la femme la tenait dans sa grosse main, l'écartement des doigts — ou bien la position de l'étiquette par rapport à l'observateur — avait empêché celui-ci de déchiffrer celle-là. Mathias voulut reconstituer la scène pour essayer de saisir quelque fragment de papier multicolore qu'il pourrait comparer aux témoins rangés sur l'étagère. Il ne réussit qu'à se rendre compte d'une anomalie dont il n'avait pas été frappé sur le vif : la patronne se servait de sa main gauche pour verser à boire.

Il l'étudia plus attentivement qui rinçait des verres et les essuyait — d'une dextérité toujours égale — mais il ne sut pas établir de norme préalable, concernant les fonctions respectives de chaque main dans ces opérations complexes ; si bien qu'il lui fut impossible de voir si elle se conformait, ou non, au cas général. Il finit du reste par s'embrouiller, entre le spectacle et la réflexion, au point de commencer lui-même à confondre la droite et la gauche.

La femme laissa son torchon; elle prit un moulin à café qui attendait là, s'assit sur un escabeau et se mit à moudre avec vigueur. Comme elle craignait, à cette vitesse, un excès de fatigue pour un seul des bras, elle tournait successivement la manivelle de l'un puis de l'autre, à tour de rôle.

Dans le crépitement des grains de café écrasés par l'engrenage, l'un des deux hommes dit quelque chose à son collègue — que Mathias ne comprit pas. Des syllabes se reformèrent après coup, dans son esprit, qui ressemblaient à « falaise » et — plus incertaines — au verbe « lier ». Il tendit l'oreille ; mais personne ne parlait plus.

Le voyageur trouva bizarre qu'ils se soient tus ainsi depuis son arrivée, buvant leur apéritif à petites gorgées et reposant à chaque fois le verre sur le comptoir. Peut-être les avait-il dérangés au beau milieu d'une conversation importante ? Il tenta d'en imaginer le sujet. Mais il eut peur soudain de le connaître et redouta dès lors la reprise de l'entretien, comme si leurs paroles risquaient de le concerner lui-même, à leur insu. Sur cette voie déraisonnable il pouvait sans peine aller beaucoup plus loin : les mots « à leur insu » par exemple étaient de trop, car si sa présence — à lui — leur imposait silence, alors qu'ils ne se gênaient pas pour parler devant la patronne du débit, c'est évidemment parce qu'ils... parce qu'« il »... « Devant la patronne », ou plutôt « avec » elle. Et maintenant ils faisaient semblant de s'ignorer. La femme ne s'arrêtait de moudre que pour emplir à nouveau le moulin. Les deux ouvriers s'arrangeaient pour qu'une gorgée de plus restât toujours à boire au fond du verre. Personne, censément, n'avait rien à dire ; tandis que, cinq minutes plus tôt, il les voyait à travers la vitre qui discutaient tous les trois avec animation.

La patronne était en train de verser à boire aux deux hommes ; ceux-ci portaient des bleus de travail, ainsi que la plupart des employés du phare. Mathias rangea sa bicyclette contre la devanture, poussa la porte vitrée, vint s'accouder au bar à côté d'eux et commanda un apéritif. Après l'avoir servi, la femme se mit à moudre du café. Elle était d'âge respectable, grosse, imposante, sûre de ses gestes. Il n'y avait à cette heure-ci aucun marin dans son établissement. La maison où se trouvait ce dernier ne comportait pas de premier étage. De l'autre côté de sa porte on n'apercevait pas l'eau scintillante du port.

Personne, manifestement, n'avait rien à dire. Le voyageur se tourna vers la salle. Il eut peur, un instant, que tout ne soit encore à recommencer : trois pêcheurs qu'il n'avait pas remarqués en entrant — un très jeune homme et deux adultes — étaient assis à une des tables du fond, devant trois verres de vin rouge ; juste à ce moment le plus jeune prit la parole — mais le bruit du moulin pouvait avoir empêché Mathias d'entendre un début de conversation. Il prêta l'oreille. Comme d'habitude il s'agissait de la mévente des crabes. Il se retourna du côté du comptoir, pour achever cette boisson rougeâtre dont il ignorait le nom.

Il rencontra le regard de la patronne, qui l'observait à la dérobée tout en continuant de moudre, pendant qu'il regardait lui-même en arrière. Il abaissa les yeux jusqu'à son verre, comme s'il n'avait rien vu. Sur sa gauche, les deux ouvriers regardaient droit devant eux, en direction des bouteilles alignées sur l'étagère.

« Ça serait pas vous, le voyageur qui vend des montres ? » demanda tout à coup la voix tranquille de la femme.

Il leva la tête. Elle tournait toujours la manivelle de son moulin, sans cesser de le dévisager — mais avec bienveillance, lui sembla-t-il.

« Oui, c'est moi, répondit Mathias. On vous a donc prévenue qu'un voyageur allait passer ? Les nouvelles vont vite, dans le pays !

— Maria, une des filles Leduc, est entrée ici tout juste avant vous. Elle cherchait sa sœur, la plus jeune. Ils ont eu votre visite, ce matin : la dernière maison à la sortie du bourg.

— Bien sûr, que je suis passé chez Madame Leduc. Son frère est un copain — Joseph — celui qui travaille aux Vapeurs. Mais j'ai pas vu les filles, aujourd'hui, aucune des trois. On ne m'avait pas dit que la petite était chez vous.

— Elle n'y était pas, non plus. La mère l'a envoyée sur la falaise, garder les quatre ou cinq moutons qu'ils ont. Et elle a fichu le camp, encore une fois. Toujours à courir où elle devrait pas, à faire arriver des histoires.

— Jusqu'ici, on l'envoie, avec ses bêtes ?

— Non, pensez-vous : là-bas, sous le tournant des deux kilomètres. Maria est allée pour lui dire de rentrer un peu plus tôt, mais il n'y avait plus personne : les moutons, seulement, que la gosse avait mis au piquet dans un creux. »

Mathias hocha la tête, hésitant entre la plaisanterie et la compassion. La patronne ne prenait pas la chose trop à cœur, mais ne riait pas non plus ; elle avait un air tout à fait neutre — à la fois sûre de ce qu'elle racontait et n'y attachant aucune importance — avec un sourire vaguement professionnel sur les lèvres, comme elle aurait eu pour parler de la pluie et du beau temps.

« Elle est un peu difficile, il paraît, dit le voyageur.

— Un vrai démon ! Sa sœur a poussé jusqu'ici sur son vélo, pour savoir si personne l'avait vue. Si elle la ramène pas à la maison, ça va faire un drame.

— On a du mal, avec les enfants », dit le voyageur.

Ils étaient obligés de parler très fort, tous les deux, afin de dominer le bruit du moulin à café. Entre les phrases, le crépitement des grains dans l'engrenage reprenait aussitôt le dessus. Maria, pour venir au hameau des Roches Noires, avait dû passer sur la route pendant que Mathias était chez le couple à la mine fatiguée. Auparavant, pour traverser la lande depuis la grand-route jusqu'à l'endroit où paissaient les moutons, sur la falaise, elle ne pouvait avoir emprunté le même sentier que lui, mais un raccourci sans doute, ayant son point de départ avant le tournant. Un certain temps était en effet nécessaire à la jeune fille pour accomplir le trajet aller et retour de la route à la falaise et se livrer là-bas à de brèves recherches. Ce temps excédait largement les quelques minutes utilisées par le voyageur pour la vente d'une unique montre, dans la seule maison qu'il eût visitée entre l'embranchement Marek et le hameau. Et ce n'était pas la distance séparant cet embranchement de la maisonnette en question qui pouvait représenter la différence : outre qu'elle faisait à peine cinq ou six cents mètres, elle appartenait de toute façon en commun à leurs deux parcours — à elle et à lui.

Ainsi Maria roulait déjà vers la falaise avant qu'il ne soit lui-même remonté sur sa propre bicyclette. Par conséquent, si elle avait suivi à l'aller le sentier prenant en face du chemin Marek, elle aurait trouvé le voyageur arrêté au milieu de la chaussée, en train de causer avec la vieille femme — ou de contempler la chaîne de sa machine, les nuages, le crapaud mort — car cette station prolongée se situait bien en vue du croisement, à deux pas, pour ainsi dire. (Cette même hypothèse — où la jeune fille utilisait le chemin de Mathias pour accéder à la falaise — ne convenait pas mieux au cas où elle serait arrivée antérieurement à la pause, puisqu'elle aurait alors croisé le voyageur sur le sentier lui-même.)

Elle était donc venue par un autre chemin. Mais pourquoi avait-elle parlé de lui à la patronne ? Grâce aux ondulations de la lande, il semblait peu probable — il était impossible — il était impossible — il était impossible qu'elle l'eût aperçu d'un sentier à l'autre, elle allant, lui revenant. Là-bas, dans le creux abrité où broutaient les brebis, elle l'avait à coup sûr manqué de peu. Après une exploration rapide des alentours, des appels répétés, quelques secondes d'indécision, elle avait rejoint la grand-route — probablement, cette fois, par le même sentier que lui (le seul qu'il connaisse), mais les traces de bicyclettes y étaient nombreuses et trop peu marquées pour qu'on les distinguât entre elles. Il paraissait difficile qu'un nouveau raccourci existât, entre les moutons et le hameau des Roches Noires — pas un raccourci très avantageux en tout cas, vu les dimensions de l'anse qui s'avançait dans les terres au nord-ouest du phare.

Mathias, qui venait de négliger cette dernière possibilité au cours de toutes ses déductions précédentes, craignit sur le moment que la construction entière ne fût à reprendre. Mais à la réflexion il pensa que, même si ce raccourci invraisemblable avait existé, il n'aurait pas été suffisant pour modifier les conclusions — bien qu'il eût bouleversé le raisonnement, sans aucun doute.

« Je suis entré ici, dit-il, dès mon arrivée au village. Si Maria est passée chez vous très peu de temps avant moi, c'est donc qu'elle venait de me doubler, sans que je la voie — pendant que je visitais des clients : dans la petite maison en bordure de la route, la seule qu'il y ait entre le hameau et le tournant, le tournant des deux kilomètres. Avant cet arrêt-là, j'étais allé chez mes vieux amis les Marek — où j'ai attendu longtemps dans la cour de la ferme : il n'y avait personne et je ne serais pas parti sans leur donner le bonjour, prendre des nouvelles de toute la famille, parler un peu du pays. Je suis né dans l'île, vous savez. Robert Marek, c'est un camarade d'enfance. Il était descendu au bourg, ce matin. Sa mère — toujours vaillante — faisait des provisions, ici, aux Roches Noires. Vous l'avez rencontrée, peut-être ? Heureusement je l'ai vue à son retour, juste au croisement — à l'embranchement, je veux dire — mais ça fait bien un croisement, avec la grand-route, puisque le chemin de la ferme se continue, de l'autre côté,

par un sentier qui va sur la lande. Si c'est par là que Maria
est passée, elle l'aura fait pendant que j'étais en train d'attendre,
à la ferme. Vous avez dit, n'est-ce pas, qu'on suivait la route
jusqu'après le tournant, pour se rendre à la falaise — à cet
endroit de la falaise — dans le creux où elle mettait ses moutons
à paître ? »

Il valait mieux s'arrêter. Ces précisions de temps et d'itinéraires — fournies et demandées — étaient inutiles, suspectes
même, pis encore : confuses. D'ailleurs la grosse femme n'avait
jamais prétendu que Maria fût passée par le tournant des
deux kilomètres, mais seulement que les brebis des Leduc
pâturaient « après le tournant » — expression très ambiguë,
puisqu'on ne savait pas si elle l'entendait par rapport au village
où elle se trouvait elle-même, ou bien par rapport au bourg,
où se trouvait la maison Leduc.

La patronne ne répondit pas à la question posée. Elle ne
regardait plus le voyageur. Celui-ci pensa qu'il n'avait pas
crié assez fort pour se faire comprendre, avec le bruit du moulin.
Il n'insista pas et fit semblant de boire un fond de liquide dans
son verre. Il douta même ensuite d'avoir parlé à voix haute.

Il s'en félicita : s'il ne servait à rien d'exposer le détail de
ses alibis à des auditeurs aussi inattentifs, il ne pouvait être que
dangereux de chercher ainsi à falsifier des éléments se rapportant à la sœur, qui se rappellerait parfaitement son trajet
véritable. La preuve était faite qu'elle avait atteint la falaise
par un autre chemin que lui — un raccourci, dont la patronne
devait connaître l'existence. Il était stupide, dans ces conditions,
de se servir comme référence d'un prétendu passage de la jeune
fille au croisement.

Le voyageur se souvint alors que la grosse femme n'avait pas dit « après le tournant », mais quelque chose comme « sous » le tournant — ce qui ne signifiait rien de précis — ou, même, était tout à fait dépourvu de sens. Il lui restait donc la ressource de... Un effort de pensée lui fut nécessaire pour se rendre compte avec clarté que, là également, toute tentative de truquage serait vaine : le lieu où les moutons broutaient au piquet était déterminé sans contestation possible. On les mettait toujours dans ces parages, peut-être, et Maria s'y rendait souvent. De toute manière elle avait, aujourd'hui même, examiné l'endroit à loisir. Mieux encore : les bêtes, laissées sur place, constitueraient le plus irréfutable des repères. Mathias, du reste, connaissait le creux de la falaise aussi bien que n'importe qui. Il ne réussirait évidemment pas à le déplacer en feignant de mal interpréter les déclarations d'un témoin indirect.

D'autre part ces diverses données, concernant les situations ou les parcours, n'avaient pas la moindre importance. La seule chose à retenir était que Maria ne pouvait l'avoir aperçu traversant la lande, sinon il l'aurait aperçue lui-même, d'autant plus certainement qu'ils progressaient dans des directions inverses. Tous ses raisonnements ne visaient qu'à expliquer pourquoi la jonction n'avait pas eu lieu, non plus, alors qu'il stationnait au milieu de la grand-route, près du cadavre desséché du crapaud — emplacement où la rencontre ne tirait d'ailleurs pas à conséquence. Vouloir de surcroît prouver que, s'ils ne s'étaient pas vus, c'est parce qu'il attendait pendant ce temps à la ferme des Marek, cela ne mènerait à rien.

Il serait beaucoup plus vraisemblable, aux yeux de tout le monde, que Maria Leduc ait doublé le voyageur une première fois, bien avant le tournant, tandis qu'il exposait sa marchandise dans une autre maison — le moulin, par exemple. Le peu de minutes passé par Mathias à la ferme des Marek, augmenté de l'aller et retour sur le chemin secondaire, ne laissait en effet pas assez de temps à la jeune fille pour chercher sa sœur cadette dans tous les recoins de la falaise.

Mathias n'était pas allé à cette ferme — il est vrai — mais l'entretien avec la vieille femme, au croisement, paraissait d'une durée encore plus courte. La solution du moulin serait sans conteste plus acceptable.

Malheureusement il fallait la rejeter à son tour comme tout à fait fausse, et cela pour deux raisons au moins, dont l'une était que le voyageur n'avait pas plus effectué ce détour par le moulin que celui de la ferme.

On devait en outre, pour l'autre raison, admettre que les recherches de Maria ne représentaient que le temps de vendre une montre — près d'un carrefour — de réparer une bicyclette neuve, de faire la différence entre la peau d'une grenouille et celle d'un crapaud, de retrouver l'œil fixe de la mouette dans des nuages aux contours trop changeants, de suivre les mouvements d'antennes d'une fourmi dans la poussière.

Mathias se mit en devoir de récapituler ses déplacements depuis son départ du café-tabac-garage, sur la machine louée. Il était à ce moment-là onze heures dix ou onze heures un quart. Établir ensuite la chronologie des stations ne présentait pas de difficulté notable ; mais il n'en irait pas de même pour la distribution de leurs valeurs respectives, qu'il avait omis de noter. Quant aux durées de parcours, entre les stations, elles n'influeraient guère sur les calculs, la distance du bourg au phare n'atteignant pas quatre kilomètres — c'est-à-dire à peine plus d'un quart d'heure, au total.

Pour commencer, le trajet jusqu'au premier arrêt étant à peu près négligeable, on pouvait fixer celui-ci à onze heures quinze exactement.

Il s'agissait de la dernière maison à la sortie du bourg. Mme Leduc lui avait ouvert presque aussitôt. Tout le début s'était déroulé à une allure très vive : le frère qui travaillait à la compagnie des vapeurs, les bracelets-montres à des prix défiant toute concurrence, le corridor coupant la maison par son milieu, la porte à droite, la grande cuisine, la table ovale au centre de la pièce, la toile cirée aux petites fleurs multicolores, la pression des doigts sur la fermeture de la mallette, le couvercle qui bascule en arrière, l'agenda noir, les prospectus, le cadre rectangulaire posé sur le buffet, le support en métal brillant, la photographie, le sentier qui descend, le creux sur la falaise à l'abri du vent, secret, tranquille, isolé comme par les plus épaisses murailles... comme par les plus épaisses murailles... la table ovale au centre de la pièce, la toile cirée aux petites fleurs multicolores, la pression des doigts sur la fermeture, le couvercle qui bascule en arrière comme mû par un ressort, l'agenda noir, les prospectus, le cadre en métal brillant, la photographie où l'on voit... la photographie où l'on voit la photographie, la photographie, la photographie, la photographie...

Le bruit du moulin à café cessa brusquement. La femme se leva de son tabouret. Mathias fit semblant de boire un reste de liquide au fond de son verre. Sur la gauche, un des ouvriers dit quelque chose à son collègue. Le voyageur tendit l'oreille ; mais, de nouveau, personne ne parlait plus.

Il y avait eu le mot « soupe », à la fin d'une phrase assez courte ; peut-être aussi le mot « rentrer ». Cela devait ressembler à « ...rentrer à la maison pour la soupe », avec un début dans ce genre : « Il est temps de... » ou bien « Il va falloir... » C'était une façon de s'exprimer, probablement ; depuis plusieurs générations les pêcheurs eux-mêmes ne prenaient plus de soupe au repas de midi. La femme saisit les verres vides des deux hommes, les plongea dans le bac à vaisselle, les lava vivement, les rinça sous le robinet et les déposa sur l'égouttoir. Le voisin immédiat de Mathias enfonça la main droite dans la poche de son pantalon et en retira une poignée de piécettes.

« On va encore être en retard pour la soupe », dit-il, tout en comptant de la monnaie devant lui, sur la plaque d'étain recouvrant le bar.

Pour la première fois depuis le bourg, le voyageur regarda la montre qu'il portait au poignet : il était une heure passée — une heure sept, exactement. Son débarquement dans l'île datait déjà de trois heures, à une minute près. Et il avait seulement vendu deux bracelets-montres, à cent cinquante-cinq couronnes chacun.

« Faut que je me dépêche, dit le deuxième ouvrier, à cause des gosses qui vont à l'école. »

La patronne ramassa l'argent d'un geste rapide, avec un « Merci, Messieurs ! » souriant. Elle reprit le moulin à café et le rangea dans un placard. Elle n'avait pas vidé le tiroir après avoir fini de moudre.

« Oui, on a bien du mal avec les enfants », répéta Mathias.

Les deux employés du phare étaient sortis en saluant à la

ronde. Il pensa, trop tard, que leur proposer des montres aurait été plus normal. Mais il devait encore obtenir des renseignements sur deux points : Où allait Maria Leduc en quittant les Roches Noires ? Pourquoi avait-elle parlé de lui ? Il chercha une tournure qui donnerait à la question un air d'indifférence.

« On a aussi de la satisfaction, quelquefois », dit la grosse femme.

Le voyageur hocha la tête : « Oui, bien sûr ! » Et, après un silence : « Le malheur des uns... » commença-t-il.

Il n'alla pas plus loin. Cette formule ne convenait pas du tout.

« Maria est retournée là-bas, continua la femme, par le sentier qui longe la falaise.

— Ça n'est pas un raccourci, assura Mathias pour savoir si ç'en était un.

— Quand on est à pied, c'est un raccourci ; mais avec son vélo elle mettra plus de temps que par la route. Elle voulait voir si la Jacqueline serait pas en train de s'amuser dans les rochers, vers le trou du Diable.

— Elle n'était peut-être pas si loin. Elle n'a pas entendu appeler, à cause du vent. On va la retrouver à garder tranquillement ses brebis, à la place habituelle. »

Bien sagement. Tranquille, dans le creux tranquille.

« Peut-être aussi, dit la femme, qu'on va la trouver encore à rôder par ici, du côté du phare. Et pas seule aussi, peut-être. A treize ans, hein, c'est malheureux à dire.

— Bah ! Elle doit pas faire grand mal... Elle n'allait pas jouer trop près du bord, au moins, là où les rochers sont dangereux ? Parfois ça s'éboule, dans ces coins-là. Faut faire attention où on pose les pieds.

— Pour ça, craignez rien : elle est vive ! »
Vive. Elle était. Vive. Vivante. Brûlée vive.

« N'importe qui peut faire un faux-pas », dit le voyageur.

Il prit son portefeuille dans la poche intérieure de sa veste et en tira un billet de dix couronnes. Il en profita pour remettre en place une coupure de journal dont le bord dépassait légèrement les autres papiers. Puis il tendit le billet à la patronne. Quand elle lui rendit la monnaie, il vit qu'elle posait les pièces sur le comptoir, une à une, de la main gauche.

Ensuite elle s'empara de son verre, qui subit à toute vitesse la série des opérations de lavage : bac, frottage circulaire, robinet, égouttoir. Sur ce dernier, les trois exemplaires identiques se trouvèrent ainsi alignés à nouveau — comme ils l'avaient été précédemment sur le dessus du bar — mais à un niveau sensiblement inférieur cette fois, plus rapprochés en outre les uns des autres, vides (c'est-à-dire transparents et incolores, au lieu d'être rendus opaques par le liquide brun qui les emplissait de façon si parfaite) et renversés. Néanmoins la forme de ces verres — cylindres sans pied, renflés à mi-hauteur — leur faisait une silhouette à peu de chose près semblable, qu'ils reposent sur le fond ou sur les bords.

La situation de Mathias était toujours la même. Ni ses raisonnements, ni les paroles de son interlocutrice, ne l'avaient éclairé quant au point essentiel : pourquoi Maria Leduc venait-elle de mentionner sa présence dans l'île, à propos de sa sœur disparue ? C'était bien l'unique chose à savoir et il n'avancerait guère ses connaissances, à ce sujet, en disputant sur l'existence de raccourcis plus ou moins avantageux dans l'inextricable réseau de sentiers qui sillonnait en tous sens les ajoncs nains de la falaise.

Pourquoi la jeune fille aurait-elle parlé de lui, sinon parce qu'elle l'avait aperçu cheminant sur la lande — « sous » le tournant — où rien ne justifiait son passage ? Le fait qu'il ne l'ait pas vue, lui-même, ne s'expliquait que trop aisément. Leurs deux sentiers, séparés l'un de l'autre par des ondulations de terrain assez importantes, ne possédaient que de rares points privilégiés depuis lesquels deux observateurs pouvaient se découvrir mutuellement. A un moment donné ils avaient occupé, elle et lui, des positions favorables ; mais elle seule s'était alors tournée dans la direction voulue, si bien que la réciprocité du regard n'avait pas joué. Il suffisait que juste à cet instant Mathias ait eu les yeux ailleurs — au sol, par exemple, ou levés vers le ciel, ou dans n'importe quelle orientation, hormis la bonne.

La jeune fille, au contraire, avait immédiatement identifié le personnage entrevu, grâce à la bicyclette étincelante et à la petite valise marron que sa mère venait de lui décrire. Aucune confusion n'était possible. Maintenant elle espérait que peut-être il saurait où se cachait sa sœur, car il paraissait revenir des parages assignés à la fillette. En supposant que la mère ait mal rapporté les paroles du voyageur concernant son itinéraire, Maria risquait même d'avoir eu la certitude qu'il revenait de la falaise. Il se souvint en effet que, tandis qu'il tâchait de quitter sans impolitesse la trop bavarde Mme Leduc, celle-ci avait parlé d'une rencontre éventuelle entre lui et la plus jeune de ses filles. L'idée certes était saugrenue. Que serait-il allé faire sur ce sentier incommode et dépourvu de maisons, qui ne menait à rien ? — excepté à la mer, à des rochers abrupts, une étroite dépression abritée du vent et cinq moutons broutant au piquet, sous la surveillance superflue d'une enfant de treize ans.

Il avait tout de suite reconnu Violette, dans le déguisement de petite paysanne qu'elle portait sur la photographie. Sa mince robe de cotonnade noire — la même que sur l'image — convenait mieux pour le plein été, mais il faisait si chaud, au fond de ce ravin, qu'on s'y croyait au mois d'août. Violette attendait au soleil, dans l'herbe, à moitié assise, à moitié à genoux, les jambes repliées sous elle, le reste du corps dressé et légèrement tordu vers le côté droit, dans une attitude un peu forcée. La cheville droite et le pied s'écartaient du haut de la cuisse ; l'autre jambe demeurait entièrement invisible à partir du genou. Les bras étaient relevés, coudes en l'air et mains ramenées vers la nuque — comme pour arranger les cheveux par derrière. Un paletot de laine grise gisait près d'elle, sur le sol. La robe sans manches laissait voir le creux des aisselles.

Tournée vers lui, elle n'avait pas bougé à son approche, soutenant son regard de ses deux yeux grands ouverts. Mais, à la réflexion, Mathias se demanda si c'était lui qu'elle observait, ou bien quelque autre chose au delà — de dimensions très vastes. Les prunelles restaient fixes ; aucun trait du visage ne tremblait. Sans baisser les paupières ni quitter sa posture inconfortable, elle fit pivoter son buste vers la gauche.

Il lui fallait à tout prix dire quelque chose. Sur l'égouttoir, les trois verres étaient presque secs. La femme les prit l'un après l'autre, pour les essuyer d'un coup de torchon rapide et les faire disparaître sous le comptoir, à l'endroit d'où elle les avait tirés au début. Ils s'y placèrent en ligne une nouvelle fois, au bout de la longue file des autres exemplaires du même objet — invisibles comme eux pour les consommateurs.

Mais la disposition en lignes des séries n'étant pas pratique pour le service, c'est en rectangles qu'on les serrait sur les étagères. Les trois verres à apéritif venaient de s'y caser à côté de trois verres semblables, terminant une première rangée de six ; une deuxième rangée identique se situait derrière, puis une troisième, une quatrième, etc... La succession se perdait à la fin dans l'obscurité, vers le fond du placard. A droite et à gauche de cette série, ainsi qu'au-dessus et au-dessous sur les autres étagères, se déployaient d'autres séries rectangulaires variant par la taille et la forme des éléments, rarement par la couleur.

On enregistrait cependant çà et là des altérations de détail. Il manquait une pièce au dernier rang du modèle qui servait pour la plupart des apéritifs à base de vin ; deux verres, en outre, n'y étaient pas de la même fabrication que les autres, dont ils se distinguaient par une légère teinte rosée. Cette rangée non homogène comportait donc (d'ouest en est) : trois unités conformes au type, deux exemplaires roses, un emplacement vide. Les verres de cette série étaient dépourvus de pied ; leur contour rappelait, en petit, celui d'un tonneau faiblement convexe. C'est dans l'un d'eux — incolore — que venait de boire le voyageur.

Il leva les yeux vers la grosse femme aux cheveux gris et vit qu'elle le regardait — depuis longtemps déjà, peut-être.

« Alors, Maria... Qu'est-ce qu'elle me voulait ? Vous avez dit, tout à l'heure... A propos de quoi a-t-elle parlé de moi ? »

La patronne continua de le dévisager. Elle attendit près d'une minute avant de répondre.

« A propos de rien. Elle a seulement demandé si on vous

avait pas vu. Elle espérait vous trouver au village. C'est un peu pour ça qu'elle était venue jusqu'ici.»

Après une nouvelle pause, elle ajouta :

« Je crois qu'elle avait envie de jeter un coup d'œil à votre marchandise.

— Voilà donc le fin mot de l'histoire ! dit le voyageur. Vous allez constater vous-même que ça vaut en effet la peine de faire quelques kilomètres. C'est sa mère qui a dû lui dire. Si vous avez jamais admiré de belles montres, Messieurs-Dames, apprêtez-vous...»

Tout en poursuivant son discours, sur un ton frisant la parodie, il prit sa mallette entre ses pieds et se retourna pour aller la poser sur la table voisine de celle où buvaient les trois marins. Ceux-ci dirigèrent leurs regards de son côté ; l'un d'eux déplaça son siège pour mieux voir. La femme fit le tour du bar et s'approcha.

Déclic de la serrure en faux cuivre, couvercle, agenda noir, tout se déroulait normalement, sans déviations et sans fissures. Les paroles, comme toujours, fonctionnaient un peu moins bien que les gestes, mais sans rien de trop choquant dans l'ensemble. La patronne voulut essayer plusieurs modèles, qu'il fallut détacher de leurs cartons, et rattacher ensuite tant bien que mal. Elle les passa l'un après l'autre à son poignet, pour juger de leur effet en remuant la main dans tous les sens, montrant tout à coup des soucis de coquetterie dont son apparence ne laissait rien prévoir. Elle finit par acheter un article volumineux au cadran très ornementé, où les heures n'étaient pas indiquées par des chiffres mais par de petits dessins confus aux boucles entrelacées. Peut-être la forme des douze premiers nombres avait-elle inspiré l'artiste, à l'origine ; il en restait si peu de chose qu'on n'y pouvait pratiquement pas lire l'heure — sans un examen approfondi, en tout cas.

Deux des marins, qui désiraient l'avis de leurs épouses, demandèrent au voyageur de passer chez eux après le déjeuner. Ils habitaient le hameau, dont la topographie n'était guère compliquée ; pourtant ils entrèrent dans de très longues explications, afin de situer avec exactitude leurs demeures respectives. Ils donnaient vraisemblablement une quantité de détails inutiles ou superfétatoires, mais avec tant de précision et tant d'insistance que Mathias s'y perdait. Une description des lieux contenant des erreurs volontaires ne l'aurait pas égaré davantage ; il n'était pas sûr, en fait, que ne fussent pas mêlées aux redondances bon nombre de contradictions. Plusieurs fois, il eut même l'impression que l'un des deux hommes employait à peu près au hasard, et comme indifféremment, les mots « à gauche » et « à droite ». Un croquis sommaire de l'agglomération aurait tout éclairci ; malheureusement aucun des marins ne possédait sur soi de quoi écrire, la femme était trop absorbée par son récent achat pour leur offrir une feuille de papier et le voyageur n'avait pas envie de laisser barbouiller son agenda de comptes. Comme il se proposait de visiter toutes les maisons du village, il prit bientôt le parti de hocher la tête d'un air compréhensif sans même écouter la suite des commentaires, dont il ponctuait néanmoins le cours par des « Bien » et des « Oui » convaincus.

Leurs deux habitations se trouvant dans la même direction par rapport au café, les marins avaient parlé d'abord à tour de rôle, celui qui logeait le plus loin commençant son récit là où son compagnon s'arrêtait. Par surcroît de précaution, le premier reprenait tout à l'origine sitôt que l'autre était lui-

même arrivé au but. Entre les versions successives se rapportant
à la même partie du trajet, il y avait bien entendu des variations — qui paraissaient considérables. Mais un désaccord survint
ensuite, quant au début du parcours, et les deux hommes se
mirent à parler ensemble, chacun voulant imposer son point
de vue à Mathias, alors que celui-ci ne comprenait même pas
en quoi consistait la différence. La dispute n'aurait pas eu de
fin, si l'heure du repas ne les avait forcé à y mettre un terme
provisoire : le voyageur trancherait le débat en indiquant plus
tard le chemin qu'il jugerait sur place le meilleur ; puisqu'il
passait sa vie sur les routes, il devait être un spécialiste en cette
matière.

Ils payèrent leur vin et sortirent, accompagnés par le troisième — toujours silencieux. Mathias, qui ne pouvait se présenter chez les clients avant deux heures moins le quart ou
deux heures (à cause du retard notable des horaires de l'île
sur ceux du continent), avait largement le temps de manger
ses deux sandwiches. Il rangea le contenu de sa valise avec
soin, le referma et s'assit à une table en attendant, pour commander à boire, le retour de la patronne disparue dans l'arrière-
boutique.

Seul dans la salle, à présent, il regarda devant lui, derrière
la vitre, la route qui traversait le village. Elle était très large,
poussiéreuse — et déserte. De l'autre côté se dressait un mur de
pierre sans ouverture, plus haut qu'un homme, abritant sans
doute quelque dépendance du phare. Il ferma les yeux et
pensa qu'il avait sommeil. Il s'était levé de bonne heure, afin
de ne pas manquer le bateau. Il n'y avait pas d'autobus pour
descendre de chez lui jusqu'au port. Dans une ruelle du
quartier Saint-Jacques la fenêtre d'un rez-de-chaussée donnait

sur une chambre profonde, assez sombre bien qu'il fît déjà
grand jour ; la lumière d'une petite lampe tombait en tache
claire sur les draps défaits, à la tête du lit ; éclairé de biais,
par en bas, un bras levé projetait son ombre agrandie sur le
mur et le plafond. Mais il ne fallait pas qu'il rate le bateau :
cette journée dans l'île pouvait tout sauver. En comptant la
première montre placée le matin en ville, juste avant d'embarquer, ses ventes se limitaient encore à quatre. Il les inscrirait
plus tard dans l'agenda. Il pensa qu'il était fatigué. Rien ne
troublait le silence, ni dans le café ni à l'extérieur. Aussitôt il
s'aperçut qu'on entendait au contraire — malgré la distance
et la porte fermée — le fracas régulier des vagues qui déferlaient
contre les roches en avant du phare. Le bruit en parvenait
jusqu'à lui si fort et si distinct qu'il s'étonna de ne pas l'avoir
remarqué plus tôt.

Il ouvrit les paupières. La mer, évidemment, n'était pas
visible de là. Un pêcheur se tenait derrière la vitre et regardait à
l'intérieur du débit — une main sur la poignée de la porte, dans
l'autre le goulot d'une bouteille vide. Mathias crut reconnaître
un des buveurs revenu sur ses pas — celui qui ne disait rien.
Mais, quand l'homme eut pénétré dans la salle, le voyageur
vit qu'il se trompait. Il comprit en outre que la mine réjouie
du nouvel arrivant était due à sa propre présence. Le marin
se dirigeait en effet vers lui, avec de grandes exclamations :
« C'est bien toi ? J'ai pas la berlue ? »

Mathias se souleva de son siège pour serrer la main qu'on
lui tendait. Il abrégea l'étreinte le plus possible et ramena
son bras en fermant le poing, de manière à dissimuler ses ongles
à l'intérieur de la paume.

« Eh oui ! dit-il ; c'est bien moi.

— Ce vieux Mathias ! Ça fait un sacré bout de temps, hein ? »
Le voyageur se laissa retomber sur sa chaise. Il ne savait
pas quelle contenance prendre. Il avait tout d'abord soupçonné
une supercherie : le bonhomme faisait seulement semblant de
le connaître. Comme il ne voyait pas l'avantage qu'un pêcheur
aurait retiré de ce stratagème, il en abandonna l'idée et approuva
sans réserve :

« Ben, oui ! On peut dire que ça fait un bout de temps. »

Sur ces entrefaites la grosse femme revint ; Mathias ne fut
pas mécontent de lui prouver ainsi qu'il n'était pas un étranger,
qu'il possédait vraiment de nombreux amis dans l'île, qu'on
pouvait avoir confiance. Le marin la prenait à témoin :

« Je cours jusqu'ici pour acheter un litre et je me trouve
nez à nez avec ce vieux Mathias, que j'ai pas revu depuis je
ne sais plus quand. Ça, alors, c'est drôle ! »

Le voyageur non plus ne savait pas depuis quand ; et il trouvait ça bizarre, lui aussi. Mais il remuait vainement ses souvenirs, se demandant même ce qu'il fallait au juste y chercher.

« C'est des choses qui arrivent », dit la patronne.

Elle prit la bouteille vide et en apporta une pleine à la place.
Après s'en être emparé, le marin déclara que le « mieux »
serait de la marquer sur son compte « avec les autres ». La
femme eut une moue de mécontentement, mais ne protesta
pas. En considérant le mur d'un air vague, l'autre émit alors
l'opinion qu'un second litre lui aurait permis d'inviter à déjeuner
« ce vieux Matt ». Il ne s'adressait à personne en particulier.
Personne ne répondit.

Sans doute était-ce à Mathias d'intervenir. Mais l'homme se
retourna vers lui et se mit à le questionner, avec une cordialité

accrue, sur ce qu'il était « devenu depuis ». Il semblait difficile
de le renseigner sans savoir, au préalable, depuis quand il
voulait dire. Le voyageur n'eut pas à se tracasser longtemps à
ce sujet, car on n'avait apparemment nulle intention d'écouter
sa réponse. Son nouvel ancien camarade parlait à une cadence
de plus en plus rapide, en exécutant avec ses deux bras des
gestes dont l'amplitude et la vigueur faisaient craindre pour
la bouteille pleine qu'il tenait dans la main gauche. Mathias
renonça bientôt à démêler, dans le flot des paroles sans cohérence, d'éventuelles indications sur le passé commun qui était
censé le lier au personnage. Toute son attention suffisait à peine
pour suivre les mouvements — tantôt divergents, tantôt conver-
gents, tantôt sans relation discernable — de la main libre et
du litre de vin rouge. La première, plus agile, entraînait l'autre ;
en l'alourdissant d'une charge égale à celle qui embarrassait
déjà le bras gauche, on risquait de réduire à presque rien
l'agitation des deux — à de menus déplacements, plus lents,
plus ordonnés, moins étendus, nécessaires peut-être, faciles à
saisir en tout cas pour un observateur attentif.

Mais il fallait d'abord qu'une certaine accalmie permette
d'interrompre cette émission de phrases et de gestes enchevêtrés,
qui prenait au contraire de minute en minute une intensité
plus alarmante. Les petites failles qui s'y présentaient encore
çà et là étaient inutilisables, car on ne les apercevait qu'avec
un peu de recul, donc trop tard, quand le courant se trouvait
déjà rétabli. Mathias regretta de ne pas avoir offert la seconde
bouteille au moment où l'occasion s'en était présentée avec
évidence. Revenir maintenant jusqu'à ce point exigeait une
vivacité de réactions dont il se sentit tout à fait incapable. Il
ferma les yeux. Derrière le marin, au delà du vin menaçant

— ou libérateur — de la porte vitrée, de la route et du mur de pierre qui s'élevait sur l'autre bord, la mer continuait de battre la falaise avec régularité. Après le choc de la vague contre les flancs déchiquetés du schiste, on entendait le bruit de cataracte de l'eau retombant en masse de tous côtés, suivi du ruissellement d'innombrables cascades blanches qui redescendaient de creux en ressauts le long du roc, et dont le murmure décroissant se prolongeait jusqu'à la vague suivante.

Le soleil avait complètement disparu. Pour peu que le regard s'écartât du rivage, la mer apparaissait d'un vert uniforme, mat, opaque et comme figé. Les vagues semblaient naître à une très faible distance, pour se gonfler brusquement, submerger d'un seul coup les roches géantes détachées de la côte et s'écrouer par derrière en éventails laiteux, s'engouffrer plus loin en bouillonnant dans les anfractuosités de la paroi, surgir de trous insoupçonnés, s'entrechoquer au milieu des chenaux et des grottes, ou jaillir soudain vers le ciel en panaches d'une hauteur inattendue — qui se répétaient pourtant aux mêmes points, à chaque lame.

Dans un renfoncement protégé par une saillie oblique, où l'eau plus calme clapotait au gré du ressac, une épaisse couche de mousse jaunâtre s'était accumulée, dont le vent détachait des lambeaux qu'il dispersait en tourbillons jusqu'en haut de la falaise. Sur le sentier qui longeait le bord, Mathias marchait d'un pas rapide, mallette à la main et canadienne boutonnée, plusieurs mètres en arrière du pêcheur. Celui-ci, une bouteille pleine pendant au bout de chaque bras, avait fini par se taire à cause du vacarme. De temps à autre il se retournait vers le voyageur et criait quelques mots à son adresse, qu'il accom-

pagnait de mouvements confus des coudes — embryons avortés
de démonstrations plus vastes. Mathias ne pouvait entreprendre
d'en reconstituer le plein développement, car il était obligé,
afin de tendre l'oreille dans cette direction, de garder les yeux
ailleurs. Il s'arrêta même un instant, pour mieux essayer de
comprendre. A l'angle d'un étroit couloir, entre deux murailles
presque verticales, l'eau s'enflait et se creusait tour à tour,
au passage du flot ; il ne se produisait à cet endroit ni défer-
lement ni remous ; la masse mouvante y demeurait lisse et
bleue, tout en montant et descendant contre la pierre. La
disposition des rochers aux alentours amenait un brusque afflux
de liquide dans la passe, sous la poussée duquel le niveau
s'élevait à une hauteur dépassant de beaucoup celle de la vague
initiale. L'affaissement s'amorçait aussitôt, qui créait en quelques
secondes, à la même place, une dépression si profonde qu'on
s'étonnait de ne pas y découvrir le sable, ou les galets, ou
l'extrémité ondulante des algues. La surface y restait au contraire
du même bleu intense, teinté de violet le long des parois. Mais
pour peu que le regard s'écartât de la côte, la mer apparaissait,
sous le ciel chargé de nuages, d'un vert uniforme, mat, opaque
et comme figé.

Un écueil plus avancé, situé déjà dans cette zone où la houle
avait l'air quasi insignifiante, échappait malgré sa forme basse
à l'immersion périodique. C'est à peine si un liséré d'écume
en cernait le contour. Trois mouettes s'y tenaient immobiles
sur de légères proéminences, l'une un peu au-dessus des deux
autres. Elles se présentaient de profil, toutes les trois orientées
de façon identique et aussi semblables entre elles que si on les
avait peintes, sur la toile de fond, au moyen du même pochoir

— pattes raides, corps horizontal, tête dressée, œil fixe, bec pointant vers l'horizon.

Le chemin s'abaissait ensuite le long d'une crique, pour atteindre la petite plage qui terminait une sorte de vallée très exiguë, envahie par les roseaux. Le triangle de sable était entièrement occupé par une barque sans mât tirée au sec et cinq ou six pièges à crabes — grands paniers ronds à claire-voie, faits de minces baguettes maintenues par des liens d'osier. Un peu en retrait, devant les premiers roseaux, s'élevait une maisonnette solitaire, au milieu d'un coin d'herbe rase raccordé à la grève par un raidillon. Le pêcheur tendit un des litres de vin vers le toit d'ardoises et dit : « On y est. »

Mathias fut surpris par cette voix redevenue subitement normale : il n'y avait plus besoin de hurler pour se faire entendre, le bruit assourdissant du vent et de la mer avait disparu d'une manière si totale qu'on se serait cru transporté à plusieurs kilomètres. Il regarda en arrière. La descente n'était encore qu'amorcée, mais l'étroitesse de la crique et les mamelons qui couronnaient la falaise, au-dessus du sentier, suffisaient pour mettre aussitôt ce dernier à l'abri. Les vagues n'étaient d'ailleurs plus visibles — ni leur arrivée successive, ni leur éclatement, ni même leurs gerbes les plus hautes — masquées par les avancées rocheuses qui fermaient aux trois quarts l'entrée du bassin. Aussi bien protégée que par une série de digues en chicane, l'eau y avait la mollesse des jours de calme plat. Mathias se pencha vers le bord à pic.

Il vit au-dessous de lui, dépassant à peine la surface, une plateforme horizontale grossièrement taillée dans le roc, assez longue et large pour s'y étendre à l'aise. Que la formation en ait été purement naturelle ou due à la main des hommes, ceux-ci l'utilisaient — ou l'avaient utilisée autrefois — probablement pour l'accostage des petits bateaux de pêche, lorsque la marée le permettait. On pouvait y accéder sans trop de mal, depuis le chemin, grâce à une suite de cassures formant escalier où quelques marches seulement faisaient défaut. L'installation de ce quai rudimentaire était complétée par quatre anneaux de fer scellés dans le flanc vertical : les deux premiers placés tout en bas, au ras de la plateforme, distants d'un mètre environ, les deux autres à hauteur d'homme et un peu plus écartés. La position anormale dans laquelle les jambes et les bras se trouvaient ainsi maintenus mettait en valeur la sveltesse du corps. Le voyageur avait tout de suite reconnu Violette.

Rien ne manquait à la ressemblance. C'était non seulement le visage encore enfantin aux yeux immenses, le cou mince et rond, la teinte dorée des cheveux, mais aussi la même fossette près des aisselles et jusqu'au grain fragile de la peau. Un peu au-dessous de la hanche droite elle avait une petite tache en relief, d'un noir tirant sur le roux, grosse comme une fourmi et dont la configuration en étoile à trois pointes rappelait curieusement celle d'un v, ou d'un i grec.

Il faisait très chaud, en plein soleil, dans ce creux bien abrité. Mathias dégrafa la ceinture de sa canadienne ; quoique le ciel fût couvert, l'air paraissait moins vif sitôt qu'on ne sentait plus le vent. Vers la haute mer, de l'autre côté des récifs qui défendaient l'accès de la crique, on voyait toujours le même rocher très bas sur l'eau, avec sa frange d'écume et ses trois mouettes immobiles. Elles n'avaient pas changé d'orientation ; mais comme elles étaient assez éloignées, elles continuaient malgré les déplacements de l'observateur à s'offrir aux regards sous le même angle — c'est-à-dire exactement de profil. A travers une invisible percée de nuages, un pâle rayon de soleil éclairait la scène d'une lumière plate et blafarde. Le blanc plutôt terne des oiseaux donnait, sous ce jour, l'impression d'une distance impossible à évaluer ; l'imagination pouvait aussi bien les situer à une lieue qu'à vingt pas, ou même sans plus d'effort à portée de la main.

« On y est », dit la voix joyeuse du pêcheur. Le rayon s'éteignit. Le plumage grisâtre des mouettes se rétablit à une soixantaine de mètres. Au bord de la falaise abrupte — trop au bord, par endroit, à la suite d'éboulements récents — le sentier descendait en pente raide vers le coin d'herbe rase et la maison. Celle-ci n'avait qu'une seule fenêtre, petite et carrée. Le toit était couvert d'ardoises épaisses, irrégulières, taillées à la main. « On y est », répéta la voix.

Ils entrèrent. Le marin passa le premier, suivi du voyageur qui repoussa le battant derrière soi ; le loquet se referma tout seul. La maisonnette se trouvait en somme assez loin du hameau, et non pas « à trente secondes » comme l'avait annoncé son propriétaire. Le nom de celui-ci était inscrit sur la porte, à la craie : « Jean Robin ». L'écriture malhabile, à la fois trop appliquée et pleine d'incertitude, faisait songer aux exercices scolaires des jeunes enfants ; mais un enfant n'aurait pu atteindre ainsi le haut du panneau de bois, même en se dressant sur la pointe des pieds. Le jambage vertical du b, au lieu d'être droit, se tordait vers l'arrière et sa boucle supérieure, trop arrondie, semblait l'image renversée de la panse contre laquelle elle venait presque s'accoler. Mathias, tout en s'avançant à tâtons dans le vestibule sans lumière, se demandait si le marin avait lui-même tracé ces deux mots — et dans quel but. «Jean Robin», ce nom lui disait en effet quelque chose, mais rien d'assez précis pour qu'il fût en mesure de replacer l'homme dans ce passé dont il prétendait sortir. Très sombre, l'intérieur de l'habitation lui parut plus compliqué que sa petitesse et son unique fenêtre ne le laissaient supposer du dehors. Le voyageur guida ses pas sur le dos qui le précédait dans la pénombre — tournant à angles brusques plusieurs fois — sans voir s'il traversait des pièces ou des couloirs, ou seulement s'il passait des portes.

« Attention, dit l'homme, il y a une marche. »

Sa voix était à présent basse et chuchotante, comme si elle craignait d'éveiller un dormeur, un malade, un chien méchant.

La salle fit à Mathias l'effet d'être plutôt grande — moins réduite à coup sûr qu'il ne s'y attendait. La petite fenêtre carrée — celle, sans doute, qui donnait sur la crique — procurait une clarté vive, crue, mais limitée — n'atteignant pas le pourtour de la pièce, ni même sa partie centrale. Seuls émergeaient franchement de l'obscurité le coin d'une table massive et quelques décimètres de plancher mal joint. Mathias se dirigea de ce côté pour regarder à travers les carreaux salis.

Il n'eut pas le temps de reconnaître le paysage, car son attention fut aussitôt attirée dans la direction opposée par la chute brutale d'un ustensile — de cuisine, probablement. Dans l'angle le moins proche de la fenêtre il distingua deux silhouettes, dont l'une était celle du pêcheur et la seconde, qu'il n'avait pas remarquée jusqu'alors, celle d'une jeune fille ou d'une jeune femme, mince, agile, vêtue d'une robe collante de teinte très foncée, sinon noire. Sa tête n'arrivait pas à l'épaule de l'homme. Elle se courba, en pliant les genoux, pour ramasser l'objet tombé à terre. Immobile au-dessus d'elle et les mains sur les hanches, le marin baissa un peu le visage — comme pour la contempler.

On apercevait des flammes derrière eux, par une ouverture circulaire ménagée dans une surface horizontale, des flammes jaunes et courtes qui se couchaient pour ne pas dépasser le plan de l'orifice. Elles provenaient du foyer d'un gros fourneau — adossé au mur du fond — dont l'une des deux rondelles de fonte était enlevée.

Mathias fit le tour de la grande table pour rejoindre le couple ; mais il n'y eut pas la moindre tentative de présentation, ni aucune autre espèce de parole. Toute son exubérance tombée, l'hôte montrait maintenant une figure sévère où les yeux plissés dessinaient une ligne d'inquiétude, ou de fureur. Quelque chose avait dû se passer, tandis que le voyageur tournait le dos, entre lui et la jeune cuisinière — sa fille ? — son épouse ? — une servante ?

On se mit à table en silence. Il n'y avait en fait de couvert que deux assiettes creuses, posées à même le bois, deux verres et un marteau de taille moyenne. Les deux hommes s'assirent face à la fenêtre, chacun à un bout du long banc qui occupait tout le grand côté de la table. Le marin déboucha l'un après l'autre les deux litres de vin rouge, à l'aide du tire-bouchon de son couteau de poche. La femme rajouta un verre et une assiette pour Mathias ; elle apporta ensuite une casserole pleine de pommes de terre bouillies et pour finir, sans prendre la peine de les mettre dans un plat, deux « araignées » cuites, non découpées. Puis elle prit place sur un tabouret, vis-à-vis du voyageur — donc entre celui-ci et la fenêtre, à contre-jour.

Mathias essaya de voir à travers les carreaux. Le marin servit à boire. Devant eux les deux crabes reposaient côte à côte sur le dos, leurs pattes anguleuses en l'air, à demi repliées vers l'intérieur. En considérant la simple robe de coton dont se contentait la personne assise en face de lui, Mathias pensa qu'il avait trop chaud. Il se débarrassa de sa canadienne, qu'il jeta sur une caisse derrière le banc, et déboutonna sa veste. Il regrettait à présent de s'être laissé entraîner jusqu'à cette masure, où il se sentait étranger, importun, inspirant la défiance ; où sa présence en outre ne se justifiait par aucun espoir de vente, comme il aurait pu s'en douter.

Ses deux compagnons s'étaient mis à peler leurs pommes de terre, sans se presser, avec les ongles. Le voyageur tendit une main vers la casserole et les imita.

Tout à coup le pêcheur éclata de rire, d'une façon tellement inattendue que Mathias sursauta ; ses yeux passèrent de la robe noire au visage soudain rasséréné de son voisin. Le verre de celui-ci était de nouveau vide. Mathias but une gorgée du sien.

« C'est quand même marrant ! » dit l'homme.

Le voyageur se demanda s'il fallait répondre. Il jugea plus commode de s'absorber dans son travail, que facilitait la longueur inhabituelle de ses ongles. Il regarda la robe noire, mince et serrée, et les reflets du contre-jour à la base du cou.

« Quand je pense, dit l'homme, qu'on est là tous les deux en train d'éplucher tranquillement nos patates... »

Il rit, sans terminer sa phrase. Désignant les crabes du menton, il s'enquit :

« Les crochards, t'aimes ça ? »

Mathias répondit par l'affirmative, se posa la question et conclut qu'il venait de mentir. L'odeur pourtant ne lui était pas désagréable. Le marin s'empara d'une des bêtes dont il arracha les membres un à un ; avec la grande lame de son couteau il transperça le ventre en deux points, puis il détacha le corps de la carapace d'un geste net et vigoureux ; celle-ci dans la main gauche, celui-là dans la droite, il s'arrêta un instant pour inspecter les chairs.

« Ils prétendront encore que c'est vide ! »

Cette exclamation fut suivie de quelques injures à l'intention des mareyeurs et l'homme, évidemment, acheva par les récriminations ordinaires au sujet des prix trop bas du crabe-araignée. En même temps il avait pris le marteau et commençait à briser les pattes, à petits coups secs, directement sur le bois de la table, entre son assiette et celle du voyageur.

Comme il s'acharnait sur une articulation plus résistante, un peu de liquide gicla, qui atteignit la jeune fille à la joue. Elle s'essuya, sans rien dire, du revers de l'index. A l'annulaire elle portait une bague dorée qui pouvait à la rigueur passer pour une alliance.

Le marin poursuivait son monologue, parlant tour à tour des difficultés croissantes de l'existence pour les gens de l'île, du développement que prenait le hameau des Roches Noires, de l'électricité dont bénéficiait désormais une grande partie du pays, du refus qu'il avait lui-même opposé à la commune quand il s'était agi de faire venir le courant jusqu'à sa maison, de la « bonne vie » qu'il menait dans son coin de falaise « avec la petite », entre ses pièges et ses filets. La conversation ne posait ainsi aucun problème pour Mathias, l'autre n'exigeant jamais de réponse, même s'il lui arrivait de prononcer une phrase interrogative ; il suffisait alors d'attendre que s'écoulent les quelques secondes laissées en blanc pour l'interlocuteur et le monologue reprenait, comme s'il n'y avait pas eu de coupure.

Le marin, de toute évidence, aimait mieux s'en tenir à des généralités que d'insister sur ses histoires personnelles. Pas une fois il ne fit allusion à l'époque où il avait connu Mathias, ni à l'amitié qui les aurait unis pendant cette période indéterminée dont le voyageur s'efforçait en vain de découvrir la position dans le temps et de calculer la longueur. Par moment le pêcheur lui parlait comme à son propre frère, puis aussitôt après il le traitait en visiteur que l'on rencontre pour la première fois. Le diminutif de « Matt » dont il usait dans ses accès de camaraderie n'apportait aucun éclaircissement, car personne jusqu'à ce jour — si ses souvenirs étaient bons — ne l'avait encore appelé de cette manière.

Pas plus que sur les dates ou la durée, il n'y eut de précisions quant aux lieux et circonstances. De l'avis de Mathias, ça ne pouvait guère s'être passé dans l'île — pour toutes sortes de raisons — à moins de remonter à sa première jeunesse ? Mais l'homme ne parlait pas non plus de sa jeunesse. En revanche il s'étendit longuement sur le nouveau système de lentilles dont le phare était muni depuis l'automne, d'une puissance optique encore jamais atteinte, capable de percer les brumes les plus épaisses. Il entreprit d'en expliquer le fonctionnement ; mais sa description des appareils, en dépit d'une certaine allure technique, fut dès le début si obscure que le voyageur ne chercha même pas à comprendre la suite. Il lui sembla que son hôte répétait des mots entendus, dont il ignorait le sens, se contentant d'en émailler un peu au hasard un fond de discours de son cru, beaucoup plus vague et tout à fait informe. Il appuyait la plupart de ses phrases par des gestes rapides, larges, compliqués, dont les rapports avec le texte paraissaient assez lointains. Les différents articles d'une des grosses pinces décrivirent ainsi au-dessus de la table des trajectoires où abondaient les cercles, les spirales, les boucles, les huit ; comme leur coquille était brisée, de menus fragments s'en détachaient et retombaient alentour. Le crabe et la parole lui donnant soif, le marin s'interrompait fréquemment pour remplir son verre.

Dans celui de la jeune femme, au contraire, le niveau ne subissait aucune variation. Elle ne disait rien et mangeait à peine. Par souci de propreté, après chaque morceau, elle se suçait les doigts avec application — en l'honneur peut-être de l'invité. Elle arrondissait la bouche en avançant les lèvres et y passait le doigt à plusieurs reprises, d'arrière en avant. Pour mieux voir ce qu'elle faisait, elle se retournait alors à moitié du côté de la fenêtre.

« Ça éclaire la falaise comme en plein jour », déclara le pêcheur pour conclure.

C'était faux, évidemment : le pinceau lumineux des phares n'éclaire pas la côte à leur pied. Erreur étonnante de la part d'un prétendu marin, celui-ci avait pourtant l'air de croire que tel était leur rôle, afin sans doute de montrer aux navigateurs le détail des roches à éviter. Il n'avait jamais dû se servir de sa barque pendant la nuit.

La « petite » s'était immobilisée, de profil, le médius dans la bouche. Courbée en avant, elle tenait la figure baissée ; la ligne de la nuque, arrondie et tendue, brillait dans le contre-jour.

Mais ce n'était pas pour mieux surveiller le nettoyage de sa main qu'elle se tournait à demi vers la lumière. Ses yeux, autant que Mathias pouvait en juger de sa place, regardaient obliquement le coin de la fenêtre, comme s'ils tentaient d'apercevoir quelque chose au dehors, à travers le carreau sali.

« Elle mériterait le fouet, cette garce ! »

Le voyageur ne sut pas tout de suite de qui parlait son hôte, car il n'avait pas prêté attention à ce qui précédait. Quand il eut compris qu'il s'agissait de la plus jeune des filles Leduc, il se demanda par quels détours le marin en était arrivé là. Il profita néanmoins d'un silence pour opiner dans le sens du maître de maison : d'après tout ce qu'il entendait dire depuis le matin, il semblait en effet que la gamine eût besoin d'être fouettée, ou même de recevoir un châtiment plus sévère.

Il se rendit compte, à ce moment, que le marin regardait de son côté. Il risqua un coup d'œil vers la gauche ; l'homme le dévisageait avec une expression de surprise si profonde que Mathias à son tour s'étonna. Il n'avait cependant rien dit d'extraordinaire. Etait-ce seulement parce que son interlocuteur ne s'attendait plus à recevoir de réponse ? Mathias essaya de se rappeler s'il avait prononcé d'autres phrases depuis son entrée dans cette masure. Il fut incapable d'en décider avec certitude : il avait peut-être dit qu'il faisait chaud dans la pièce — peut-être aussi quelque banalité au sujet du phare... Il but une gorgée de vin et soupira, en reposant son verre :

« On a du mal avec les enfants. »

Mais il vit avec soulagement que le pêcheur ne s'occupait plus de lui ; il avait retrouvé sa mine soucieuse de tout à l'heure. Il se taisait et gardait les mains vides, inertes, ses deux avant-bras appuyés contre le bord de la table. La direction de son regard — par-dessus les déchets de crabe, la bouteille vide, la bouteille encore pleine, l'épaule vêtue de noir — indiquait sans permettre de doute la petite fenêtre carrée.

« C'est la pluie pour demain », dit-il.

Il ne bougeait toujours pas. Au bout d'une vingtaine de secondes il corrigea : « Demain... ou après-demain pour sûr. »

De toute façon le voyageur serait loin.

Sans changer de position le pêcheur dit encore : « Si c'est la Jacqueline que tu guettes comme ça... »

Mathias supposa qu'il s'adressait à sa jeune compagne, mais rien n'en fournissait la moindre preuve. Elle-même, qui s'était remise à grignoter, fit comme si elle n'avait pas entendu. L'homme continua :

« Tu peux espérer que je vais bien la recevoir. »

Il insista sur le mot « bien », de manière à montrer qu'il fallait comprendre tout le contraire. En outre, comme beaucoup de gens dans l'île, il employait « espérer » à la place de « présumer » — qui, dans le cas présent, signifiait plutôt « craindre ».

« Elle ne viendra plus, maintenant », dit le voyageur.

Il voulut rattraper cette parole maladroite et ne fit qu'augmenter son propre trouble en ajoutant avec trop de précipitation : « Elle doit être allée déjeuner à cette heure-ci, je veux dire. »

Il jeta autour de lui un regard anxieux : personne heureusement ne semblait avoir remarqué son intervention ni sa gêne. La fille baissait les yeux sur un morceau de coquille où elle essayait d'introduire le bout de la langue. Par-dessus la découpure de l'épaule que la mince étoffe divisait en deux parties — l'une chair, l'autre noire — l'homme regardait vers la fenêtre.

A voix basse, mais distincte, il prononça ces trois mots : « ...avec les crabes... », qui ne se raccordaient vraisemblablement à rien, puis il éclata de rire pour la seconde fois.

A la peur soudaine que venait d'éprouver Mathias, succéda une impression de désemparement mêlé de lassitude. Il chercha quelque chose à quoi se raccrocher, mais il ne trouva que des lambeaux. Il se demanda ce qu'il faisait là. Il se demanda ce qu'il avait fait depuis une heure et plus : dans la masure du pêcheur... le long de la falaise... au débit de boissons du village...

Dans la masure, à cette minute, il y avait un homme assis à table, dont le visage aux paupières plissées se tournait vers une petite fenêtre. Ses mains très fortes, inertes et vides, à demi ouvertes, laissaient voir des ongles longs, recourbés comme des griffes. Son regard effleurait au passage le cou mince et lisse d'une toute jeune femme, assise également, immobile comme lui, qui gardait les yeux baissés sur ses propres mains.

Assis lui-même à la droite de l'homme et en face de la jeune femme, sensiblement à égale distance de chacun d'eux, Mathias imagina la vue exacte que l'on avait depuis la place qu'occupait son voisin... Dans la masure du pêcheur, à cette minute, il était en train de déjeuner en attendant qu'il soit l'heure de poursuivre ses visites. Il fallait bien, pour s'y rendre, qu'il ait longé la falaise en compagnie de son hôte — camarade d'autrefois rencontré au village. Quant au débit de boissons, n'avait-il pas réussi à y vendre un de ses bracelets-montres ?

Néanmoins ces justifications ne parvinrent pas à le satisfaire. Remontant au delà, il se demanda ce qu'il avait fait sur la route entre le grand phare et le bourg, puis au bourg lui-même, puis auparavant encore.

Que faisait-il, en somme, depuis le matin ? Tout ce temps lui parut long, incertain, mal rempli — non pas tant peut-être à cause du petit nombre d'articles vendus, que par suite de la façon hasardeuse et sans rigueur dont s'étaient déroulées ces ventes — comme d'ailleurs les échecs, ou même les trajets intercalaires.

Il aurait voulu s'en aller tout de suite. Mais il ne pouvait guère fausser compagnie aussi brusquement à ses hôtes, sans même savoir si le repas avait pris fin. Le complet manque de forme qui régnait dans l'agencement de celui-ci empêchait une fois de plus le voyageur de savoir à quoi s'en tenir sur sa propre situation. Là encore il se trouvait donc dans l'impossibilité d'agir selon quelque règle que ce fût, dont il eût ensuite pu se souvenir — qui eût pu servir de nécessité à sa conduite — derrière quoi il eût au besoin pu se retrancher.

Autour de lui, l'état des choses ne fournissait aucun repère : le repas n'avait pas plus de raison de s'achever là que de se poursuivre. Une bouteille vide se dressait à côté d'une autre inentamée (bien que privée de son bouchon) ; un des crabes était éparpillé en innombrables miettes de coquille, à peine identifiables, tandis que l'autre, intact, reposait comme au début sur son dos épineux, ses pattes anguleuses à demi repliées convergeant vers un point central du ventre, où la carapace blanchâtre dessinait une sorte d'i grec ; dans la casserole il restait environ la moitié des pommes de terre.

Personne, pourtant, ne mangeait plus.

Le bruit régulier des vagues, qui frappaient contre les roches à l'entrée de la crique, reprit imperceptiblement, lointain d'abord, dans le silence, pour envahir bientôt toute la pièce de son fracas grandissant.

Le visage penché, à contre-jour devant la fenêtre, glissa vers la gauche — dégageant ainsi la vue sur les quatre vitres carrées — et se plaça de profil à nouveau, mais dans l'autre sens cette fois : le front tourné vers l'angle le plus sombre, la nuque offerte en pleine lumière. Juste au-dessus de l'étoffe noire, à la base du cou, apparut une longue égratignure toute fraîche comme en laissent les ronces aux peaux trop fragiles. Les minuscules perles de sang qui la jalonnaient avaient l'air d'être encore liquides.

Une lame déferla, au pied de la falaise. Au rythme d'un cœur qui bat, Mathias compta jusqu'à neuf ; une lame déferla. On pouvait suivre, sur les carreaux, la trace ancienne des gouttes d'eau coulant dans la poussière. Devant cette fenêtre, un jour de pluie qu'il était resté seul à la maison, il avait passé tout son après-midi à dessiner un oiseau de mer posé sur un des pieux de la clôture, au bout du jardin. On lui avait souvent raconté cette histoire.

Le visage aux yeux baissés revint à sa place initiale, devant la vitre, au-dessus de l'assiette à soupe garnie de pattes d'araignée en menus fragments blancs et rouges.

Une vague se brisa, plus lointaine, presque imperceptible — ou bien c'était seulement le bruit d'une respiration — celle du voyageur, par exemple.

Il retrouva le mouvement de l'eau se gonflant et s'affaissant tour à tour, en cadence, contre le flanc vertical de la digue.

Plus près de soi, dans sa propre assiette, il retrouva le même amas rouge et blanc de lames et d'aiguilles. L'eau submergea derechef le dessin creusé par l'anneau de fer.

Il était sur le point d'accomplir les gestes et de prononcer les paroles qui l'entraîneraient ensuite automatiquement jusqu'au départ — regarder sa montre, dire : « Il est déjà telle heure », se lever d'un bond tout en s'excusant d'être obligé... etc. — quand le marin, prenant une décision soudaine, avança la main droite vers la casserole, y saisit une pomme de terre et l'approcha de ses yeux — trop près même — comme pour l'examiner avec une attention de myope — mais l'esprit peut-être ailleurs. Mathias crut qu'il allait se mettre à l'éplucher. Il n'en fut rien. L'extrémité du pouce s'étant promenée lentement à la surface d'une large excroissance d'aspect rugueux, le tubercule, après quelques nouveaux instants d'observation muette, rejoignit les autres au fond du récipient.

« Voilà que ça recommence, la maladie », murmura le pêcheur pour lui-même.

Sans doute le précédent sujet de conversation lui tenait-il plus à cœur, car il y revint aussitôt. Il avait — dit-il — rencontré Maria Leduc, une des deux aînées, partie « encore un coup » à la recherche de sa sœur Jacqueline. Il qualifia cette dernière de divers noms injurieux, dont les plus emphatiques allaient de « créature d'enfer » à « petit vampire » ; s'échauffant tout seul dans son monologue, il cria qu'elle ne mettrait plus les pieds chez lui, qu'il lui interdisait même les abords de la maisonnette et qu'il ne conseillait pas à « celle-ci » d'essayer de la voir en cachette ailleurs. « Celle-ci », c'était la jeune personne assise devant Mathias. Elle ne broncha pas, même lorsque, dressé sur son banc dans sa colère, l'homme se pencha vers elle par-dessus la table comme s'il s'apprêtait à la frapper.

Sa violence un peu calmée il parla, à mots couverts, des crimes commis par la fillette — toujours les mêmes — qui parurent au voyageur, à cette nouvelle audition, encore plus obscurs que précédemment. Au lieu de la narration précise d'un quelconque fait, limité et précis, il n'y eut — comme d'habitude — que des allusions très embrouillées à des éléments d'ordre psychologique ou moral, noyés au milieu d'interminables chaînes de conséquences et de causes, où la responsabilité des protagonistes se perdait.

...Julien, le « mousse » de la boulangerie, avait donc failli se noyer, la semaine précédente. Outre Jacqueline Leduc, plusieurs personnes se trouvaient mêlées, sinon à l'événement, du moins au récit qu'en faisait le marin ; il y avait en particulier un jeune pêcheur répondant au nom de « petit Louis », ainsi que sa fiancée — « son ex-fiancée », plus exactement, puisqu'elle refusait maintenant de l'épouser. Louis venait d'atteindre sa vingtième année, Julien était son cadet de deux ans. Une dispute avait éclaté entre eux dans la soirée du dimanche...

Mais Mathias ne put déterminer dans quelle mesure la fillette représentait le sujet de cette dispute, ni s'il s'agissait en fin de compte d'une tentative d'assassinat ou d'une tentative de suicide, ou même d'un simple accident. Le rôle de la fiancée ne se limitait pas, du reste, à la rupture finale (qui n'était probablement qu'une menace de rupture) ; quant au camarade plus âgé qui avait répété à l'apprenti boulanger les paroles de son prétendu rival — en les déformant un peu, semblait-il...

Mathias crut comprendre que le marin reprochait surtout aux deux jeunes gens de ne pas s'être mis d'accord pour noyer la petite fille. Dans la crainte d'être soupçonné de fuir la discussion des méfaits de Violette et de leur punition nécessaire, le voyageur n'osait plus manifester le désir de reprendre sa route. Il jugea même plus convenable de participer d'une manière active à l'entretien. Son hôte ayant entamé l'éloge de « cette pauvre dame Leduc », il voulut raconter sa visite du matin à la mère des trois filles ; comme il ne se rappelait aucun détail concernant le mariage prochain des deux grandes, il fut contraint d'improviser. Ensuite il mentionna son amitié avec leur oncle Joseph, qui travaillait en ville à la compagnie des vapeurs. Parlant de la récente conversation qu'il avait eue avec celui-ci, sur le quai d'embarquement, il en vint tout naturellement à faire le récit complet de sa journée. Il s'était, dit-il, levé de très bonne heure pour prendre le bateau, car il devait effectuer à pied le long chemin conduisant depuis sa demeure jusqu'au port. Il avait marché d'un bon pas, sans s'arrêter. Il était arrivé un peu trop tôt à l'embarcadère et avait profité du temps qui lui restait, avant le départ, pour vendre une première montre à un matelot de commerce. Il avait eu moins de chance à son arrivée dans l'île — au début, du moins. Dans l'ensemble il ne pouvait cependant pas se plaindre de sa matinée — grâce, évidemment, au soin qu'il mettait à préparer ses tournées dans leurs moindres détails. Conformément au plan établi la veille, il avait commencé par les maisons du port ; ayant ensuite loué une bonne bicyclette, il était parti en direction des Roches Noires, s'arrêtant à toutes les portes et s'écartant même à plusieurs reprises de la grand-route afin de visiter les habitations isolées, chaque fois que cela en valait la peine. C'est ainsi qu'il avait vendu un de ses plus beaux articles à la ferme des Marek. Tous ces détours ne lui prenaient qu'un temps négligeable car la machine louée marchait à merveille, c'était un véritable plaisir de rouler dessus. Les ventes elles-mêmes s'effectuaient parfois avec une rapidité étonnante : il lui suffisait d'ouvrir sa valise, tant la qualité de la marchandise séduisait (faire jouer la serrure,

148

rabattre le couvercle en arrière, etc...). En quelques minutes
tout se trouvait terminé. Tel avait été le cas, par exemple,
chez ce couple qui habitait en bordure du chemin, juste avant
d'arriver au hameau du grand phare. Un peu plus loin, au
café du village, le voyageur venait de placer une dernière
montre et se disposait enfin à déjeuner, quand il s'était vu
accoster par un ami d'enfance, nommé Jean Robin, qui l'avait
aussitôt invité à partager son repas.

Mathias l'avait donc suivi jusqu'à sa maisonnette, située
un peu en dehors de l'agglomération, tout près de la mer,
au fond d'une petite crique. Ils s'étaient mis à table immédiatement, tout en évoquant leurs vieux souvenirs communs et
commentant les transformations, peu nombreuses d'ailleurs,
survenues depuis lors dans le pays. Après le déjeuner le voyageur
avait fait admirer sa collection de bracelets-montres, mais sans
s'attarder outre mesure car il devait continuer son circuit
selon l'horaire prévu, de manière à être de retour au port
avant le départ du bateau — à seize heures quinze.

Il avait achevé d'abord la prospection systématique du
hameau des Roches Noires, où il était encore parvenu à placer
plusieurs unités — dont trois dans une même famille, celle qui
tenait l'épicerie-bazar. Il avait aussi retrouvé les deux pêcheurs
rencontrés une heure auparavant au débit de boissons. L'un
d'eux avait acheté une montre.

Au delà du village, la route suivait la côte en direction de
l'est, mais à une certaine distance de la falaise, à travers une
lande éventée, dépourvue d'arbustes comme de maisons.
L'océan, par suite des ondulations du terrain, restait le plus
souvent invisible. Mathias roulait vite, poussé plus que gêné

par le vent. Le ciel était tout à fait couvert. Il ne faisait ni froid ni chaud.

La chaussée, moins large et moins bien entretenue que celle qui conduisait du bourg au phare, était néanmoins empierrée de façon satisfaisante — assez commode en tout cas pour une bicyclette. Dans cette partie quasi déserte de l'île — et à l'écart des grands axes de passage — elle ne devait jamais connaître une circulation très intense. Son tracé formait, en gros, une large courbe en demi-cercle qui s'avançait presque jusqu'à l'extrême pointe et ramenait ensuite vers le centre du pays. C'est seulement sur cette dernière portion, depuis les villages du littoral s'étendant au sud-est du bourg, qu'il pouvait passer de temps à autre une charrette ou une vieille automobile. Mais sur le fragment le moins fréquenté, du côté de la pointe, le trafic était si faible que des plaques de végétation rase finissaient par entamer çà et là les bords du chemin, tandis que le vent, à d'autres endroits, accumulait de petites plages de poussière et de sable, où la roue creusait un sillon. Ecrasés à la surface de la chaussée, il n'y avait ni crapaud ni grenouille.

On ne voyait pas, non plus, de trait d'ombre barrant la voie, puisqu'il n'y avait ni poteau télégraphique ni soleil. Ayant déjà franchi la passe restée libre entre le cadavre desséché et l'extrémité arrondie du poteau, la vieille Mme Marek aurait poursuivi sa route sans le voir.

Le voyageur, au dernier moment, avait dû l'interpeller pour se faire reconnaître. Après s'être inquiété de la raison pour laquelle il avait trouvé la ferme close, il en était venu à l'objet de sa visite : la vente des bracelets-montres. C'est là, sur le bord de la route, qu'il avait remporté son premier succès dans l'île.

Il voulut calculer, de mémoire, le total des sommes encaissées depuis son débarquement. Donc il y avait eu d'abord la vieille Mme Marek : cent cinquante-cinq couronnes ; en second lieu, le couple aux allures lasses : cent cinquante-cinq couronnes, soit trois cent dix ; puis la patronne du café : deux cent soixante-quinze — et trois cent dix : cinq cent quatre-vingt-cinq... cinq cent quatre-vingt-cinq... cinq cent quatre-vingt-cinq... L'opération qui venait ensuite n'était pas une vente, mais un don : il avait fait présent d'un article pour dame en métal doré à la jeune fille... ou jeune femme...

Une troisième personne assistait en effet à ce déjeuner chez Jean Robin. C'est à elle que Mathias avait montré sa collection, puisque le marin, lui, s'en désintéressait ouvertement. (Debout contre la petite fenêtre, il regardait au dehors.) Le voyageur avait posé sa mallette tout au bout de la longue table — déclic de la serrure, rotation du couvercle en arrière, déplacement de l'agenda... — la fille, qui commençait à desservir, s'était approchée de lui pour regarder.

Il retirait un à un les cartons de la valise ; sans prononcer une parole, elle admirait, en ouvrant de grands yeux. Il se recula légèrement pour lui permettre de contempler plus à son aise.

Par-dessus l'épaule noire, il la vit qui passait le doigt sur un bracelet en imitation d'or, puis sur le boîtier lui-même, avec plus de lenteur, en suivant les bords du cadran. A deux reprises — une fois dans un sens, la seconde fois dans l'autre — son médius décrivit le contour circulaire. Elle était petite et mince, elle baissait la tête en courbant la nuque — sous le regard — à portée de la main.

Il dit en se penchant un peu : « Laquelle préfères-tu ? »

Toujours sans répondre, et sans se retourner, elle reprend les cartons un à un. Juste découverte par l'encolure arrondie de sa robe, une longue égratignure semée de perles rouges déchire la peau trop tendre du cou. Mathias avance imperceptiblement la main.

Son geste s'arrête aussitôt. Le bras retombe. Il n'a pas essayé d'avancer la main. Petite et mince, la jeune femme baisse encore un peu plus la tête, offrant sa nuque et la longue déchirure de la peau, à la base du cou. Les minuscules perles de sang ont l'air d'être encore liquides.

« C'est celle-ci qui est la plus belle. »

Après l'histoire de Violette, le pêcheur s'était à nouveau retranché dans des considérations générales sur la vie de l'île — d'ailleurs bizarrement contradictoires. Chaque fois, en particulier, qu'il semblait vouloir illustrer ses dires par quelque détail plus personnel, celui-ci venait précisément combattre l'opinion proposée. Malgré cela l'ensemble du discours conservait — en apparence du moins — une architecture cohérente, si bien qu'il suffisait de l'écouter d'une oreille distraite pour ne pas s'apercevoir des anomalies qu'il présentait.

C'est afin d'avoir une raison de quitter la table — premier pas vers la sortie — que Mathias avait proposé de faire voir ses bracelets-montres. Il ne pouvait pas s'attarder davantage car il lui fallait terminer son circuit et être de retour au port avant seize heures quinze.

Mallette, serrure, couvercle, agenda noir...

Ayant jeté un coup d'œil distrait au premier carton, le pêcheur tourna le dos pour regarder par la fenêtre. Sa compagne, au contraire, s'approcha pour mieux voir. L'idée traversa l'esprit de Mathias qu'il pourrait bien la remercier de son hospitalité en lui faisant cadeau d'un des modèles les moins chers, dont se contenterait à coup sûr son jeune âge.

Ensuite il regagna le hameau, qu'il acheva rapidement de prospecter. Il parvint encore à y placer plusieurs unités — dont trois dans une même famille, celle qui tenait l'épicerie-bazar.

Passé les Roches Noires, la route longeait la côte en direction de l'est, mais à une certaine distance de la falaise, et s'incurvait après la bifurcation menant à la pointe toute proche — où nulle habitation n'appelait le voyageur — vers les villages du littoral, au sud-est du bourg. Mathias, qui roulait très vite, pressé par l'heure, fut bientôt rendu aux premières maisons. Il y réussit, sans perdre trop de temps, un nombre assez considérable d'affaires, tant dans les petites agglomérations que dans les demeures isolées qui en jalonnaient les intervalles. Entraîné par le succès, il s'éloigna même de la grand-route (revenue, à cet endroit, plus à l'intérieur des terres) pour redescendre vers la mer jusqu'à un important hameau de pêcheurs — le dernier avant la grande digue, le port dominé par ses fortifications en ruine, les façades plates le long du quai, la cale d'accostage et le petit vapeur qui se préparait déjà sans doute au départ.

Mais le voyageur ne profita pas du raccourci qui l'aurait ainsi ramené directement au port. Sa montre marquait à peine trois heures et il devait encore, selon son programme, explorer toute la partie nord-ouest de l'île — c'est-à-dire la côte ouest, sauvage et dépeuplée, sur la droite du grand phare en regardant vers le large, puis la pointe escarpée, dite « des Chevaux », symétrique de celle d'où il arrivait à présent, enfin les villages ou simples groupes de fermes disséminés entre la pointe et le fort, situés pour la plupart dans les terres et dont il abandonnerait les moins accessibles si le temps lui faisait défaut.

Pour l'instant il avait encore plus d'une heure devant lui et pouvait sans peine, en se dépêchant, rattraper son retard. Il remonta donc jusqu'à la grand-route et s'en tint au tracé prescrit.

Il fut tout de suite au croisement du chemin avec la route des Roches Noires, celle qu'il avait suivie le matin en quittant le bourg. Sur la droite celui-ci débutait à quelques cinq cents mètres, au bas de la pente, par la maison où habitait la veuve Leduc avec ses trois filles. Vers la gauche on ne devait pas tarder à rencontrer l'embranchement qui conduisait au moulin. A dire vrai, le voyageur ne se rappelait pas le paysage avec assez de précision pour situer ces éléments de façon très sûre. Il avait à peine remarqué le carrefour au passage. Mais il ne faisait aucun doute que ce fût bien ce carrefour-là et c'était en somme la seule chose importante. Mathias n'avait du reste pas le loisir, à cette deuxième occasion, de s'en occuper plus longtemps.

Tout en roulant il consulta de nouveau sa montre, d'un geste machinal, dans le but de s'assurer une fois de plus qu'il n'était pas trop tard pour entreprendre la fin de l'itinéraire — la grande boucle prévue par la falaise et la pointe des Chevaux. Il continua tout droit dans cette direction ; les aiguilles n'avaient pour ainsi dire pas bougé. Comme le croisement était bien dégagé, il n'avait même pas eu à ralentir.

Il toucha du bout des doigts sa mallette, derrière la selle, pour vérifier qu'elle restait toujours en place sur le porte-bagages — où il l'avait enfin fixée d'une manière ingénieuse qui permettait de l'enlever et de la remettre avec promptitude. Puis il regarda sous lui le mouvement des pédales, la chaîne, les engrenages, les roues qui tournaient sans un grincement. Une pellicule de poussière, plus ou moins épaisse selon l'emplacement, commençait à recouvrir les tubulures de nickel.

Accélérant de plus en plus la cadence, il roulait maintenant à une vitesse qui n'allait pas sans étonner les rares personnes s'avançant à sa rencontre ; celles qu'il dépassait poussaient même parfois une exclamation de surprise — ou de frayeur.

Devant les touffes traditionnelles de mahonia, il freinait brusquement pour mettre pied à terre. Il frappait aux carreaux des fenêtres, appuyait sa bicyclette contre le mur, empoignait la valise, entrait aussitôt... Couloir, première porte à droite, cuisine, avec au milieu la grande table ovale recouverte d'une toile cirée à petites fleurs, déclic de la serrure, etc... Quand le client faisait la moue, Mathias n'insistait pas plus de quelques minutes ; il partait même souvent sans avoir déballé sa collection. Avec l'habitude, il arrive que trente secondes soient suffisantes pour reconnaître ceux qui n'achèteront sûrement rien.

Le long de cette côte, beaucoup de masures étaient en ruines, ou tombées dans un tel abandon qu'il n'y avait même pas lieu de s'arrêter.

Un chemin de traverse se présenta, à main droite, qui rejoignait certainement le bourg. Mathias continua tout droit.

La route, malheureusement, devenait assez mauvaise. Comme il ne voulait pas ralentir, le voyageur était durement cahoté sur sa selle, au gré des irrégularités du terrain. Il s'appliquait tant bien que mal à éviter les trous les plus visibles, mais leur nombre et leur profondeur augmentaient sans cesse, rendant cet exercice de plus en plus aléatoire.

L'ensemble de la chaussée ne fut bientôt plus que trous et bosses. La machine était agitée d'une trépidation continuelle et se cabrait en outre à chaque tour de roue contre de grosses pierres, dont le heurt risquait de faire choir son précieux chargement. Malgré ses efforts, Mathias perdait de la vitesse.

Le vent qui soufflait à la pointe était moins violent qu'on n'aurait pu le craindre. Le bord de la falaise, plus élevé que la lande attenante, protégeait un peu celle-ci. Néanmoins le cycliste, qui le recevait ici en plein visage, en éprouvait encore une gêne supplémentaire.

C'est avec soulagement, désormais, qu'il faisait halte çà et là pour proposer sa marchandise. Mais la chance, de ce côté-ci, le favorisa moins. Dans les quelques foyers où il pénétra, il ne vit que des gens indécis et ergoteurs dont il lui fut impossible de venir à bout.

Il manqua même deux affaires après avoir perdu en vaine insistance beaucoup plus de temps que de coutume, croyant à chaque instant que l'on allait enfin se décider et qu'une seule minute complémentaire lui éviterait ainsi de regretter les précédentes. Lorsqu'il sortit bredouille pour la seconde fois, il interrogea sa montre avec une certaine inquiétude. Il était un peu plus de trois heures et demie.

Sautant en selle sans avoir rattaché la valise au porte-bagages, il se mit à pédaler avec toute son énergie, tenant le guidon d'une main et la poignée en faux cuir de l'autre.

La chaussée, par bonheur, était ensuite dans un état moins défavorable. Après le premier hameau de la côte nord, elle redevint même tout à fait bonne. La route ramenait à présent Mathias en direction du fort et du bourg. Il avait à nouveau le vent dans le dos — ou presque.

Il roulait à une allure vive et régulière, quoique gagné par une légère nervosité.

Les maisons se faisaient un peu plus nombreuses — moins pauvres aussi — mais soit que le voyageur y vantât son assortiment avec trop de précipitation, soit que la fatigue le rendît moins convaincant, soit tout simplement qu'il ne laissât plus à sa clientèle ce minimum de temps indispensable à la réflexion paysanne, il ne parvint pas à conclure autant de ventes qu'il l'escomptait.

Il effectua le premier crochet prévu, très bref, par la vieille tour romaine et le hameau de Saint-Sauveur. Il y fut accueilli avec bienveillance ; pourtant il n'y plaça, en fin de compte, qu'un seul article — et de la série la moins chère.

Quand il regarda de nouveau le cadran de sa montre, il était déjà quatre heures moins dix.

Il calcula rapidement que deux kilomètres, au grand maximum, le séparaient encore de la petite place triangulaire où il devait rendre la bicyclette, au bureau de tabac-garage. S'il ne faisait plus aucun détour, il en aurait pour dix minutes de trajet environ, y compris le bout de marche à pied depuis le bureau de tabac jusqu'au bateau, et les trente secondes nécessaires au règlement de ses comptes avec le garagiste.

Il restait un petit quart d'heure de battement. Le voyageur pouvait donc risquer sa chance à quelques ultimes portes.

Se dépêchant comme si l'on avait été à sa poursuite, courant, bondissant, se démenant — mais sans gaspiller ses forces en gesticulations — il s'obstinait jusqu'à la dernière minute dans sa tâche. Un peu au hasard, dès qu'une maison bordant la route lui paraissait plus cossue, ou moins exiguë, ou plus récente, il sautait à terre et se précipitait, valise en main.

Une fois... Deux fois... Trois fois...

Quand il trouvait une fenêtre ouverte au rez-de-chaussée, il parlait de l'extérieur, prêt à déballer sa collection dans l'embrasure. Sinon il s'introduisait sans frapper jusqu'à la cuisine. Partout il économisait gestes et paroles — à l'excès, même.

Toutes ces tentatives furent en effet inutiles. Il allait trop vite : on le prit pour un fou.

A quatre heures cinq il apercevait le fort. Il lui fallait maintenant rentrer d'une seule traite. Il n'y avait plus que trois cents mètres de montée, puis la descente jusqu'au port. Il voulut encore accélérer.

La chaîne de la bicyclette se mit à produire un bruit désagréable — comme un frottement latéral contre la dentelure du pignon. Mathias appuya sur les pédales avec vigueur.

Mais le grincement s'accentuait de façon si rapide qu'il préféra descendre pour inspecter la transmission. Il posa sa valise à terre et s'accroupit.

Il n'avait pas le temps d'étudier le phénomène en détail. Il se contenta de repousser le tendeur vers le cadre — en se salissant le moins possible les doigts — et il repartit. Il lui sembla que le frottement anormal continuait de s'aggraver.

Il remit pied à terre immédiatement et opéra une torsion en sens contraire sur la tige du tendeur.

Sitôt en selle, il constata que les choses allaient de mal en pis. Il n'avançait plus du tout : la mécanique était presque bloquée. Pour expérimenter un autre remède, il manipula le levier du changement de vitesse — une fois, deux fois, trois fois — tout en forçant sur les pédales. Dès qu'il fut revenu au plus grand développement, la chaîne sauta.

Il mit pied à terre, posa la valise, coucha la machine sur le sol. Il était quatre heures huit. En rajustant la chaîne à sa place, sur la petite roue dentée, il se couvrit cette fois de cambouis. Il transpirait.

Sans même s'essuyer les mains il empoigna sa valise, se rassit en selle, tenta de pédaler ; la chaîne sauta.

Il la remit en place une deuxième, puis une troisième fois. Il essaya successivement les trois pignons, sans arriver à la faire tenir : elle s'en allait au premier tour de roue. En désespoir de cause il poursuivit sa route à pied, moitié courant, moitié marchant, tenant la valise du bras gauche, et du droit poussant la bicyclette. Une pièce essentielle de celle-ci avait dû se fausser, parmi les cahots du mauvais chemin, à la pointe des Chevaux.

La descente vers le bourg était déjà nettement amorcée, lorsque Mathias pensa tout à coup qu'il pourrait peut-être rouler jusqu'au bas de la pente sans se servir des pédales. Il remonta sur le siège et se lança en avant, d'une poussée vigoureuse du pied. La main qui portait la mallette s'appuyait, pour plus de sûreté, sur la poignée gauche du guidon.

Il s'agissait à présent de ne plus déranger la chaîne, remise avec précaution sur la dentelure — donc de ne pas bouger les pieds — sous peine de la voir sauter une fois de plus et s'emmêler dans la roue arrière. Afin de la fixer plus solidement au pignon, puisqu'elle n'avait plus besoin de tourner, le voyageur voulait même l'attacher au moyen d'un bout de ficelle ramassé le matin, qu'il chercha dans les poches de sa canadienne. Mais n'y trouvant pas la pelote, il s'était alors souvenu... Il s'était souvenu qu'il ne l'avait plus sur lui.

Il arriva d'ailleurs sans encombre à la partie plate de la rue, un peu avant la fourche ; il dut freiner pour éviter une petite fille qui traversait imprudemment, juste devant lui. Pour retrouver ensuite son élan, il donna sans y prendre garde un tour de pédales... puis plusieurs tours. La mécanique fonctionnait normalement. Le bruit insolite avait même tout à fait disparu.

A l'autre extrémité du bourg, il entendit la sirène du petit vapeur : une fois, deux fois, trois fois.

Il déboucha sur la place, à gauche de la mairie. La sirène retentit de nouveau, aiguë et prolongée.

Sur le panneau-réclame du cinéma, l'affiche avait été changée. Il y accota l'engin et bondit à l'intérieur du café-tabac. Il n'y avait personne : ni client dans la salle, ni patron derrière le comptoir. Il appela. Personne ne répondit.

Dehors, personne ne se montrait non plus, aux alentours. Mathias se rappela que l'homme lui avait rendu l'argent de la garantie. La somme représentant...

La sirène du bateau fit entendre un long hurlement — un peu plus grave.

Le voyageur s'élança sur la machine. Il la laisserait au bout du quai — la confierait à n'importe qui — avec le montant de la location. Mais tout en pédalant à perdre le souffle, le long du pavé cahoteux, il eut le temps de s'apercevoir que le garagiste ne lui en avait pas encore dit le prix. Il n'était question, au départ, que des deux cents couronnes de garantie, qui ne correspondaient évidemment ni à la valeur de la bicyclette ni à celle d'une demi-journée de louage.

Mathias n'osa pas rouler sur la digue, tant elle était encombrée par les paniers et les caisses. Il ne vit pas le moindre badaud dans ce coin du quai, pour recevoir l'argent, si bien qu'il abandonna la machine contre le parapet et courut aussitôt vers l'embarcadère.

En quelques secondes il fut à la cale, où se pressaient une dizaine de personnes. La passerelle était enlevée. Le petit vapeur décollait lentement de la paroi.

La mer était haute, maintenant. L'eau recouvrait une bonne partie du plan incliné — la moitié peut-être — ou les deux tiers. On ne distinguait plus les algues du fond, ni même les touffes de mousse verdâtre qui rendaient si glissantes les pierres inférieures.

Mathias regarda l'étroit couloir liquide qui grandissait imperceptiblement, entre le flanc du navire et l'arête oblique de la cale. Il n'était pas possible de le franchir d'un saut, non tant à cause de la distance — encore très faible — que des dangers de l'atterrissage : soit en équilibre sur le plat-bord, soit sur le pont, par derrière, au milieu des passagers et de leurs bagages. La pente du terrain d'où il faudrait prendre élan augmentait encore la difficulté, ainsi que les grosses chaussures, canadienne et mallette dont était embarrassé Mathias.

Il regarda les dos à demi tournés des familles restées à terre, les figures de profil, les regards immobiles et parallèles — allant à la rencontre des regards identiques qui partaient du navire. Debout contre un pilier de fer qui soutenait l'angle du pont supérieur, une enfant de sept ou huit ans le dévisageait avec sérieux, ses grands yeux tranquillement posés sur lui. Il se demanda pourquoi elle l'observait ainsi, mais une silhouette intercepta l'image — celle d'un matelot du bord, que le voyageur crut reconnaître. Il fit trois pas en avant, sans intention déterminée, vers le bas de la rampe, et cria : « Eh ho ! »

Le marin n'entendit pas, à cause du bruit des machines. Sur la cale d'embarquement, les voisins immédiats de Mathias se retournèrent vers lui — puis les autres, de proche en proche.

Les gens du bateau, voyant le mouvement général des têtes, regardèrent aussi de ce côté — comme avec étonnement. Le matelot leva les yeux et aperçut Mathias, qui agita le bras dans sa direction en renouvelant son appel : « Eh ho ! »

« Ohé ! » répondit le marin, qui agita le bras en signe d'adieu. A côté de lui, la petite fille n'avait pas bougé ; mais le mouvement qu'effectuait le navire changeait l'orientation de son regard : elle devait voir à présent le haut de la digue, au-dessus de la cale, où stationnait un autre groupe sur le passage rétréci qui conduisait au fanal. Ceux-là aussi avaient le visage tourné vers Mathias. Tous se retrouvaient avec l'expression tendue et figée du début.

Il dit, sans s'adresser à personne en particulier : « Je ne l'ai pas manqué de beaucoup. »

Le petit vapeur exécutait la manœuvre habituelle, qui consistait à virer de bord de manière à présenter l'étrave face à la passe. Les habitants de l'île quittaient l'un après l'autre le bout de la jetée, afin de regagner leurs demeures. Le voyageur se demanda où il coucherait ce soir, et le lendemain soir, et encore le lendemain — car le bateau ne revenait que vendredi. Il se demanda en outre s'il y avait des gendarmes dans l'île. Ensuite il pensa que cela ne changerait rien, qu'il y en eût ou non.

De toute façon il aurait mieux valu s'en aller, puisque tel était son plan.

« Fallait appeler ! Ils seraient revenus. »

Mathias se tourna vers le personnage qui lui adressait ainsi

la parole. C'était un vieil homme, vêtu bourgeoisement, dont
le sourire pouvait aussi bien signifier la bienveillance que
l'ironie.

« Bah ! répondit Mathias, ça n'a pas d'importance. »

Il avait d'ailleurs appelé — pas tout de suite, il est vrai —
et sans beaucoup d'insistance. Le matelot n'avait pas eu l'air
de comprendre qu'il venait de rater le bateau. Lui-même ne
savait pas pourquoi il avait appelé.

« Ils seraient revenus, répéta le vieil homme. A marée
haute on manœuvre facilement. »

Peut-être ne plaisantait-il pas.

« Je n'étais pas forcé de partir », dit le voyageur.

D'autre part il fallait bien rapporter la bicyclette et en
payer la location. Il regarda l'eau qui clapotait au bas de la
rampe — étale, probablement. Dans l'angle rentrant, le ressac
ne produisait plus guère de remous.

Puis il y eut une série de vaguelettes causées par l'hélice
du petit vapeur. Mais le port était vide. Seule une barque de
pêche dansait au beau milieu, en agitant son mât. Comme il
risquait d'être éclaboussé, Mathias remonta la pente et se
trouva de nouveau sur le haut de la digue, cheminant seul
entre les paniers, les filets et les pièges.

Il mit sa main droite, libre, dans la poche de la canadienne.
Elle y rencontra la fine cordelette roulée en forme de huit —
une belle pièce pour sa collection. On lui avait souvent raconté
cette histoire : il en possédait jadis une pleine boîte — vingt-
cinq ou trente années, peut-être, auparavant.

Il ne se rappelait pas ce qu'elles étaient devenues. Avait
également disparu, dans la poche de sa canadienne, la fine
cordelette ramassée le matin même. Sa main droite n'y ren-

contra plus qu'un paquet de cigarettes et un petit sac de bonbons.
Pensant que c'était le moment de fumer, il tira le paquet
et vit que plusieurs cigarettes y manquaient déjà — trois, exactement. Il replaça le paquet dans sa poche. Le sachet de bonbons
était entamé aussi.

Il marchait avec lenteur, le long de la chaussée de pierre,
en suivant le bord sans garde-fou. Le plan d'eau s'était rapproché de lui de plusieurs mètres. Tout au bout, contre le quai,
la mer avait entièrement recouvert la frange de détritus et
de vase. Au delà s'alignaient les maisons et leurs boutiques :
la quincaillerie au coin de la place, la boucherie, le café « A
l'Espérance », le magasin où l'on vendait de tout — lingerie
féminine, bracelets-montres, poissons, confiserie, etc...

A l'aveuglette, au fond de sa poche, Mathias ouvrit le sac
de cellophane et prit un bonbon au hasard. Celui-ci était
enveloppé d'un papier bleu. Toujours d'une seule main, il
défit le tortillon, mit le bonbon dans sa bouche, roula en boule
le petit rectangle de papier et le lança dans l'eau, où il resta
flotter à la surface.

En se penchant un peu plus, il aperçut à ses pieds la paroi
verticale qui plongeait dans l'eau noire. La bande d'ombre
projetée par la digue serait devenue très mince à cette heure-ci.
Mais il n'y avait plus de soleil ; le ciel était uniformément
couvert.

Mathias s'avançait au milieu du faisceau des parallèles
grises, entre la ligne d'affleurement de l'eau et l'arête extérieure
du parapet, vers le large — l'arête intérieure du parapet,
l'angle formé par la chaussée avec la base de celui-ci, le bord
de la paroi sans garde-fou — lignes horizontales et rigides,
mais coupées d'embûches, qui fuyaient tout droit vers le quai.

III

La nouvelle affiche représentait un paysage.

Mathias, du moins, crut discerner dans ces lignes entre-croisées une sorte de lande parsemée d'arbustes en touffes, mais il y avait sûrement quelque chose d'autre, en surimpression : certains contours ou taches de couleur apparaissaient çà et là, qui ne pouvaient pas appartenir au premier dessin. Pourtant on n'osait pas dire, non plus, qu'ils en constituaient un second, car on n'apercevait aucune liaison entre eux, on ne leur devinait aucun sens ; ils ne parvenaient en somme qu'à brouiller les ondulations de la lande, au point même de faire douter que ce fût là vraiment un paysage.

Le nom des acteurs principaux figurait à la partie supérieure — des noms étrangers, que Mathias pensait avoir déjà lus souvent dans les génériques, mais sur lesquels il ne mettait aucun visage. Tout en bas s'étalait en gros caractères ce qui devait être le titre du film : « Monsieur X. sur le double circuit ». Ce titre peu conforme aux habitudes de la production courante — peu alléchant, d'ailleurs, et comme sans rapport avec quoi que ce soit d'humain — ne renseignait guère sur le genre du film. Il s'agissait peut-être d'une histoire policière, ou d'anticipation.

Essayant à nouveau de déchiffrer l'entrelacement des courbes et des angles, Mathias n'y reconnut plus rien du tout — incapable, même, d'affirmer qu'il y eût là deux images différentes superposées, ou bien une seule image, ou trois, ou même un plus grand nombre.

Il recula d'un mètre, pour mieux voir l'ensemble ; mais plus il le regardait plus il le trouvait flou, changeant, incompréhensible. Les représentations n'avaient lieu que le samedi soir, ou le dimanche ; il ne pourrait donc pas y assister, puisqu'il comptait partir le vendredi après-midi.

« Belle affiche ! Hein ? » dit une voix connue.

Mathias leva les yeux. Au-dessus du panneau-réclame était apparue la tête du garagiste, dans l'encadrement de la porte.

« Ça, pour une belle affiche...» commença le voyageur avec circonspection.

« On se demande, enchaîna l'autre, où ils vont chercher des couleurs aussi invraisemblables ! »

Cela ne laissait-il pas supposer qu'il eût découvert la signification des lignes ?

« Je vous rapporte la bicyclette, dit Mathias. Elle vient de me jouer un bien mauvais tour !

— Voilà qui ne m'étonne pas, répondit aussitôt le garagiste sans quitter son sourire. Toutes ces fabrications nouvelles, ça brille, mais ça ne vaut rien. »

Le voyageur raconta sa mésaventure : il venait de manquer le bateau, à quelques secondes près, par la faute de cette chaîne qui lui avait fait perdre au dernier moment cinq bonnes minutes...

L'autre n'écoutait même pas, tant l'incident lui semblait normal. Il demanda :

« Vous arrivez de l'embarcadère ?

— A l'instant même...

— Vous aviez donc l'intention d'emporter le vélo ?» s'exclama l'homme, toujours aussi jovial cependant.

Mathias expliqua qu'il était auparavant passé par le bureau de tabac, afin de déposer la machine et régler la location ; mais il n'avait trouvé personne. Comme il ressortait sur la place — ne sachant que faire — il avait entendu le dernier coup de sirène du bateau, celui qui annonce la fermeture de la coupée. Il s'était alors dirigé vers la cale — sans se presser puisqu'il était trop tard — seulement pour regarder le petit vapeur s'éloigner — pour se distraire, en somme...

« Oui, dit l'homme, je vous ai vu. J'étais aussi là-bas, au bout de la jetée.

— Maintenant il va me falloir une chambre, jusqu'à vendredi. Où est-ce que je trouverai ça ? »

Le garagiste parut réfléchir.

« Il est parti avec au moins cinq minutes de retard, le bateau, aujourd'hui », dit-il après un assez long silence.

L'île ne possédait pas d'hôtel, évidemment, ni la moindre pension de famille. Quelques particuliers, seulement, louaient de temps à autre une pièce inoccupée, d'accès mal commode et sans aucun confort. La meilleure solution, pour connaître les possibilités du moment, était de s'adresser au café « A l'Espérance », sur le quai. Le voyageur s'enquit ensuite du montant de sa dette et paya les vingt couronnes qu'on lui réclamait. Vu l'état neuf de l'engin loué, d'une part, et d'autre part son fonctionnement irrégulier, il était difficile de dire que cela fût bon marché ou cher.

« Tenez, reprit le buraliste, vous aviez la veuve Leduc, tout près d'ici, qui louait une belle chambre ; mais elle est en folie furieuse, aujourd'hui, depuis la disparition de sa gosse. Il vaut mieux la laisser tranquille.

— Quelle disparition ? demanda le voyageur. Madame Leduc est une vieille amie et je suis passé chez elle ce matin. Il n'est rien arrivé, j'espère ?

— C'est encore la petite Jacqueline : on la cherche partout depuis midi, elle est introuvable.

— Elle ne peut pas être bien loin, quand même ! Le pays n'est pas si grand.»

Les prés et la lande, les champs de pomme de terre, le bord des chemins, les creux dans la falaise, le sable, les rochers, la mer...

« Vous en faites pas, dit l'homme en clignant de l'œil, elle n'est pas perdue pour tout le monde. »

Mathias n'osait plus s'en aller, à présent. Il avait encore trop attendu. Et voici qu'il était obligé, de nouveau, de lutter contre les blancs qui risquaient à chaque phrase de trouer la conversation :

« C'était donc ça, dit-il, cette histoire de moutons que l'on racontait aux Roches Noires ?

— Hé ! oui, elle gardait les moutons, mais c'est la bergère que le loup a prise !»... etc... etc...

Il y eut aussi : « A treize ans ! C'est malheureux à dire. » — « Elle a le démon au corps, cette gamine. » — « On a du mal avec les enfants. » — « Elle mériterait... »

Il n'y avait pas de raison que cela finisse. Mathias parlait, l'homme répondait, Mathias répondait. L'homme parlait, Mathias répondait. Mathias parlait, Mathias répondait. La petite Jacqueline promenait le long des chemins, dans les rochers, sur la falaise, sa fine silhouette scandaleuse. Dans les creux à l'abri du vent, sur l'herbe des prairies, à l'ombre des buissons, contre le tronc des pins, elle s'arrêtait et passait d'un geste lent le bout des doigts sur ses cheveux, son cou, ses épaules...

Elle revenait toujours à la maison pour dormir — la dernière maison à la sortie du bourg, sur la route du grand phare. Ce soir, quand Mathias monterait à sa chambre après avoir souhaité le bonsoir à la mère et aux deux sœurs aînées, tenant devant lui sa bougie allumée dans la main droite et dans la gauche sa petite valise, où il avait rangé avec soin la cordelette, levant la tête il verrait, quelques marches plus haut, lui montrant la route à travers la pénombre de l'escalier, menue dans sa robe noire de petite paysanne, Violette enfant... Violette ! Violette ! Violette !

Il poussa la porte du café. Trois marins — un jeune et deux plus vieux — étaient assis à une table, en train de boire du vin rouge. Derrière le comptoir, la fille au visage apeuré de chien battu était adossée au chambranle de la porte intérieure, les poignets ramenés dans le dos, au creux de la taille. Mathias se passa la main sur les yeux.

Il demandait une chambre. Sans rien dire, elle le précédait de marche en marche dans la spirale étroite du deuxième escalier, subitement obscurci, se glissant avec souplesse entre les caisses et ustensiles de toutes sortes qui l'encombraient. Ils atteignaient le palier, le petit vestibule, la pièce au carrelage noir et blanc... Le lit avait été refait. La lampe de chevet brûlait sur la table de nuit, éclairant d'une lumière plus vive l'étoffe rouge à la tête du lit, quelques carreaux du sol et la peau de mouton. Sur la coiffeuse, au milieu des pots et des flacons, légèrement incliné en arrière, se trouvait le cadre en métal chromé contenant la photographie. Juste au-dessus, la grande glace ovale reflétait à nouveau... Mathias se passa la main sur les yeux.

La jeune fille avait enfin compris qu'il désirait une chambre pour trois jours, le plus près possible du port. Le logement qu'elle lui indiqua, et auquel il se rendit immédiatement, n'était à vrai dire pas situé dans le bourg lui-même, mais à proximité, au milieu d'une lande bordant la mer qui faisait suite aux dernières maisons, du côté de la jetée. Cet endroit, malgré son isolement relatif, était moins éloigné de l'embarcadère que certains quartiers du bourg proprement dit — ceux, par exemple, qui s'étendaient entre le vieux bassin et les ruines du fort.

Bien que de meilleure apparence, plus propre certes, plus souvent repeinte et recrépie que la plupart de celles dont le voyageur s'était approché jusqu'alors, la construction, visiblement du même âge que toutes les autres, offrait aussi la même architecture simplifiée : un rez-de-chaussée sans étage ni mansardes, dont les deux façades identiques comportaient chacune deux petites fenêtres, presque carrées, encadrant une porte basse. Du côté de la route — une voie secondaire, qui devait être ce raccourci menant au village de pêcheurs visité par Mathias avant de remonter vers la pointe des Chevaux — l'entrée principale s'ornait des mêmes mahonias à feuilles de houx, un peu plus florissants peut-être.

D'une porte à l'autre, un couloir rectiligne traversait la demeure, sur lequel donnaient les quatre pièces. La chambre de Mathias était celle du fond à gauche, qui s'ouvrait par conséquent sur l'arrière — c'est-à-dire du côté de la falaise.

Cette dernière n'était pas très élevée — moins élevée, en tout cas, que celles du littoral sud-ouest ou des deux promontoires, aux deux extrémités de l'île. Sur la droite, elle s'abaissait encore, vers une échancrure de la côte où l'on apercevait la mer, à un demi-kilomètre environ.

Depuis la crête marquant le bord de la falaise — en face de la maison — jusqu'à celle-ci, il n'y avait que trois cents mètres au plus de lande rase, faiblement ondulée, et un bout de jardin laissé en friche, mais protégé d'une clôture en fil de fer maintenue par des piquets de bois. Tout ce paysage — ciel bas, triangle d'océan, falaise, jardin — était de teintes grisâtres, terne et sans profondeur.

La fenêtre qui prenait jour dessus avait un mètre de large et à peine un peu plus de hauteur — quatre vitres égales, nues, sans rideau ni brise-bise. Comme elle était, par surcroît, profondément enfoncée dans l'épaisseur du mur, la pièce assez vaste qu'elle avait pour mission d'éclairer, sans la moindre imposte complémentaire, restait pratiquement dans l'obscurité. Seule la petite table massive, encastrée dans l'embrasure, recevait une lumière suffisante pour que l'on puisse y écrire — y faire ses comptes — ou y dessiner.

Tout le reste de la chambre était dans la pénombre. Son aménagement intérieur accentuait encore ce défaut : tapisserie très sombre, meubles hauts, lourds, en bois foncé, serrés les uns contre les autres. Ils s'entassaient en si grand nombre, le long des quatre parois, qu'on se demandait s'il s'agissait là d'une pièce habitable, ou plutôt d'un débarras qui aurait reçu tout le mobilier inutile ailleurs. Il y avait en particulier trois immenses armoires, dont deux alignées côte à côte en face de la porte donnant sur le corridor. Elles occupaient ainsi presque tout le mur du fond, laissant juste la place à une modeste table de toilette — située, du reste, dans l'angle le moins éclairé, sur la gauche de la fenêtre dont elle était séparée par deux chaises droites, collées contre le papier à fleurs. De l'autre côté de l'embrasure, deux autres chaises leur faisaient pendant. Trois seulement, sur les quatre, étaient du même modèle.

Il y avait donc, en partant de la fenêtre et en tournant vers la gauche (soit dans le sens inverse des aiguilles d'une montre) : une chaise, une deuxième chaise, la table de toilette (dans l'angle), une armoire, une deuxième armoire (s'avançant jusqu'au deuxième angle), une troisième chaise, le lit en merisier placé contre le mur dans le sens de la longueur, un très petit guéridon avec par devant une quatrième chaise, une commode (dans le troisième angle), la porte du couloir, une sorte de secrétaire dont la tablette était relevée, et enfin la troisième armoire occupant de biais le quatrième angle, avant les cinquième et sixième chaises. C'est dans cette dernière armoire, la plus imposante, toujours fermée à clef, que se trouvait, à l'étagère inférieure, dans le coin droit, la boîte à chaussure où il rangeait sa collection de ficelles et de cordelettes.

Le corps de la fillette fut retrouvé le lendemain matin, à la marée basse. Des pêcheurs de tourteaux — ces crabes à carapace lisse, encore appelés « dormeurs » — le découvrirent par hasard en fouillant dans les rochers, sous le tournant des deux kilomètres.

Le voyageur apprit la nouvelle alors qu'il buvait l'apéritif, au comptoir du café « A l'Espérance ». Le marin qui en faisait le récit paraissait très bien renseigné quant à l'emplacement, la posture et l'état du cadavre ; mais il n'était pas un de ceux qui l'avaient trouvé et il ne disait pas, non plus, qu'il l'eût ensuite examiné lui-même. Il ne semblait d'ailleurs nullement ému par ce qu'il rapportait : il aurait été question, aussi bien, d'un mannequin de son rejeté au rivage. L'homme parlait avec lenteur et un souci certain de précision, donnant — quoique dans un ordre parfois peu logique — tous les détails matériels nécessaires et fournissant même, pour chacun d'eux, des explications très plausibles. Tout était clair, évident, banal.

La petite Jacqueline gisait entièrement nue sur un tapis d'algues brunes, parmi de grosses roches aux formes arrondies. Le va-et-vient des vagues, sans doute, l'avait deshabillée, car il était improbable qu'elle se fût noyée en voulant prendre un bain, à cette saison, sur une côte aussi dangereuse. Elle devait avoir perdu l'équilibre tandis qu'elle jouait au bord de la falaise, très abrupte à cet endroit. Peut-être même avait-elle essayé de descendre jusqu'à l'eau par un éperon escarpé, plus ou moins praticable, qui se trouvait sur la gauche. Elle aurait manqué une prise, ou glissé, ou cherché appui sur une aspérité trop fragile du roc. Elle s'était tuée en tombant — de plusieurs mètres — son mince cou brisé.

En même temps que celle de la baignade, il fallait écarter l'hypothèse d'une lame sourde qui l'aurait enlevée à la marée montante ; elle avait en effet très peu d'eau dans les poumons — beaucoup moins, sûrement, que si elle était morte noyée. Elle portait en outre des blessures, à la tête et aux membres, qui correspondaient mieux à une chute, avec des heurts contre les saillies de la pierre, qu'aux altérations d'un corps sans vie ballotté par la mer entre les rochers. Cependant — et c'était normal — on voyait aussi, sur le reste des chairs, des traces superficielles qui ressemblaient plutôt au résultat de ces frottements.

De toute façon, il était difficile pour des non-spécialistes, même accoutumés à ce genre d'accidents, de fixer avec certitude l'origine des différentes plaies et ecchymoses que l'on relevait sur la jeune fille ; d'autant plus que les ravages des crabes, ou de quelques gros poissons, avaient déjà commencé sur certains points particulièrement tendres. Le pêcheur pensait qu'un homme — un adulte surtout — leur résistait plus longtemps.

Il doutait en outre qu'un médecin en eût dit plus long sur ce cas, à son avis sans équivoque. Par la même occasion, le voyageur sut qu'il n'y avait pas de docteur dans l'île et que l'homme qui parlait avec des airs si compétents avait servi comme infirmier dans la marine nationale. Le pays possédait seulement un vieux garde civil, qui s'était borné selon l'habitude à faire un constat du décès.

On avait ramené le cadavre chez la mère, ainsi que deux ou trois morceaux de vêtement, épars et déchirés, ramassés aux alentours dans les goémons. Selon le narrateur, Mme Leduc s'était « plutôt calmée » en apprenant ce que la cadette de ses filles était devenue, et la raison majeure qui l'empêchait depuis la veille de rentrer. Personne, dans l'assistance, ne s'en étonna.

Les auditeurs — cinq autres marins, le patron et la jeune serveuse — avaient écouté tout le récit sans l'interrompre, en hochant simplement la tête aux passages les plus décisifs. Mathias se contentait de faire comme eux.

A la fin, il y eut une pause. Puis l'infirmier répéta quelques-uns des éléments de son histoire, pris çà et là, en se servant exactement des mêmes termes et construisant ses phrases de façon identique :

« Les crochards avaient commencé, déjà, à grignoter les parties les plus tendres : les lèvres, le cou, les mains... d'autres endroits aussi... Commencé seulement : presque rien. Ou bien ça pouvait être une anguille rouge, ou un barbet... »

Après un nouveau silence, quelqu'un dit enfin :

« C'est le démon qu'aura fini par la punir ! »

C'était un des marins — un jeune. Des murmures s'élevèrent autour de lui, assez faibles, ne signifiant ni l'acquiescement ni la protestation. Puis tout le monde se tut. De l'autre côté de la porte vitrée, par delà les pavés et la vase, l'eau du port était ce matin-là de couleur grisâtre, terne et sans profondeur. Le soleil n'avait pas reparu.

Une voix s'éleva, derrière Mathias :

« Peut-être, aussi, qu'on l'aurait poussée — hein ? — pour qu'elle tombe... Elle était vive, autrement, la petite. »

Cette fois le silence fut plus long. Le voyageur, qui s'était retourné vers la salle, chercha d'après les visages à découvrir celui qui venait de prendre la parole.

« N'importe qui peut faire un faux pas », dit l'infirmier.

Mathias vida son verre d'absinthe et le reposa sur le comptoir.

Il vit sa main droite sur le bord du comptoir, à côté du verre vide, il la fit disparaître aussitôt dans la poche de sa canadienne. Elle y rencontra le paquet de cigarettes ouvert. Il en prit une, au fond de la poche, la porta à ses lèvres et l'alluma.

La fumée, rejetée en arrondissant la bouche, dessina par-dessus le bar un grand cercle, qui se tordit lentement dans l'air calme, tendant à former deux boucles égales. Mathias, le plus tôt possible, demanderait des ciseaux à sa logeuse, pour couper ces ongles gênants qu'il ne voulait pas conserver encore pendant deux jours de plus. C'est alors qu'il pensa, pour la première fois, aux trois bouts de cigarettes oubliés sur la falaise, dans l'herbe, sous le tournant des deux kilomètres.

Marcher un peu ne lui ferait pas de mal, il n'avait en somme rien d'autre à faire. L'aller et retour durerait une heure, une heure et demie au maximum — il serait facilement revenu pour le déjeuner — l'aller et retour jusqu'à la ferme de ses vieux amis les Marek, qu'il n'avait pas trouvés chez eux la veille.

Il se retrouva au fond de la petite dépression, dans le creux abrité du vent. Il croyait, du moins, le reconnaître ; mais le souvenir qu'il en gardait différait légèrement de ce qu'il avait maintenant sous les yeux. Les moutons qui manquaient ne suffisaient pas à expliquer le changement. Il tenta d'imaginer la bicyclette étincelante, couchée dans l'herbe rase, sur la pente au soleil. Mais le soleil faisait également défaut.

D'ailleurs il ne parvint pas à y découvrir le moindre fragment de cigarette. Comme ces trois-là n'étaient qu'à moitié brûlées, elles avaient pu être recueillies par un passant, hier soir ou ce matin. Un passant ! Personne ne passait dans ce lieu écarté — sinon, précisément, ceux qui s'étaient mis à la recherche de la petite bergère.

Il regarda de nouveau l'herbe à ses pieds, mais il avait cessé d'accorder de l'importance à ces pièces perdues : tout le monde, dans l'île comme partout, fumait ces mêmes cigarettes à marque bleue. Mathias, cependant, ne quittait pas le sol des yeux. Il voyait la petite bergère étendue à ses pieds, qui se tordait faiblement de droite et de gauche. Il lui avait enfoncé sa chemise roulée en boule dans la bouche, pour l'empêcher de hurler. Quand il releva la tête, il s'aperçut qu'il n'était pas seul. C'est pour cette raison qu'il avait relevé la tête. Debout sur la crête, à quinze ou vingt mètres de lui, une fine silhouette se détachait contre le gris du ciel, qui le regardait, immobile.

Sur le moment, Mathias s'imagina voir à nouveau la petite Jacqueline. En même temps qu'il se rendait compte de l'absurdité d'une telle apparition, il constata que la nouvelle venue comptait certainement quelques centimètres et quelques années de plus qu'elle. Observé avec attention, ce visage ne ressemblait d'ailleurs pas à celui de Violette, quoiqu'il ne lui fût pas inconnu non plus. Bientôt il se souvint : il avait affaire à la jeune femme qui vivait chez Jean Robin, dans la maisonnette au fond de la crique.

Il marcha vers elle — avec lenteur — sans bouger, pour ainsi dire. Son costume — celui de presque toutes les filles de l'île — n'était qu'une extrême simplification de l'ancien costume local : une mince robe noire à manches longues, assez collante sur tout le buste, à la taille et sur les hanches, mais avec une jupe très large ; l'encolure arrondie dégageait complètement le cou ; la coiffure consistait en deux courtes nattes latérales tirant les cheveux sur la nuque, de part et d'autre d'une raie médiane, et enroulées en petits chignons cachant la partie supérieure des oreilles. Les fillettes portaient sensiblement la même robe, mais beaucoup moins longue et souvent dépourvue de manches ; elles se coiffaient aussi de la même manière, mais sans faire de chignons.

Lorsqu'elles sortaient de chez elles, les femmes ôtaient leur étroit tablier de couleur et s'enveloppaient les épaules dans un grand châle à franges. Celle-ci n'avait pourtant ni tablier ni châle, ni aucun vêtement chaud bien que Mathias supportât lui-même sans mal une canadienne. Sur la crête éventée où il la rejoignit, elle était obligée de retenir d'une main les plis de sa jupe, pour l'empêcher de s'envoler. Elle détournait à demi la tête, à présent, comme prise en faute.

« Bonjour, dit Mathias... On se promène ?

— Non », dit-elle. Et plusieurs secondes après : « C'est fini. »

Il n'avait pas remarqué, la veille, à quel point sa voix était grave. Il ne se rappelait pas, du reste, l'avoir entendue prononcer un seul mot. Assez petite en réalité, dès que le terrain ne forçait plus à la considérer d'en bas, elle arrivait tout juste à l'épaule du voyageur.

« Il fait moins beau, ce matin », dit-il.

Elle leva brusquement son front vers lui, tout en se reculant d'un pas. Ses yeux étaient rougis, comme si elle avait pleuré longtemps. Elle s'écria, de sa voix trop basse :

« Qu'est-ce que vous cherchez ici ? Vous savez bien que c'est lui qui l'a tuée ! »

Et elle rejeta la tête de côté, en courbant la nuque, afin de cacher son visage. La fine égratignure, à demi cicatrisée, avait dû être écorchée fraîchement ; le bord de la robe, en se déplaçant, étalait un peu de sang liquide à la surface de la peau.

« Qui ça, lui ? demanda Mathias.

— Pierre.

— Quel Pierre ?

— Eh bien, Pierre, votre ami ! » fit-elle impatientée.

Il ne s'appelait donc pas Jean ? Ni Robin, non plus, peut-être ?
Ce n'était pas son nom qui se trouvait écrit sur le panneau de
la porte.

Elle se redressa et dit plus calmement :

« Et puis c'est tant mieux, si je vous rencontre.» Elle souleva
l'ourlet de sa manche gauche et détacha de son poignet le
bracelet-montre qui se trouvait dessous, le cadeau reçu de
Mathias. « Il fallait que je vous rende ça.

— Tu n'en veux plus ?

— Il faut que je vous le rende.

— C'est comme vous voulez.

— Il me tuera... comme il a tué Jacquie...

— Pourquoi l'a-t-il tuée ? »

La jeune femme haussa les épaules.

« Il vous tuera, si vous gardez la montre ?» demanda Mathias.

Elle détourna de nouveau les yeux :

« Il a dit que vous aviez dit... Il a dit qu'il avait entendu.

— Qu'il avait entendu quoi ?

— Qu'il avait entendu ce que vous m'aviez dit.

— Et qu'est-ce que j'ai dit ?

— Je ne sais pas. »

Mathias prit la montre qu'elle lui tendait et la mit dans
sa poche.

« Pourquoi l'a-t-il tuée ? demanda-t-il.

— Je ne sais pas... Jacquie s'était moquée de lui.

— Ce n'est pas une raison. »

La jeune femme haussa les épaules.

« Ce n'est pas lui qui l'a tuée, reprit Mathias. Personne ne l'a tuée. Elle est tombée toute seule. Elle aura glissé, en posant le pied trop près du bord.

— Jacquie ne glissait pas, dit la jeune femme.

— Regardez donc à cet endroit. La terre s'éboule à chaque instant. Il suffit de s'approcher un peu trop... »

Il lui désignait le bord de la falaise, tout près d'eux ; mais elle négligea même d'y porter le regard.

« Vous voulez faire semblant, dit-elle. Soyez tranquille, je dirai rien non plus.

— Et puis quelle preuve auriez-vous ?

— Vous avez entendu ce qu'il a crié, hier, au déjeuner : qu'elle ne viendrait plus maintenant !... Qu'est-ce que ça voulait dire ?... C'est lui qui l'a poussée en bas pour se venger. Vous savez bien que c'est lui. Il était en train de rôder par là quand c'est arrivé. »

Mathias réfléchit quelques instants — avant de répondre :
« Vous ignorez l'heure à laquelle c'est arrivé.

— Puisque Maria la cherchait depuis midi et demie.

— Il y avait eu toute une grande matinée, auparavant. »

La jeune femme hésita ; puis finit par dire, en baissant la voix :
« Jacquie était encore ici à onze heures passées. »

Mathias se remémora la suite de ses propres déplacements ; ce qu'elle affirmait là était exact. Il jugea fâcheux que l'on connaisse ce détail. Il demanda :
« Comment le savez-vous ? »

Mais la réponse ne lui apprit rien qu'il n'eût déjà deviné : la femme avait rendu visite en cachette à sa jeune amie, pendant que celle-ci gardait ses moutons. Elles ne s'étaient séparées que vers onze heures et demie. Ainsi quelqu'un pouvait situer l'accident à une trentaine de minutes près. Si les clients avaient noté avec autant de soin le passage du voyageur sur la grand-route...

« Eh bien, dit-il, ça laisse une heure entière de battement... grandement assez pour faire un faux pas.

— Et c'est juste à ce moment-là que lui rôdait sur la falaise, en train de me courir après, comme chaque fois que je mets un pied dehors !

— Oui... évidemment... c'est bizarre. Répétez-moi la phrase qu'il a dite, à table : Elle ne viendra plus...

— ...maintenant. Elle ne viendra plus maintenant !

— Oui, c'est vrai, j'ai entendu ça.

— Alors, vous voyez. bien !

— Peut-être que oui, après tout », dit Mathias.

Ils restèrent sans parler l'un et l'autre. Puis il crut qu'elle allait s'éloigner ; mais, ayant fait deux pas, elle revint vers lui en montrant quelque chose — qu'elle avait dissimulé jusque-là dans le creux de sa main :

« Et puis j'ai trouvé ça, aussi. »

C'était une des cigarettes. Elle poursuivait, en indiquant du doigt le fond de la petite dépression :

« Je l'ai trouvée ici, à l'instant. On n'a pas l'habitude de jeter les cigarettes à moitié fumées. Il l'avait à la bouche, comme souvent le matin, et il l'a perdue parce que Jacquie se débattait. »

Mathias avança la main et saisit l'objet — pour l'observer de plus près, censément. D'un geste rapide il le fit disparaître dans la poche de sa canadienne. La jeune femme le regarda, en ouvrant des yeux étonnés, la main encore tendue vers lui pour reprendre son bien. Mais il déclara seulement :

« C'est la preuve, en effet, vous avez raison.

— J'aurais rien dit, c'était pas la peine de me l'enlever... Je voulais la lancer dans la mer... »

Elle fit un pas en arrière.

Mathias oublia de répondre. Il la vit qui reculait, tout en le fixant de ses yeux écarquillés. Ensuite elle exécuta une brusque volte-face et se mit à courir en direction du phare.

Quand elle se fut évanouie, derrière une ondulation de la lande, il redescendit vers le sentier par lequel il était venu. La première chose qui frappa sa vue, dans l'herbe, au fond de la cuvette à l'abri du vent, fut une deuxième cigarette à demi brûlée, exactement semblable à la première. Il ne l'avait pas remarquée tout à l'heure, en arrivant. Une touffe d'herbe, qui dépassait un peu, la dérobait aux regards de tout observateur situé ailleurs qu'en ce point précis où il s'était placé par hasard.

L'ayant ramassée et mise dans sa poche, il recommença, afin de récupérer aussi la troisième, à parcourir en tous sens les quelques mètres carrés de terrain où celle-ci risquait d'être tombée. Mais la mémoire approximative qu'il conservait de ces lieux ne lui permettait pas de délimiter le périmètre avec beaucoup de certitude.

Il eut beau chercher, il ne réussit pas à découvrir le troisième fragment. Ce dernier devait, à son avis, être moins grand que les deux autres ; il serait ainsi moins compromettant — surtout seul — puisqu'il avait à peu près la taille des bouts de cigarettes que jette n'importe quel fumeur. Personne, raisonnablement, n'irait imaginer l'usage qu'on en avait fait.

Enfin Mathias pensa que, même si cette troisième cigarette était aussi peu consumée que les deux précédentes, elle pourrait en tout cas passer pour celle que Jean Robin — l'homme, plutôt, qui ne s'appelait pas Jean Robin — aurait perdue dans la lutte, tandis qu'il entraînait de force la petite bergère vers le bord des rochers. Le principal était, en somme, qu'un éventuel enquêteur soit dans l'impossibilité d'en retrouver plus d'une ; car si l'on ignorait ce à quoi elles avaient servi, il devenait ridicule de soupçonner le voyageur — le seul personnage, peut-être, dans toute l'île, à n'avoir jamais nourri aucun ressentiment envers la fillette.

La présence de plusieurs demi-cigarettes aurait, au contraire, paru étrange et fait supposer d'autres mobiles que la vengeance d'un amoureux berné, pour peu qu'on relevât en même temps, sur le corps, des traces plus suspectes que celles laissées par une chute contre la pierre, des frottements dans l'eau, les morsures des poissons ou des crabes.

Il suffirait donc que Mathias détruise les deux morceaux qu'il possédait, et qu'il prétende avoir rejeté aussitôt celui que la jeune femme venait de lui remettre.

Pour gagner du temps, car toutes ces paroles et investigations l'avaient retardé de façon considérable, Mathias voulut prendre un autre sentier, qui rejoindrait le bourg sans passer par le tournant de la grand-route. Le choix ne manquait pas, parmi le réseau compliqué qui sillonnait la lande. Mais les vallonnements du sol l'empêchaient de guider ses pas sur le but à atteindre, invisible de cet endroit, si bien qu'il dut s'orienter au juger, calculant un angle de trente degrés environ avec la direction du chemin primitif.

Il fallait aussi s'en tenir à une piste déjà marquée. En dehors de l'incommodité que présentait la marche à travers les ajoncs, il était normal d'espérer suivre le raccourci emprunté par Maria Leduc pour se rendre à la falaise.

Malheureusement, aucun des nombreux sentiers existants ne coïncidait avec la ligne théorique déterminée par Mathias — qui eut ainsi, dès le départ, à opter entre deux écarts possibles. En outre ils offraient tous un parcours sinueux et morcelé, bifurquant, se raccordant, s'entrecroisant sans cesse, ou même s'arrêtant net au milieu des bruyères. Cette disposition obligeait à de multiples crochets, hésitations et reculs, posait à chaque pas de nouveaux problèmes, interdisait toute assurance quant à l'orientation générale du tracé adopté.

Mathias, d'ailleurs, choisissait souvent sans beaucoup réfléchir, dans l'enchevêtrement des routes. Comme il marchait vite, il n'en aurait pas de toute manière pour très longtemps. Quelque chose de plus grave le gênait, dans son raisonnement à propos de ces trois cigarettes : le fragment qui demeurait sur la falaise n'était pas celui que la jeune femme avait recueilli. Or elle se basait sur la longueur anormale de ce dernier, pour prouver le crime. Si l'on mettait au jour maintenant un bout de deux centimètres, comment le voyageur pourrait-il — dans l'éventualité d'une confrontation — lui faire admettre que c'était celui-là qu'il avait reçu de sa main ? Il faudrait, pour expliquer le raccourcissement, que Mathias l'ait rallumé et fumé à son tour, avant de s'en débarrasser — ce qui manquait à la fois de simplicité et de vraisemblance.

Il fut interrompu dans ses déductions et hypothèses par la surprise de déboucher tout à coup sur la grand-route, juste en face du chemin conduisant à la ferme des Marek — c'est-à-dire non loin de cette borne des deux kilomètres — une fois de plus.

Il se retourna et reconnut en effet, dans le large sentier qui l'amenait là, celui qu'il avait pris moins d'une heure auparavant pour venir, et la veille encore sur sa bicyclette. Après quelques détours, de courbes en obliques, la jonction s'était opérée à son insu.

Cela ne fut pas sans le troubler : il doutait à présent de l'existence d'un raccourci allant du bourg jusqu'à ce creux dans la falaise, alors que toutes ses réflexions antérieures l'avaient fait conclure à sa nécessité. Bien entendu, le contretemps accrut encore son retard : il se présenta au déjeuner près de quarante minutes après l'heure prévue.

Une telle inexactitude le contraria lui-même, car le café n'acceptait de lui préparer ses repas que pour lui rendre service, en l'absence de tout restaurant fonctionnant à cette époque de l'année. Lorsqu'il pénétra dans la salle, le patron dont il était l'unique client lui en fit la remarque, poliment mais avec fermeté. Mathias, essoufflé par sa course, perdit contenance :

« J'ai poussé jusque chez mes vieux amis les Marek, dit-il en guise d'excuse. Vous savez, du côté des Roches Noires. Ils m'ont retenu plus que je ne comptais... »

Il comprit immédiatement l'imprudence de ces paroles. Il se tut aussitôt, sans ajouter — comme il en avait eu d'abord l'intention — que Robert Marek voulait le garder à sa table et qu'il avait refusé parce qu'on l'attendait ici. Robert Marek lui-même sortait peut-être à l'instant de « l'Espérance » ;

il valait mieux ne pas s'enferrer davantage. Le premier mensonge dont il s'était rendu coupable ne l'exposait que trop, déjà, à un démenti formel, inutile, risquant d'éveiller les soupçons.

« Mais vous arriviez par la route du grand phare ? demanda l'aubergiste qui avait guetté son pensionnaire sur le pas de sa porte.

— Oui, bien sûr.

— Puisque vous étiez à pied, vous aviez un chemin beaucoup plus court. Pourquoi ne vous l'ont-ils pas indiqué ?

— Ils ont eu peur, sans doute, que je me perde.

— C'est pourtant simple : on suit le fond des prés tout du long. Le sentier débute ici, par derrière.» (Geste vague du bras droit.)

Il était urgent de parler d'autre chose, pour esquiver toute nouvelle question concernant les lieux ou les gens rencontrés à la ferme. Heureusement le patron, plus bavard ce midi, dévia de lui-même vers le sujet du jour : l'accident qui coûtait la vie à la plus jeune des filles Leduc. Dangers de la falaise, fragilité du roc, traîtrise de l'océan, désobéissance des enfants qui font toujours ce qu'on leur a défendu...

« Voulez-vous que je vous donne l'opinion générale ? Eh bien, c'est malheureux à dire, mais ça ne sera pas une grosse perte — pour personne. C'était un vrai démon cette gamine ! »

Mathias ne prêtait qu'une oreille distraite à ces discours. De tout cela, rien ne l'intéressait plus. La fausse référence dont il venait de s'encombrer, tellement à la légère, le préoccupait trop : il craignait à tout moment que son interlocuteur n'y fasse de nouveau allusion. Il n'avait qu'une idée en tête : avaler le plus vite possible son déjeuner, afin de se rendre vraiment à cette maudite ferme — enfin — et de transformer la contrevérité en simple anticipation.

Néanmoins une fois ressorti sur le quai — plus calme de se sentir hors de péril — il ne se mit pas en quête du raccourci passant à travers prés, mentionné par le patron du débit ainsi que par la vieille Mme Marek. Il prit à gauche et se dirigea, comme de coutume, vers la petite place triangulaire. Il commençait à se méfier des chemins de traverse.

Il préféra, aux pavés cahoteux, les larges pierres plates qui bordaient le quai. La marche y était plus commode. Mais il ne s'attarda pas à contempler les débris jonchant la vase — deux ou trois mètres plus bas — que la mer montante n'avait pas encore recouverts. Il franchit sans mal l'obstacle suivant — la vitrine de la quincaillerie. Au milieu de la place, le monument aux morts prenait sous ce ciel nuageux une allure plus familière. La haute grille circulaire, aux barreaux verticaux, ne projetait plus d'ombre sur les dalles du trottoir. La statue dressée en haut de son rocher regardait toujours vers le large, mais aucune anxiété ne se lisait sur son visage de granit. Le voyageur allait tranquillement rendre visite à d'anciennes connaissances, dont il n'apprendrait d'ailleurs pas de nouvelle importante — mauvaise ni bonne — puisque la vieille dame lui avait déjà raconté l'essentiel. Ses yeux rencontrèrent par hasard l'affiche bariolée collée sur le panneau-réclame du cinéma. Il détourna la tête. Il allait tranquillement rendre visite... etc.

Les rues étaient désertes. Il n'y avait rien d'étonnant à cela : tout le monde se trouvait à table, à cette heure-ci. Le repas de midi se prenait beaucoup plus tard dans l'île que sur le continent ; l'aubergiste servait Mathias un peu avant l'heure habituelle, de manière à manger ensuite lui-même sans être dérangé. La dernière maison, à la sortie du bourg, avait sa porte et ses fenêtres closes, comme les autres. Tout ce silence était rassurant, rassurant, rassurant...

Ayant gravi la côte, Mathias arriva bientôt au croisement des deux grand-routes — celle où il cheminait, s'avançant vers les Roches Noires, et celle qui décrivait une sorte d'S d'une extrémité à l'autre du pays, par laquelle on accédait aux rivages de l'est et de l'ouest — et qu'il avait empruntée la veille, en fin de tournée, pour atteindre la pointe des Chevaux.

Quelques pas plus loin s'ouvrait sur la droite une voie secondaire, entre deux muretins couronnés d'ajoncs — une allée herbue marquée d'un sillon médian dénudé et de deux ornières latérales — tout juste suffisante pour une charrette. Mathias pensa qu'il ne pouvait guère se présenter à la ferme avant la fin du repas. Il avait donc tout loisir d'essayer ce passage, pour voir s'il ne serait pas précisément celui dont s'était servi Maria Leduc, et qu'il n'avait pas retrouvé ce matin en partant de la falaise.

Contrairement aux sentiers de la lande, celui-ci n'offrait aucune possibilité de bifurcation ni d'erreur : il s'enfonçait entre les champs bordés de talus bas ou de murs en pierres sèches, régulier, continu, solitaire, sensiblement rectiligne. Mathias le suivit pendant un kilomètre environ. Puis sa direction changea, ramenant le voyageur vers la gauche. L'angle étant assez obtus, cela valait peut-être mieux : il ne fallait pas rejoindre trop vite le littoral. Aucune voie latérale, du reste, ne proposait d'autre solution.

Au bout de dix minutes à peine, il marchait derechef sur la grand-route, à l'endroit où s'amorçait le tournant. Il lut, sur la borne blanche, l'inscription fraîchement repeinte : « Phare des Roches Noires - 1 km 6. »

C'était une borne kilométrique du modèle ordinaire, parallélépipède rectangle raccordé à un demi-cylindre de même épaisseur (et d'axe horizontal). Les deux faces principales — carrés s'achevant en demi-cercle — portaient des caractères noirs ; la surface arrondie, sur le dessus, brillait de peinture jaune toute récente. Mathias se passa la main sur les yeux. Il aurait dû prendre de l'aspirine avant de déjeuner. Le mal de tête qui lui engourdissait l'esprit depuis son réveil commençait à le faire vraiment souffrir.

Mathias se passa la main sur les yeux. Il demanderait des cachets à ses bons amis les Marek. Encore cinquante mètres et il tourna — à gauche — dans le chemin de la ferme.

Le paysage changeait sensiblement : le talus plus élevé, qui bouchait même en partie la vue d'un côté comme de l'autre, était surmonté de façon presque ininterrompue par d'épais buissons, derrière lesquels s'élevait çà et là le tronc d'un pin. Jusqu'ici, du moins, tout paraissait en ordre.

Les fûts se faisaient plus nombreux. Ils étaient penchés et tordus dans tous les sens, avec cependant une tendance générale à s'incliner dans la direction des vents dominants, c'est-à-dire vers le sud-est. Certains se couchaient à ras de terre, ou peu s'en faut, relevant seulement leur tête rabougrie, irrégulière et aux trois quarts effeuillée.

Le chemin ne se poursuivait pas plus loin que la ferme. C'est son élargissement terminal qui en constituait la cour.

Dans les grandes lignes, il n'y avait rien à redire : les hangars à foin, la barrière du jardin-potager, la maison grise avec ses touffes de mahonia, la disposition des fenêtres elle-même et le vaste espace de pierre nue, au-dessus de la porte... L'ensemble était à peu près conforme à la réalité.

Le voyageur s'avança sur la terre battue, qui étouffait le bruit des pas. Les quatre fenêtres étaient closes, mais tous leurs volets ouverts — bien entendu. Seule choquait, sur la façade, cette trop grande distance qui séparait les deux ouvertures du premier étage. Là, de toute évidence, il manquait quelque chose : une niche par exemple, ménagée dans l'épaisseur du mur, où l'on aurait pu loger une statuette de la Vierge, un bouquet de mariage sous son globe, ou quelque poupée fétiche.

Il se disposait à frapper au panneau de la porte, lorsqu'il s'aperçut que l'un des mahonias était près de mourir, sinon tout à fait mort ; alors que, du côté gauche, l'arbuste montrait déjà ses boutons floraux, celui de droite ne portait plus que quelques feuilles brunâtres en bout de tiges, à demi recroquevillées et tachées de noir.

Le loquet n'était pas fermé. Mathias poussa le panneau et, pénétrant dans le couloir, entendit des voix toutes proches — les éclats d'une discussion véhémente. Il s'arrêta.

Dès qu'il l'eut lâché, le battant reprit de lui-même sa position première, lentement, sans faire le moindre bruit. La porte de la cuisine était entrebâillée.

« Alors ?... Tu peux pas répondre ?

— Mais laisse-le donc, ce gosse, puisqu'il t'a dit qu'il est rentré tout droit ici, et qu'il t'a attendu dans la cour ! »

C'était la voix de la vieille paysanne. Elle semblait excédée. Mathias fit un pas en avant, posant avec précaution ses gros souliers sur le carrelage. Dans la fente, large de dix à quinze

centimètres, on voyait seulement un bout de table où voisi-
naient, sur la toile cirée aux petites fleurs multicolores, une
paire de lunettes, un couteau à découper et deux piles égales
d'assiettes blanches — propres — placées côte à côte ; par
derrière, assis raide sur une chaise au-dessous d'un calendrier
des postes épinglé contre le mur, un très jeune homme se tenait
immobile, les mains sur les genoux, la tête levée, le regard
rigide. Il pouvait avoir dans les quinze ou seize ans. Bien qu'il
ne desserrât pas les lèvres, on devinait à son visage — brillant
et fermé — le rôle prépondérant dont il supportait le poids,
dans cette scène. On n'apercevait aucun des autres personnages,
qui parlaient et s'agitaient dans les parties non-visibles de
la pièce. On entendait la voix de l'homme, à présent :

« Il a dit... Il a dit ! Il a menti, comme d'habitude. Regarde-
moi sa tête de mule. Tu t'imagines que tu sais ce qu'il y a
dedans ? Un gamin qui n'a pas tout son bon sens... Et qui
peut même pas répondre quand on lui pose une question !

— Mais puisqu'il a dit et redit...

— Il reste là sur sa chaise comme s'il était muet !

— C'est qu'il a déjà répété plusieurs fois tout ce qu'il avait
à dire. Tu recommences toujours avec les mêmes choses.

— Naturellement : je déraisonne ! »

Des pas lourds frappèrent le ciment, des pas d'homme (ceux
de Robert Marek, sans doute, car ce ne pouvait être que lui
qui parlait). Mais rien ne franchit les limites du champ, la
bande verticale de vision demeurait parfaitement figée : les
carreaux de ciment constituant le sol, le pied de table en bois
tourné, le bord de la toile cirée à fleurettes, les lunettes cerclées
d'acier, le long couteau à manche noir, la pile de quatre assiettes
creuses et la seconde pile identique accolée derrière, le buste

du jeune homme avec sur la gauche un morceau du dossier de sa chaise, le visage pétrifié à la bouche mince et aux yeux fixes, le calendrier illustré pendu contre le mur.

« Si je savais que c'est lui qui a fait le coup... » gronda la voix du père.

La vieille femme se mit à se lamenter. Au milieu des gémissements et des appels à la miséricorde divine, quelques mots revenaient en leitmotiv : « ... un assassin... assassin... il croit que son fils est un assassin... »

« Oh, assez! mère », cria l'homme. Les plaintes se turent.

Après un moment de silence, ponctué par le bruit de ses pas, il reprit plus posément :

« C'est toi-même qui nous as raconté que ce... — comment l'appelles-tu ? — ce voyageur, qui vend des montres, est passé ici pendant mon absence et qu'il n'a trouvé personne. Si Julien avait été assis sur le seuil, comme il prétend, l'autre l'aurait vu, tout de même !

— Il a pu s'écarter une minute... n'est-ce pas, mignon? »

Mathias fut saisi d'une soudaine envie de rire, tant convenait mal à cette physionomie impassible un tel terme de tendresse, en usage dans l'île pour parler aux enfants. L'effort qu'il fit pour se contenir le priva d'un échange de répliques, confuses, où il distingua pourtant l'intervention d'une voix nouvelle — celle d'une femme plus jeune. Quant au garçon, il n'avait pas bronché d'un cil ; on se demandait, à la fin, si toutes ces paroles le concernaient vraiment, si c'était bien lui que les autres interrogeaient. Le deuxième registre féminin, dans les coulisses, pouvait représenter sa mère... Mais non, puisque celle-ci se trouvait en voyage. Le père avait d'ailleurs fait taire l'importune avec brutalité ; il reprenait l'accusation :

« D'abord c'est Julien qui dit n'avoir pas bougé de devant la porte. Donc il a menti, de toute façon... Un sale gosse qui n'a même pas été capable de garder sa place à la boulangerie ! Menteur, voleur, assassin...

— Robert ! Tu es fou !

— Voilà ! c'est moi qui suis fou... Vas-tu répondre, toi, oui ou non ? Tu étais là-bas — hein ? — sur la falaise, pendant que ce bonhomme est venu ici ; tu as juste eu le temps de rentrer avant que j'arrive — sans passer par la route, puisque ta grand-mère ne t'a pas vu... Mais parle donc, tête de mule ! Tu as rencontré la petite Leduc et tu lui as encore cherché affaire ? Oh ! je sais, c'était pas une sainte... Tu n'avais qu'à la laisser tranquille... Alors ? Vous vous êtes battus ? — ou bien quoi ? Peut-être que tu l'as fait tomber sans le vouloir ? Vous étiez au bord du rocher, et dans la dispute... Ou bien c'est pour te venger, parce qu'on t'a fichu à l'eau, du haut de la digue, l'autre soir ?... Alors ?... Tu vas dire quelque chose — hein ? — ou je te casse le crâne, à ton tour !

— Robert ! Tu te montes, tu te... »

Le voyageur se recula, instinctivement, dans la pénombre du couloir, tandis qu'une chaleur subite l'envahissait. Il venait de se rendre compte d'une modification qui s'était produite (mais à quel moment ?), entre les assiettes et le calendrier, dans ce regard lui faisant face — fixé sur lui, maintenant. Se reprenant aussitôt, il marcha délibérément vers la porte, pendant que la voix du père répétait de plus en plus fort : « Mais qu'il réponde, alors, qu'il réponde !

— Y a quelqu'un », dit le jeune homme.

Mathias exagéra un frottement de chaussure contre le car-

relage et frappa de sa grosse bague au panneau de la porte
entrouverte. Tout le bruit, dans la cuisine, avait cessé d'un
coup.

Puis la voix de Robert Marek dit : « Entrez ! » et en même
temps, de l'intérieur, le battant fut tiré avec violence. Le
voyageur s'avança. On venait vers lui. Tout le monde semblait
le connaître : la vieille dame à la figure jaune, l'homme en
blouson de cuir, et jusqu'à la jeune fille qui lavait la vaisselle
dans un coin ; à demi retournée vers la porte elle s'était arrêtée
au milieu de son ouvrage, une casserole à la main, et le saluait
d'un signe de tête. Seul le garçon, sur sa chaise, n'avait pas fait
un mouvement. Il se contentait de déplacer légèrement les
prunelles, afin de conserver le regard sur Mathias.

Celui-ci, après avoir serré les mains qui se tendaient, sans
réussir en dépit de ses « Bonjour » joyeux à rendre l'atmosphère
plus sereine, finit par s'approcher du calendrier fixé au mur :

« Et voilà Julien, ma parole ! Comme il a grandi celui-là !
Voyons... ça fait combien d'années ?...

— Tu peux pas te lever quand on te parle ? dit le père.
Une vraie tête de mule, ce gamin ! C'est pour ça qu'on criait
un peu, à l'instant : il s'est fait mettre à la porte de la boulangerie — hier matin — où il apprenait le métier. J'ai bien envie
de l'expédier comme mousse dans la marine, si ça continue...
Tout le temps à faire des bêtises... La semaine dernière il se
bat avec un pêcheur ivre, il tombe dans le port et il manque
se noyer... C'est ça qu'on criait à l'instant. On lui secouait un
peu les puces... »

Julien, qui s'était mis debout, regarda son père, puis de nouveau le voyageur. Un sourire mince flottait sur ses lèvres jointes.

Il ne dit rien. Mathias n'osa pas lui tendre la main. Le mur était peint d'une couleur ocre, mate, dont la couche superficielle se détachait, par endroit, en écailles polygonales. L'image du calendrier représentait une petite fille, les yeux bandés, qui jouait à colin-maillard. Il se tourna vers la grand-mère :

« Et les petits, où sont-ils ? J'aimerais bien les voir, eux aussi...

— Sont repartis pour l'école », dit Robert Marek.

Julien ne quittait pas le voyageur des yeux, l'obligeant ainsi à parler, à parler vite, le plus vite possible, mais avec la peur constante d'égarer ses phrases sur des pistes minées, ou sans issue : ...il avait raté son bateau, hier soir ; il revenait à la ferme parce qu'il croyait avoir oublié quelque chose... (non). Il était donc forcé d'attendre là jusqu'au vendredi ; il en profiterait pour se reposer. Il revenait, néanmoins, dans l'intention de vendre encore une ou deux montres... (non). Il avait raté son bateau à trois minutes près, par la faute de cette bicyclette louée qui au dernier moment... (non) ; la chaîne lui causait des ennuis depuis le matin : lorsque Mme Marek l'avait rencontré au croisement, à la bifurcation, au tournant, il était en train déjà de la remettre en place. Aujourd'hui, tranquillement, il se déplaçait à pied ; il revenait à la ferme pour prendre des nouvelles de toute la famille...

« Vous apportez vos bracelets-montres avec vous ? » demanda la vieille paysanne.

Mathias commençait à répondre par l'affirmative, quand il se rappela que la valise était restée chez sa logeuse. Il plongea la main dans la poche de sa canadienne et en retira l'unique article qu'il possédait sur lui : le petit modèle pour femme en métal doré, rendu ce matin par...

« Il me reste seulement celui-ci », dit-il pour se tirer d'embarras. Mme Marek n'exprimait-elle pas le désir d'en munir une personne de la maison, qui était toujours en retard dans son travail ?

L'homme au blouson de cuir n'écoutait plus. La vieille femme, elle-même, n'eut pas l'air tout d'abord de comprendre ; puis sa figure s'éclaira :

« Ah ! c'est la Joséphine, s'exclama-t-elle en désignant la jeune fille. Non, non, on ne va pas lui faire cadeau d'une montre ! Elle oublierait de la remonter. Elle ne saurait jamais où elle l'aurait mise. Et avant trois jours elle la perdrait pour de bon ! »

Cette idée les fit rire toutes les deux. Mathias remit l'objet dans sa poche. Pensant que la situation s'améliorait un peu, il risqua un coup d'œil en direction du jeune homme ; mais celui-ci n'avait pas bougé, ni abandonné son point de mire. Le père, qui se taisait depuis plusieurs minutes, interpella le voyageur à brûle-pourpoint :

« J'ai beaucoup regretté, hier, d'être rentré trop tard pour vous accueillir. Hein ? C'est à quelle heure, exactement, que vous êtes venu ?

— Comme ça, vers les midi », répondit Mathias évasif.

Robert Marek regarda son fils :

« C'est drôle ! Où étais-tu donc passé, toi, à ce moment-là ? »

Un silence contraint s'établit de nouveau dans la pièce. Enfin le garçon consentit à ouvrir la bouche :

« J'étais dans le hangar, au fond de la cour, prononça-t-il sans détacher ses yeux de ceux du voyageur.

— Ah oui, c'est bien possible, repartit ce dernier précipitamment. Je n'ai pas distingué, sans doute, à cause des tas de foin.

— Là ! Tu vois bien ! s'écria la grand-mère. C'est ce que je disais.

— Qu'est-ce que ça prouve ? répondit l'homme. C'est trop facile de dire ça maintenant ! »

Mais le garçon continuait :

« Vous êtes descendu de vélo et vous avez frappé à la porte. Après, vous êtes allé voir à la barrière du jardin. Et avant de partir vous avez pris une clef, dans une petite sacoche accrochée sous la selle, pour resserrer un truc à votre changement de vitesse. »

« Oui, oui, c'est ça ! » confirmait Mathias à chaque phrase, en essayant de sourire, comme si ces actes imaginaires avaient été aussi évidents que sans importance.

Tout cela ne faisait, en somme, que renforcer son propre alibi. Puisque Julien Marek témoignait ainsi de son passage par la ferme, et même d'un arrêt assez long dans l'attente des propriétaires absents, comment le voyageur aurait-il pu, à cette heure-là précisément, se rendre sur la falaise — c'est-à-dire dans la direction opposée — à l'endroit où la fillette gardait ses moutons ? Il se trouvait donc hors de cause, désormais...

Mathias, du moins, voulait de toutes ses forces s'en persuader. Mais ce garant inattendu l'inquiétait au contraire : il inventait avec trop d'assurance. Si le garçon était véritablement dans la cour ou le hangar, en cette fin de matinée, il savait très bien qu'aucun voyageur n'avait frappé à la porte. D'autre part, s'il n'y était pas, et qu'il voulût seulement le faire croire à

LE VOYEUR

son père, pourquoi allait-il imaginer des détails aussi caractérisés que celui de la sacoche, de la clef et du changement de
vitesse. Les chances étaient si faibles de tomber sur des éléments
exacts, que leur créateur courait au-devant d'un démenti
immédiat et catégorique. La seule explication — mis à part
la folie — serait que Julien ait su d'avance que le voyageur
ne donnerait pas ce démenti, de toute façon, à cause de la
situation irrégulière dans laquelle il se débattait lui-même, et
de la crainte où il était — réciproquement — d'un désaveu.

Or, si Julien connaissait cet état d'infériorité du voyageur,
c'est évidemment parce qu'il se trouvait, lui, à la ferme au
moment de la prétendue visite : il savait donc très bien que
personne n'était venu frapper à la porte. Aussi dévisageait-il
l'étranger avec insolence tout en accumulant ses précisions
fictives...

La question se reposait alors, comme au point de départ :
quel intérêt le garçon avait-il, dans ce cas, à soutenir la thèse
de Mathias ? Pourquoi, ayant dès le début affirmé à son père
être resté assis sur le seuil de la maison, ne pouvait-il pas se
défendre contre les déclarations faites à sa grand-mère par un
passant ? Avait-il peur, seulement, que l'on croie ce dernier
plutôt que lui ?

Non. Du moment que Julien mentait — avec tant d'audace,
même — il paraissait plus vraisemblable de reconstituer le
scénario différemment : Le garçon ne se trouvait pas à la
ferme, en cette fin de matinée. (Il n'était pas non plus, certes,
dans le creux de la falaise — ce dont on l'accusait ; il était
ailleurs, tout simplement.) Et il croyait bel et bien à la visite
du voyageur. Mais puisque son père exigeait des preuves formelles, il avait dû inventer quelque détail précis — pris au

hasard. Afin de solliciter le concours de Mathias — pour qui rien de tout cela n'importait, pensait-il — Julien l'avait regardé droit dans les yeux, espérant lui faire comprendre sa détresse et obtenir sa complicité. Ce que Mathias attribuait à l'insolence était en réalité supplication. Ou bien le jeune homme comptait-il l'hypnotiser ?

Tout en reprenant en sens inverse la petite route, entre les troncs tordus des pins, le voyageur ressassait dans son esprit les multiples aspects du problème. Il se disait que son mal de tête, peut-être, l'empêchait de s'arrêter à une quelconque solution, alors qu'il n'eût pas manqué d'en établir une indiscutable s'il avait joui de tous ses moyens. Dans sa hâte de fuir l'inhospitalière cuisine et les regards trop insistants du jeune homme, il était parti sans demander au fermier les cachets d'aspirine prévus. Paroles, efforts d'attention et calculs avaient en revanche accru son mal dans des proportions notables. Il aurait aussi bien fait de ne jamais mettre les pieds dans cette maudite ferme.

D'un autre côté, ne valait-il pas mieux avoir provoqué ce témoignage ? La déclaration publique de Julien Marek, si troubles qu'en fussent les intentions, n'en constituait pas moins la preuve tant souhaitée d'une station assez longue, située entre onze heures trente et douze heures trente, dans un lieu très éloigné de celui où s'était produit l'accident... Un lieu « très » éloigné ? Une station « assez » longue ?... Assez longue pour quoi ? Quant à la distance, elle restait à l'échelle de l'île, qui mesurait moins de six kilomètres dans sa plus grande dimension ! Avec une bonne bicyclette...

Après s'être tellement acharné à la confection de cet alibi — comme s'il eût été de nature à le laver de tout soupçon —

Mathias s'apercevait à présent de son insuffisance. Le séjour sur la falaise avait duré bien trop longtemps pour qu'on pût le résorber tout entier de cette manière. Un trou demeurait toujours dans l'emploi du temps.

Mathias se mit en devoir de récapituler ses arrêts et déplacements depuis son départ du café-tabac-garage. Il était à ce moment-là onze heures dix ou onze heures un quart. Le trajet jusqu'à la maison Leduc étant à peu près négligeable, on pouvait fixer l'arrivée chez la veuve à onze heures quinze exactement. Cette première pause représentait certainement moins d'un quart d'heure, bien que le bavardage de la dame ait rendu sa lenteur exaspérante. Les arrêts, ensuite, avaient été rares et très brefs — deux ou trois minutes au total. Les deux kilomètres accomplis sur la grand-route, entre le bourg et le tournant, à grande vitesse et sans le moindre détour, ne comptaient guère pour plus de cinq minutes. Cinq et trois, huit ; et quinze, vingt-trois... Une durée inférieure à vingt-cinq minutes s'était ainsi écoulée depuis le départ, sur la place, jusqu'à l'endroit où le voyageur avait rencontré Mme Marek. Cela faisait par conséquent onze heures quarante, au maximum, et plutôt onze heures trente-cinq. Or cette entrevue avec la vieille paysanne se situait, en réalité, près d'une heure plus tard.

Pour réduire autant que possible la différence, Mathias remonta vers ce même point à partir de l'instant où il avait regardé sa montre : une heure sept, au café des Roches Noires. Il y était alors depuis une dizaine de minutes — un quart d'heure, peut-être. Il fallait dix minutes, au plus, pour la seconde vente (chez le couple malade), et quinze environ pour la première (qui comportait une longue conversation avec Mme Marek). Cette partie du chemin, effectuée sans se presser, pouvait figurer au bilan sous la forme de dix autres minutes. Tous ces chiffres semblaient malheureusement un peu excessifs. Leur somme, cependant, dépassait à peine trois quarts d'heure. La rencontre avec la vieille femme devait donc dater de midi vingt, au moins, et plutôt midi vingt-cinq.

Le temps anormal, en trop, suspect, inexplicable, atteignait quarante minutes — sinon cinquante. Il suffisait amplement pour couvrir les deux trajets l'un après l'autre : l'aller-et-retour jusqu'à la ferme — y compris la petite réparation à la bicyclette devant la porte close — et l'aller-et-retour jusqu'au bord de la falaise, y compris... Mathias n'aurait eu qu'à se dépêcher un peu plus.

Il pressa le pas. Puis, ayant traversé la grand-route, il s'engagea sur la piste prenant en face, assez large au départ, mais qui s'amenuisait ensuite en un simple sentier de terre battue — encadré çà et là de tronçons d'ornières, plus ou moins marqués entre les touffes de bruyère et d'ajonc nain. Les champs avaient disparu. Le dernier mur en pierres sèches, à demi écroulé, signalait là-bas l'entrée du chemin. De tous côtés s'étendait maintenant la série des ondulations successives, couvertes d'une végétation rase et roussâtre d'où rien n'émergeait plus, hormis de temps à autre une roche grise, un buisson d'épines, ou quelque silhouette plus vague, plus lointaine, à laquelle il était moins facile de donner un nom — à première vue.

Le terrain descendait. Mathias remarqua devant lui, à hauteur des yeux, une ligne plus sombre qui séparait le gris du ciel, uniforme et immobile, d'une autre surface grise — également plate et verticale — la mer.

Le sentier débouchait à la partie médiane d'une crête en fer à cheval, ouverte sur le large, enserrant entre ses deux branches une sorte de cuvette allongée, qui s'avançait jusqu'à l'extrême bord de la falaise et dont les dimensions n'excédaient pas vingt mètres sur dix. Un point de couleur claire attira le regard du voyageur ; il y fut en quelques enjambées et se baissa pour prendre l'objet dans sa main : ce n'était qu'un petit caillou cylindrique, lisse et blanc, imitant à s'y méprendre un bout de cigarette.

Le fond aplati de la dépression, où la lande faisait place à une herbe moins pauvre, s'achevait trente pas plus loin — sans transition — par un pan de roc abrupt, haut d'une quinzaine de mètres, plongeant vers l'eau tourbillonnante. Après une chute presque verticale venait une paroi irrégulière, où saillaient par endroit des becs aigus, des replats, des arêtes. Tout en bas sortaient de l'écume, entre des blocs plus imposants, un groupe de rochers coniques dressés la pointe en l'air, contre lesquels le flot frappait avec violence et que le ressac prenait ensuite à revers, faisant jaillir des gerbes liquides qui dépassaient parfois le niveau de la falaise.

Encore un peu plus haut, deux mouettes décrivaient dans le ciel des boucles entrelacées — tantôt exécutant des cercles contrariés côte à côte, tantôt permutant entre elles leurs circuits en un huit parfait, sûr et lent, obtenu sans un battement d'ailes, par un simple changement de leur inclinaison. L'œil rond, inexpressif, que la tête légèrement penchée sur le côté dirigeait vers le bas, à l'intérieur de la courbe, l'œil immuable épiait, semblable aux yeux sans paupière des poissons, comme si une complète insensibilité l'eût tenu à l'abri de tout clignement. Il surveillait l'eau qui montait puis descendait en cadence

contre le roc humide et poli, les traînées de mousse blanchâtre, les gerbes périodiques, les cascades régulièrement inter-
mittentes, et plus loin la pierre rugueuse... Tout à coup Mathias aperçut, un peu sur la droite, un morceau d'étoffe —
de tricot, plus exactement — une pièce de tricot en laine grise
qui pendait à une saillie de la paroi, deux mètres au-dessous
du bord supérieur — c'est-à-dire à une hauteur où n'arrivait
jamais la marée.

Cet endroit, heureusement, paraissait accessible sans trop
de difficulté. Le voyageur, sans hésiter une minute, ôta sa
canadienne qu'il déposa sur le sol et, s'avançant le long du
précipice, fit un détour de quelques mètres pour atteindre
— encore plus à droite — un point où la descente serait possible.
De là, s'accrochant des deux mains aux aspérités, posant les
pieds avec prudence de fissure en ressaut, collant son corps
au flanc du granit contre lequel il se laissait même glisser sur
les reins, il parvint au prix de plus d'efforts qu'il ne l'avait
supposé, non pas au but, mais environ deux mètres plus bas. Il
lui suffit alors de se dresser de toute sa taille, en se retenant
d'un bras, pour saisir avec l'autre l'objet convoité. Le vêtement
vint à lui sans résistance. C'était, à n'en pas douter, le paletot
de laine grise que portait Violette — qu'elle ne portait pas,
plutôt — qui gisait dans l'herbe à côté d'elle.

Mathias était certain, pourtant, de l'avoir jeté avec le reste,
en contrôlant la chute pièce à pièce, pour s'assurer précisément
que rien ne demeurait suspendu à mi-chemin. Il ne comprenait pas qu'une erreur de ce genre ait pu se produire. Il aurait
mieux valu laisser le gilet par terre, en haut de la falaise, dans
le creux où les moutons peureux tournaient autour de leurs
piquets. Puisqu'elle l'avait enlevé elle-même, il eût été plus

normal qu'elle soit tombée sans. Il semblait en tout cas difficile qu'elle ait perdu l'équilibre étant vêtue de son paletot et
qu'une pointe du roc l'en ait ainsi privée au passage, sans
le déformer ni lui faire la moindre déchirure. C'était une chance
que personne ne l'eût découvert, au cours des recherches.

Mais Mathias, au même instant, pensa que rien n'était
moins sûr, car celui qui aurait vu le vêtement accroché là ne
se serait sans doute pas risqué à l'aller prendre, jugeant la
chose inutilement périlleuse. Dans ces conditions, n'était-ce
pas une fausse manœuvre encore plus grave de l'ôter maintenant ? Si quelqu'un avait noté sa présence sur le rocher, ne
serait-il pas préférable de l'y remettre, en tâchant au contraire
de lui donner les mêmes plis, la même disposition ?

Puis, à la réflexion, Mathias se demanda qui pouvait être
ce témoin éventuel. Maria Leduc, en remarquant le paletot
de sa sœur, n'eût pas manqué de conclure à une chute et d'orienter les recherches dans ce sens — ce dont il n'était pas question
hier. Quant aux pêcheurs qui avaient ramené le corps ce
matin, ils se trouvaient tout en bas, dans les goémons mis à
sec par la marée basse, trop loin donc pour rien distinguer de
précis. L'objet compromettant avait échappé, jusqu'ici, à
tous les regards.

Comme il était, d'autre part, impossible de le replacer,
après coup, dans le creux d'herbe où Maria l'eût tout de suite
ramassé, la veille, il ne restait qu'une solution. Mathias raffermit
sa position en écartant les pieds, sur l'étroite plateforme, fit
une boule serrée du petit gilet de laine et, se tenant d'une main
à la paroi derrière lui, le lança avec vigueur en avant.

Le paquet retomba mollement sur l'eau — flottant à la surface entre les roches. Les deux mouettes, en poussant des cris,

quittèrent leurs cercles et s'abattirent en même temps. Elles n'eurent pas besoin d'aller jusqu'en bas pour reconnaître un simple bout de chiffon et remontèrent aussitôt, criant de plus belle, vers le haut de la falaise. Debout près de l'endroit où il avait abandonné sa canadienne, au bord de la muraille verticale, le voyageur vit alors un personnage penché sur le vide, qui observait également le fond du gouffre. C'était le jeune Julien Marek.

Mathias baissa la tête avec tant de précipitation qu'il faillit se jeter à la mer. A ce moment le gilet gris, à demi imbibé d'eau déjà, fut pris entre une petite vague et l'onde inverse du ressac. Englouti dans le choc il s'enfonça lentement, aspiré bientôt vers le large par la dépression progressive qui se formait ensuite au delà des rochers. Lorsque la surface se gonfla de nouveau, sous la poussée de la vague suivante, tout avait disparu.

Il fallait à présent relever le visage vers le garçon. Celui-ci avait évidemment vu le paletot de laine et le geste incompréhensible du voyageur... Non ; il avait à coup sûr vu le geste, mais seulement un morceau d'étoffe grise, déjà roulé en bouchon peut-être. Il était important de le lui faire préciser.

Mathias se rendit compte, en outre, de la situation bizarre qu'il occupait lui-même et pour laquelle il devrait aussi fournir une explication. D'un mouvement machinal il mesura la distance qui le séparait du sommet. La silhouette qui se découpait sur le ciel lui causa derechef un choc. Il avait presque oublié son urgence.

Julien le regardait sans rien dire, avec toujours les mêmes yeux fixes, les lèvres serrées, les traits de glace.

« Tiens ! Bonjour petit », cria Mathias en simulant la surprise, comme s'il découvrait l'autre à l'instant.

Mais le garçon ne répondit pas. Il portait une vieille veste,
par-dessus sa combinaison de travail, et une casquette qui lui
donnait l'air plus âgé — dix-huit ans, au moins. Sa figure était
maigre et pâle, un peu effrayante.

« Elles ont cru que je leur lançais un poisson », dit le voyageur en montrant les mouettes qui dessinaient des huit entre-
croisés, au-dessus de leurs têtes. Et il finit par ajouter, à cause
du silence persistant : « C'était un vieux bout de lainage. »

Tout en prononçant ces mots, il scrutait l'eau mouvante
sous l'écume dont les lignes parallèles s'enroulaient et se dérou-
laient, dans l'intervalle des lames. Rien ne revenait en surface...

« Un tricot. »

La voix était tombée d'en haut, neutre, lisse, irrécusable —
la même qui disait : « Avant de partir vous avez pris une clef,
dans une petite sacoche accrochée sous la selle... » Le voyageur
se tourna vers Julien. L'attitude de celui-ci, son expression —
son manque d'expression, plutôt — étaient exactement les
mêmes. Il semblait que le garçon n'eût pas ouvert la bouche.
« Un tricot » ? Mathias avait-il bien entendu ? Avait-il entendu
quelque chose ?

Grâce à cet éloignement de sept ou huit mètres, grâce au bruit
du vent et des vagues (moins forts aujourd'hui, cependant), il
pouvait encore faire semblant de ne pas comprendre. Son
regard parcourut de nouveau la muraille grise, hérissée de
surplombs et de grottes, et s'arrêta, au ras de l'eau, dans un
renfoncement protégé contre le tumulte des vagues, où le niveau
s'élevait et s'abaissait tour à tour, plus calme, mieux rythmé,
le long de la surface polie du roc.

« Un vieux truc, dit-il, que j'avais trouvé là.

— Un tricot », corrigea la voix imperturbable du guetteur.

Bien que sans crier, il avait parlé plus fort. Aucun doute ne subsistait. Les mêmes éléments se répétèrent : le regard qui monte vers le sommet de la falaise, le corps penché en avant, le visage immobile à la bouche close. Avec un geste de la main, Mathias précisa :

« Ici, dans les rochers.

— Je sais, il est là depuis hier », répondit le jeune homme. Et quand Mathias eut baissé les yeux : « C'était à Jacquie. »

Cette fois le voyageur préféra une interruption franche, pour se donner le temps de comprendre et décider de la conduite à tenir. Il se mit à gravir la pente rocheuse, empruntant le même chemin qu'à l'aller. C'était beaucoup plus facile que la descente, il fut tout de suite en haut.

Mais, une fois sur la lande, il ne savait toujours pas ce qu'il convenait de faire. Il parcourut le plus lentement possible les quelques pas qui le séparaient encore de Julien Marek. A quoi voulait-il donc réfléchir ? En fait, il avait seulement reculé devant la menace, espérant peut-être que l'autre en dirait de lui-même un peu plus long.

Comme le garçon se taisait au contraire obstinément, le premier soin du voyageur fut de remettre sa canadienne. Il enfonça les deux mains dans les poches pour en vérifier le contenu. Rien n'y manquait.

« Tu fumes ? » demanda-t-il, en tendant le paquet de cigarettes ouvert.

Julien fit « non », de la tête, et se recula d'un pas. Le voyageur — sans se servir, lui non plus — replaça le paquet bleu dans sa poche. De nouveau la main rencontra le petit sac en cellophane.

« Tu veux un bonbon, alors ?» Il présentait, à bout de bras, le sachet transparent garni de papillottes multicolores.

Le visage figé commençait déjà le même signe de refus, quand un changement quasi imperceptible se produisit dans les traits. Julien parut se raviser. Il regarda le sac, puis le voyageur, et encore le sac. Mathias comprit, à cet instant, ce qu'il y avait de singulier dans ces yeux : ils ne trahissaient ni effronterie ni malveillance, ils étaient affligés tout simplement d'un très léger strabisme. Cette constatation le rassura.

Julien d'ailleurs, amadoué, s'avançait vers lui pour prendre un bonbon dans le sac. Au lieu de se contenter du premier venu, il introduisit les doigts plus avant, afin de saisir le tortillon de papier rouge qu'il avait choisi. Il l'observa, sans le développer, avec attention. Ensuite il regarda Mathias... Un défaut de vision, certainement, troublait l'expression du jeune homme, mais il ne louchait pas. C'était autre chose... Une myopie excessive ? Non, car il considérait à présent le bonbon en le tenant à une distance normale.

« Eh bien, mange-le !» dit le voyageur, riant des hésitations de Julien. Celui-ci n'était-il pas plutôt un peu simple d'esprit ?

Le garçon déboutonna sa veste, pour atteindre une des poches de la combinaison de travail. Mathias crut qu'il voulait conserver la friandise pour plus tard.

« Tiens, dit-il, prends tout le sac.

— C'est pas la peine», répondit Julien. Et il le dévisageait de nouveau... Ou bien était-ce un œil de verre, qui rendait si gênant son regard ?

« C'est à vous ? » demanda le garçon.

Mathias abandonna les yeux pour les mains : la droite serrait toujours le bonbon enveloppé, la gauche tendait en avant, entre le pouce et l'index, un bout de papier rouge identique, brillant, translucide et froissé — mais déplié et vide.

« Il était là dans l'herbe », continua Julien, avec un mouvement de tête pour désigner la petite dépression, à côté d'eux. « C'est à vous ?

— Je l'ai peut-être laissé tomber en venant », dit le voyageur feignant l'indifférence. Mais il pensa qu'on ne laisse pas tomber un papier de bonbon : on le jette. Pour couvrir cette maladresse, il ajouta d'un ton plaisant : « Tu peux le garder aussi, si tu veux.

— C'est pas la peine », répondit Julien.

Le même bref sourire, remarqué tout à l'heure à la ferme, passa sur ses lèvres minces. Il fit une boulette dure avec le rectangle de papier rouge et l'envoya d'une chiquenaude vers la mer. Mathias la suivit des yeux dans sa trajectoire, mais la perdit de vue avant qu'elle ne fût arrivée en bas.

« Pourquoi crois-tu que c'était à moi ?

— Il est tout pareil à ceux-ci.

— Et alors ? Je les ai achetés au bourg. N'importe qui peut en faire autant. C'est sans doute Violette qui en mangeait pendant qu'elle gardait ses moutons...

— Qui c'est, Violette ?

— La pauvre Jacqueline Leduc, je veux dire, tu me fais tromper avec tes sottises. »

Le garçon se tut pendant quelques secondes. Mathias en profita pour recomposer sa figure joviale et tranquille, dont il ne s'était pas assez soucié au cours des dernières répliques. Julien ôta le bonbon de son enveloppe, avant de le porter à sa bouche ; il le recracha aussitôt dans sa main, remit le papier autour, et lança le tout à l'eau.

« Jacquie achetait toujours des caramels, dit-il à la fin.

— Eh bien, c'est quelqu'un d'autre, alors.

— Vous avez dit d'abord que c'était vous.

— Mais oui, c'est vrai. J'en ai pris un à l'instant, en venant ici, et j'ai jeté le papier dans l'herbe. Tu m'embêtes avec tes questions. »

Le voyageur parlait maintenant avec naturel et cordialité, comme si, ne comprenant rien à cet interrogatoire, il se fût prêté néanmoins aux caprices d'enfant de son interlocuteur. Une des mouettes plongea, puis reprit de l'altitude à grands coups d'ailes, frôlant presque les deux hommes au passage.

« C'est hier que je l'ai trouvé », dit Julien.

Mathias, ne sachant plus quoi répondre, fut sur le point de quitter le jeune Marek avec la brusquerie d'une impatience justifiée. Il demeura là, cependant. Quoiqu'il fût impossible de rien prouver à l'aide de cet unique bout de papier rouge, il valait mieux ne pas envenimer les rapports avec un enquêteur si têtu, qui connaissait peut-être d'autres éléments de l'histoire. Mais lesquels ?

Il y avait déjà l'épisode du gilet de laine grise. Julien pouvait avoir découvert, en outre, un second papier de bonbon — celui-là de couleur verte — la troisième cigarette à demi brûlée... Quoi encore ? La question de sa présence à la ferme, lors de la fausse visite du voyageur, restait aussi à élucider. En effet, si le garçon se trouvait dans la cour ou le hangar, en cette fin de matinée, pourquoi ne voulait-il pas dire à son père que personne n'était venu frapper à la porte ? Quel intérêt avait-il à soutenir le mensonge de Mathias ? Pourquoi, s'il se trouvait ailleurs, agissait-il d'une façon tellement bizarre ? Après son long mutisme buté, l'invention saugrenue, au dernier moment, de cette réparation faite au dérailleur de la bicyclette... Un boulon à resserrer ?... C'était peut-être ça le remède aux incidents éprouvés en fin de parcours.

Mais si Julien Marek ne se trouvait pas à la ferme, où se trouvait-il donc ? Son père possédait-il de bonnes raisons pour supposer un tel détour par la falaise, entre la boulangerie et le domicile familial ? Une terreur subite envahit Mathias : Julien, arrivant par un autre sentier — par « l'autre » sentier — pour rejoindre Violette, dont il attendait des explications — contre qui, même, il nourrissait assez de rancune pour désirer sa mort — Julien, apercevant le voyageur, s'était tapi dans un creux du terrain, d'où il avait assisté... Mathias se passa la main sur le front. Ces imaginations ne tenaient pas debout. Son mal de tête devenait si violent qu'il en perdait l'esprit.

N'était-ce pas pure folie de se sentir ainsi tout d'un coup, à cause d'une vulgaire enveloppe de bonbon, prêt à se débarrasser du jeune Marek en le précipitant dans l'abîme ?

Mathias n'avait pas tenu compte jusqu'ici des deux petits morceaux de papier abandonnés la veille, qui — à son sens, du moins — ne constituaient pas une des pièces de l'affaire. Il jugeait de mauvais goût que l'on vînt les exhiber comme indice, alors qu'il n'avait même pas songé à les récupérer, tant il leur accordait peu d'importance lorsqu'il était de sang-froid. Julien lui-même venait de s'en défaire avec désinvolture, montrant par là qu'on n'en pouvait rien tirer... Une autre interprétation, toutefois...

Une autre interprétation s'imposait : ne désirait-il pas plutôt, par ce geste spectaculaire, faire savoir qu'il garderait le silence, que le coupable percé à jour n'aurait rien à craindre de lui ? Son attitude étrange, à la ferme paternelle, n'avait pas d'autre explication. Là comme ici, il proclamait son pouvoir sur Mathias: il détruisait ses traces avec la même facilité qu'il lui en suscitait de nouvelles, modifiant à son gré signes et itinéraires du temps révolu. Mais il fallait autre chose que des soupçons — même précis — pour autoriser une telle assurance. Julien avait « vu ». Le nier ne servait plus à rien. Seules les images enregistrées par ces yeux, pour toujours, leur conféraient désormais cette fixité insupportable.

Cependant c'étaient des yeux gris très ordinaires — ni laids ni beaux, ni grands ni petits — deux cercles parfaits et immobiles, situés côte à côte et percés chacun en son centre d'un trou noir.

Le voyageur s'était remis à parler, pour masquer son trouble, à parler vite et sans interruption — sans souci, non plus, d'à-propos ni de cohérence ; cela ne présentait guère d'inconvénient, puisque l'autre n'écoutait pas. Tous les sujets qui s'offraient, au hasard, lui semblaient bons : les boutiques du port, la longueur de la traversée, le prix des montres, l'électricité, le bruit de la mer, le temps qu'il faisait depuis deux jours, le vent et le soleil, les crapauds et les nuages. Il raconta aussi comment il avait manqué le bateau du retour, ce qui l'obligeait à séjourner dans l'île ; il occupait ces loisirs forcés, jusqu'au départ, en visites aux amis et promenades... Mais lorsqu'il dut s'arrêter, à bout de souffle, cherchant désespérément quoi dire encore, pour ne pas trop se répéter, il entendit la question que posait Julien de sa même voix neutre et uniforme :

« Et pourquoi vous êtes allé reprendre le tricot de Jacquie pour le jeter à la mer ? »

Mathias se passa la main sur le visage. Non pas « prendre », mais « reprendre » le tricot... Ce fut d'un ton presque suppliant qu'il commença sa réponse :

« Ecoute, petit, je ne savais pas que c'était à elle. Je ne savais pas que c'était à quelqu'un. J'ai seulement voulu voir ce que feraient les mouettes. Tu les a vues : elles ont cru que je leur lançais un poisson... »

Le jeune homme se taisait. Il regardait Mathias droit dans les yeux, de ses yeux rigides et bizarres — comme inconscients, ou même aveugles — ou comme idiots.

Et Mathias parlait toujours, sans la moindre conviction désormais, emporté par le flot de ses propres phrases à travers la lande déserte, à travers les dunes successives ou nulle trace de végétation ne subsistait, à travers la pierraille et le sable, obscurcis çà et là par l'ombre soudaine d'un fantôme qui le contraignait au recul. Il parlait. Et le sol, de phrase en phrase, se dérobait un peu plus sous ses pas.

Il était venu là en se promenant, au hasard des sentiers, sans autre but que de marcher pour se dégourdir les jambes. Il avait aperçu un morceau d'étoffe qui pendait dans les rochers. Descendu par simple curiosité jusqu'à ce point, il s'était imaginé avoir affaire à un vieux vêtement hors d'usage (mais Julien connaissait sans doute l'excellent état du gilet gris...) et il l'avait lancé aux mouettes, étourdiment, pour voir

ce qu'elles feraient. Comment aurait-il su que ce chiffon —
ce lainage sali (très propre, au contraire) — cet objet, enfin —
appartenait à la petite Jacqueline ? Il ignorait même que ce
fût justement l'endroit où la fillette était tombée... tombée...
tombée... Il s'arrêta. Julien le regardait. Julien allait dire :
« Elle n'est pas tombée, non plus. » Mais le garçon n'ouvrit
pas la bouche.

Encore un peu plus vite, le voyageur reprit son monologue.
Ce n'était guère commode de descendre ainsi dans les rochers,
surtout avec des grosses chaussures. Vers le haut, les pierres
s'éboulaient facilement sous les pieds. Il ne se doutait pas,
pourtant, que cela fût si dangereux ; autrement il ne s'y serait
pas aventuré. Car il ignorait que cet endroit fût justement...
Mais personne n'avait dit une chose pareille ; que le paletot
de laine appartînt à Jacqueline ne signifiait pas que l'accident
ait eu lieu là. Tout à l'heure déjà, à propos du papier de bonbon,
Mathias s'était trahi, avouant connaître la place exacte où
la petite gardait ses bêtes. Trop tard, maintenant, pour revenir
en arrière... Il ne pouvait supposer, en tout cas, vu la position du vêtement, que celui-ci eût été arraché au cours de
la chute... etc.

« C'est pas ça, non plus », dit Julien.

Mathias fut saisi de panique et passa outre, redoutant trop
les explications. Il se mit à parler à une telle cadence que les
objections — ou le regret de ses propres mots — devenaient
tout à fait impossibles. Afin de combler les vides, il répétait
souvent plusieurs fois la même phrase. Il se surprit même à
réciter la table de multiplication. Pris d'une inspiration, tout
à coup, il fouilla sa poche et en retira le petit bracelet-montre
en métal doré :

« Tiens, puisque c'est ton anniversaire, je vais te faire un cadeau : regarde la belle montre ! »

Mais Julien, sans le quitter des yeux, reculait de plus en plus dans le creux d'herbe, s'écartant du bord de la falaise vers le fond du fer à cheval. Par peur de le faire fuir plus rapidement encore, le voyageur ne risquait pas le moindre mouvement dans sa direction. Il restait là, offrant dans sa main tendue le bracelet aux maillons articulés, comme s'il tentait d'apprivoiser les oiseaux.

Quand il atteignit le pied du talus qui limitait la cuvette vers l'intérieur des terres, le jeune homme s'immobilisa, son regard toujours rivé sur Mathias — également immobile, à vingt mètres de lui.

« Ma grand-mère m'en donnera une plus belle », dit-il.

Puis il enfonça la main dans sa combinaison et mit au jour une poignée de fragments hétéroclites, parmi lesquels le voyageur reconnut une grosse ficelle tachée de cambouis, qui paraissait délavée comme par un séjour dans l'eau de mer. On distinguait mal le reste, de si loin. Julien y prit un bout de cigarette — aux trois quarts fumée déjà — et le plaça entre ses lèvres. La cordelette et les autres débris regagnèrent sa poche. Il reboutonna la veste par-dessus.

Gardant le mégot dans le coin droit de la bouche — sans l'allumer — et les yeux de verre sur le voyageur, la figure pâle attendit, sous la casquette à la visière un peu penchée, vers l'oreille, du côté gauche. Ce fut Mathias qui finit par baisser les paupières.

« C'est le vélo neuf du tabac, que vous avez loué, dit alors la voix. Je le connais bien. Il n'y a pas de sacoche sous la selle.

Les outils sont dans une boîte, à l'arrière du porte-bagages. »
Naturellement. Le voyageur l'avait tout de suite remarqué,
la veille : une boîte rectangulaire en métal nickelé, faisant
partie des accessoires fixes ; sur sa face postérieure se trouvait
le feu rouge, vissé d'ordinaire au garde-boue. Naturellement.

Mathias releva la tête. Il était seul à présent sur la lande.
Devant lui, dans l'herbe, au centre de la petite dépression,
il vit un court tronçon de cigarette — que Julien aurait jeté
là en se sauvant — ou bien celui qu'il recherchait lui-même
depuis le matin — ou les deux à la fois, peut-être. Il s'approcha.
C'était seulement un petit caillou cylindrique, blanc et lisse,
qu'il avait déjà ramassé en arrivant.

Par le sentier de douane longeant la falaise au plus près,
Mathias s'achemina, tout doucement, vers le grand phare.
Au souvenir du recul dramatique que l'autre venait de prendre
pour faire sa révélation, il ne put s'empêcher de rire : une
boîte métallique fixée derrière le porte-bagages... Le voyageur
n'avait jamais dit le contraire ! L'importance de ce détail
était-elle si considérable que l'on ait attendu de lui une recti-
fication, lorsque Julien avait parlé d'une sacoche ? S'il ne possédait pas de preuve plus sérieuse...

Il aurait pu dire, aussi bien, que le gilet de laine grise ne
gisait pas « dans les rochers », mais « sur une pointe du rocher »
— ou qu'un seul des mahonias était près de fleurir, à la ferme
paternelle. Il aurait pu dire : « La route n'est pas absolument
plate, ni tout à fait dépourvue de sinuosité, entre le tournant
des deux kilomètres et l'embranchement qui mène au moulin. » — « Le panneau-réclame n'est pas juste devant la porte
du café-tabac, mais un peu sur la droite, et ne gêne pas pour
entrer. » — « La petite place n'est pas vraiment triangulaire :

le sommet en est aplati par le jardinet du bâtiment public, formant ainsi plutôt un trapèze. » — « L'écumoire en tôle émaillée qui émerge de la vase, au fond du port, n'est pas exactement du même bleu que celle de la quincaillerie. » — « La digue n'est pas rectiligne, mais coudée à cent soixante-quinze degrés en son milieu. »

De même le temps mort, au croisement Marek, n'atteignait pas quarante minutes. Le voyageur n'était pas arrivé à ce point de son circuit avant midi moins le quart ou midi moins dix, si l'on tenait compte du long détour par le moulin. D'autre part, avant d'être rejoint par la vieille paysanne, à midi vingt, il avait passé près d'un quart d'heure à réparer le changement de vitesse de la bicyclette — à l'aide des outils qui se trouvaient dans la boîte... etc. Il restait juste assez de temps pour accomplir l'aller et retour jusqu'à la ferme — y compris l'attente dans la cour, près de l'unique mahonia, et les deux premières tentatives pour remédier au frottement anormal de la chaîne : sur le chemin secondaire, puis devant la maison.

Le sentier de douane, enfin, ne longeait pas le bord de la falaise au plus près — du moins, pas d'une manière continue — s'en éloignant souvent de trois ou quatre mètres, quelquefois même de beaucoup plus. Du reste il n'était pas facile de déterminer avec précision l'emplacement de ce « bord » ; car, en dehors des zones où une muraille abrupte dominait la mer de toute la hauteur de la côte, on rencontrait aussi des pentes herbues semées de statices qui s'abaissaient presque jusqu'à l'eau, des amoncellements de roches déchiquetées empiétant plus ou moins sur la lande, ou encore des plans de schiste à faible inclinaison s'achevant par un arrondi de pierraille et de terre.

Parfois les découpures du rivage s'accentuaient, une faille profonde entamait la falaise, une anse sablonneuse imposait un crochet plus ample. Le voyageur marchait depuis longtemps — lui semblait-il — quand le phare surgit soudain devant lui, très haut dans le ciel, au milieu de la masse des constructions annexes où se mêlaient murs et tourelles.

Mathias obliqua, sur sa gauche, vers le village. Un homme en costume de pêcheur le précédait sur le chemin, depuis un certain temps déjà. A sa suite il retrouva la grand-route, au niveau des premières maisons, et pénétra dans le café.

Il y avait beaucoup de gens, de fumée, de bruit. L'éclairage électrique, faux et bleuâtre, était allumé au plafond. Des lambeaux de conversations, quasi incompréhensibles, se détachaient par instant du brouhaha général ; un geste, un visage, un rictus, émergeait quelques secondes, ici et là, à travers les miroitements du brouillard.

Aucune table n'était libre. Mathias se dirigea vers le comptoir. Les autres clients se serrèrent un peu pour lui ménager une place. Fatigué par sa journée de marche, il aurait préféré s'asseoir.

La grosse femme aux cheveux gris le reconnut. Il dut encore donner des explications : le bateau manqué, la bicyclette, la chambre... etc. La patronne, heureusement, avait trop de travail pour l'écouter ou lui poser des questions. Il lui demanda de l'aspirine. Elle n'en avait pas. Il prit une absinthe. Son mal de tête le faisait d'ailleurs moins souffrir, transformé maintenant en une sorte de bourdonnement cotonneux dont tout le crâne était noyé.

Un très vieil homme, debout près de lui, racontait une histoire à un groupe d'employés du phare. Ceux-ci — des

jeunes — riaient et se poussaient du coude, ou bien l'interrom-
paient par des observations goguenardes, sous une apparence
de sérieux, qui déchaînaient de nouveaux rires. La voix basse
du narrateur se perdait dans le tumulte. Quelques phrases
seulement, quelques mots, parvenaient jusqu'à l'oreille de
Mathias. Il comprit néanmoins, grâce à la lenteur et aux
répétitions incessantes du vieillard, ainsi qu'aux propos sarcas-
tiques de ses auditeurs, qu'il s'agissait d'une ancienne légende
du pays — dont il n'avait pourtant jamais entendu parler
dans son enfance : une jeune vierge, chaque année au printemps,
devait être précipitée du haut de la falaise pour apaiser le
dieu des tempêtes et rendre la mer clémente aux voyageurs
et aux marins. Jailli de l'écume, un monstre gigantesque au
corps de serpent et à la gueule de chien dévorait vivante la
victime, sous l'œil du sacrificateur. Sans aucun doute c'était
la mort de la petite bergère qui avait provoqué ce récit. Le
vieil homme fournissait une quantité de détails, inaudibles
pour la plupart, sur le déroulement de la cérémonie ; chose
curieuse, il ne s'exprimait qu'au présent : « on la fait mettre
à genoux », « on lui lie les mains derrière le dos », « on lui
bande les yeux », « dans l'eau mouvante on aperçoit les replis
visqueux du dragon »... Un pêcheur se glissa entre Mathias et
le groupe, afin de s'approcher à son tour du comptoir. Le
voyageur se poussa de l'autre côté. Il n'entendit plus que les
exclamations des jeunes gens.

« ...le petit Louis, aussi, lui en voulait... ses fiançailles...
proféré des menaces à son égard... » Cette voix-là était forte,
sentencieuse ; elle arrivait dans la direction opposée, par-dessus
les têtes de trois ou quatre consommateurs.

Derrière Mathias, d'autres personnes encore s'entretenaient

de l'affaire du jour. Toute la salle, toute l'île, se passionnait pour l'accident tragique. La grosse femme servit un verre de vin rouge au nouvel arrivant, à la droite du voyageur. Elle tenait la bouteille de la main gauche.

Sur le mur, au-dessus de la plus haute rangée d'apéritifs, était fixée par quatre punaises la pancarte jaune : « Une montre s'achète chez un Horloger. »

Mathias termina son absinthe. Ne sentant plus la petite mallette entre ses pieds, il abaissa le regard vers le sol. La valise avait disparu. Il enfonça la main dans la poche de sa canadienne, pour frotter ses doigts maculés de cambouis contre la cordelette roulée, tout en relevant les yeux sur le voyageur. La patronne crut qu'il cherchait de la monnaie et lui cria le montant de la consommation ; mais c'était le verre d'absinthe, dont il s'apprêtait à régler le prix. Il se tourna donc vers la grosse femme, ou vers la femme, ou vers la fille, ou vers la jeune serveuse, puis reposa la valise afin de saisir la mallette tandis que le marin et le pêcheur s'immisçaient, se faufilaient, s'interposaient entre le voyageur et Mathias...

Mathias se passa la main sur le front. Il faisait presque nuit. Il était assis, sur une chaise, au milieu de la rue — au milieu de la route — devant le café des Roches Noires.

« Alors, ça va mieux ? demanda près de lui un homme vêtu d'un blouson de cuir.

— Ça va mieux, merci », répondit Mathias. Il avait déjà vu ce personnage quelque part. Il voulut justifier son malaise et dit : « C'est la fumée, c'est le bruit, c'est tant de paroles... » Il ne trouvait plus ses mots. Cependant il se mit debout sans difficulté.

Il chercha des yeux la mallette, mais se rappela aussitôt l'avoir laissée dans sa chambre, ce matin-là. Il remercia de nouveau, empoigna la chaise pour la rapporter dans la salle ; mais l'homme la lui prit des mains et il ne resta plus au voyageur qu'à s'en aller — par le chemin qui conduisait à la maisonnette solitaire, dans son vallon envahi de roseaux, au fond de l'étroite crique.

Malgré la demi-obscurité, il s'avançait sans hésitation. Lorsque le sentier longea le précipice, au-dessus de la mer, il n'en éprouva aucune peur, bien que distinguant à peine l'endroit où il posait les pieds. D'un pas sûr, il descendit vers la maison, dont l'unique fenêtre — sans rideau — était éclairée, rougeâtre sur le bleu du crépuscule.

Il pencha la tête vers les carreaux. Ceux-ci permettaient, en dépit de la poussière collée ternissant leur surface, d'observer ce qui se passait à l'intérieur. Il y faisait plutôt sombre, surtout vers les angles. Seuls les objets tout proches de la source lumineuse étaient vraiment nets pour Mathias — posté suffisamment en retrait pour demeurer lui-même invisible.

La scène est éclairée par une lampe à pétrole, placée au milieu de la longue table en bois brun-noir. Il y a en outre, posées sur celle-ci, entre la lampe et la fenêtre, deux assiettes blanches l'une à côté de l'autre — se touchant — et une bouteille d'un litre, non débouchée, dont le verre de teinte très foncée ne laisse pas deviner la couleur du liquide qui l'emplit. Tout le reste de la table est libre, marqué seulement de quelques ombres : celle immense et déformée de la bouteille, un croissant d'ombre soulignant l'assiette la plus proche de la fenêtre, une large tache entourant le pied de la lampe.

Derrière la table, dans le coin droit de la pièce (le plus éloigné), le gros fourneau de cuisine adossé au mur du fond ne signale sa présence que par une lueur orange, filtrant du tiroir à cendre entrouvert.

Deux personnages sont debout face à face : Jean Robin — qui s'appelle Pierre — et, beaucoup plus petite, la très jeune femme sans identité. Tous les deux sont de l'autre côté de la table (par rapport à la fenêtre), lui à gauche — c'est-à-dire devant la fenêtre — elle à l'extrémité opposée de la table, près du fourneau.

Entre eux et la table — occupant toute la longueur de celle-ci, mais dérobé par elle aux regards — il y a le banc. L'ensemble de la salle est ainsi découpé en un réseau d'éléments parallèles : le mur du fond, d'abord, contre lequel se trouvent, à droite, le fourneau, puis des caisses, et à gauche dans la pénombre un meuble plus important ; en second lieu, à une distance imprécisable de ce mur, la ligne déterminée par l'homme et la femme ; viennent ensuite, en progressant toujours vers l'avant : le banc invisible, le grand axe de la table rectangulaire — qui passe par la lampe à pétrole et la bouteille opaque — enfin le plan de la fenêtre.

En recoupant ce système au moyen de perpendiculaires, on rencontre, alignés d'avant en arrière : le montant central de la fenêtre, l'ombre en croissant de la deuxième assiette, la bouteille, l'homme (Jean Robin, ou Pierre), une caisse posée sur le sol dans le sens de la hauteur ; puis, à un mètre sur la droite, la lampe à pétrole allumée ; un mètre plus loin encore, environ : le bout de la table, la très jeune femme sans identité, le flanc gauche du fourneau.

Deux mètres — ou un peu plus — séparent donc l'homme de la femme. Elle lève sur lui son visage peureux.

A ce moment, l'homme ouvre la bouche en remuant les lèvres, comme s'il parlait, mais aucun son n'arrive à l'oreille de l'observateur, derrière sa vitre carrée. La fenêtre est trop bien close ; ou le bruit de fond n'est pas assez discret, que produit la mer en déferlant et frappant les roches, à l'entrée de la crique. L'homme n'articule pas ses mots avec une vigueur suffisante pour que l'on puisse compter le nombre des syllabes émises. Il a parlé, avec lenteur, pendant une dizaine de secondes — ce qui doit représenter une trentaine de syllabes, moins peut-être.

En réponse, la jeune femme crie ensuite quelque chose — quatre ou cinq syllabes — à pleine voix, semble-t-il. Rien, cette fois non plus, ne traverse la croisée. Puis elle fait un pas en avant, vers l'homme, et s'appuie d'une main (la gauche) au bord de la table.

Elle regarde à présent du côté de la lampe, dit encore quelques mots, moins fort, laisse ses traits se distordre progressivement en une grimace qui lui plisse les yeux, écarte les commissures des lèvres et remonte les ailes du nez.

Elle pleure. On voit une larme qui coule doucement le long de la pommette. La fille s'asseoit sur le banc ; sans passer les jambes entre celui-ci et la table, elle tourne le buste vers cette dernière et y repose les avant-bras, mains jointes. Elle laisse enfin rouler sa tête en avant, la figure cachée dans les mains. Ses cheveux dorés brillent sous la flamme.

L'homme s'approche alors sans hâte, se place derrière elle, reste un instant la contempler, avance la main, caresse la nuque du bout des doigts, longuement. Sont alignés sur une même oblique : la grande main, la tête blonde, la lampe à pétrole, le bord de la première assiette (du côté droit), le montant gauche de la fenêtre.

La lampe est en cuivre jaune et verre incolore. Sur son socle carré s'élève une tige cylindrique à cannelures, supportant le réservoir — demi-sphère à convexité dirigée vers le bas.. Ce réservoir est à moitié plein d'un liquide brunâtre, qui ne ressemble guère au pétrole du commerce. A sa partie supérieure se trouve une collerette en métal découpé, haute de deux doigts, où s'engage le verre — simple tube sans renflement. légèrement élargi à la base. C'est cette collerette ajourée, vivement éclairée de l'intérieur, que l'on distingue le mieux, dans toute la pièce. Elle est constituée par deux séries superposées de cercles égaux accolés entre eux — d'anneaux, plus exactement, puisqu'ils sont évidés — chaque anneau de la rangée supérieure se situant au-dessus d'un anneau de la rangée inférieure, auquel il est également soudé sur trois ou quatre millimètres.

La flamme elle-même, née d'une mèche circulaire, apparaît de profil sous la forme d'un triangle largement échancré au sommet, qui présente ainsi deux pointes au lieu d'une seule. L'une de ces pointes est beaucoup plus haute que l'autre, et plus effilée ; elles sont jointes entre elles par une courbe concave — deux branches ascendantes, dissymétriques, de part et d'autre d'une dépression arrondie.

Aveuglé par la contemplation trop longue de la lumière, Mathias finit par détourner les yeux. Pour les reposer il dirigea son regard vers la fenêtre — quatre vitres égales, sans rideau ni brise-bise, donnant sur le noir de la nuit. Il ferma les paupières avec force à plusieurs reprises, en comprimant les globes oculaires, afin de chasser les cercles de feu demeurés sur la rétine.

Il approcha la tête du carreau et tenta de regarder au travers ; mais on ne voyait rien du tout : ni la mer, ni la lande, ni même le jardin. Il n'y avait pas trace de lune, ni d'étoiles. L'obscurité était complète. Mathias revint à son agenda de comptes, ouvert à la date du jour — mercredi — sur la petite table massive encastrée dans l'embrasure.

Il relut la chronologie qu'il venait de mettre au point, résumant ses derniers déplacements. Pour cette journée-là, dans l'ensemble, peu de chose était à supprimer, ou à introduire. Et d'ailleurs il avait rencontré trop de témoins.

Il tourna une feuille en arrière, se retrouva au mardi et reprit une fois de plus la succession imaginaire des minutes, entre onze heures du matin et une heure de l'après-midi. Il se contenta de raffermir, avec la pointe de son crayon, la boucle mal formée d'un chiffre huit. Tout était en ordre désormais.

Mais il sourit en pensant à l'inutilité de ce travail. Un tel souci de précision — inhabituel, excessif, suspect — loin de l'innocenter, ne l'accusait-il pas plutôt ? De toute manière il était trop tard. Le jeune Julien Marek l'avait probablement dénoncé dans la soirée. En effet, après cet entretien au bord de la falaise, les doutes du garçon s'étaient à coup sûr évanouis ; les paroles et la conduite stupide du voyageur le renseignaient maintenant de façon indiscutable, sans tenir compte de ce qu'il savait peut-être déjà pour l'avoir vu de ses propres yeux. Demain, de bonne heure, le vieux garde civil viendrait arrêter « l'ignoble individu qui... etc. » S'enfuir sur un bateau de pêche, il n'y fallait pas songer : les gendarmes de tous les petits ports, sur la côte en face, l'auraient attendu au débarquement.

Il se demanda si l'on disposait de menottes, dans l'île, et quelle serait la longueur de la chaînette reliant les deux anneaux. Sur la moitié droite de l'agenda s'étalait l'addition des sommes encaissées, ainsi que la nomenclature des articles vendus. Cette partie-là, au moins, ne comportait aucune retouche, ni aucun point faible puisque Mathias était rentré en possession du bracelet-montre laissé en cadeau la veille. Il voulut parachever le récit de sa fausse journée : en haut de la page du mercredi, il traça d'un crayon appliqué les deux mots : « Bien dormi ».

Sur la page du jeudi, encore vierge, il écrivit à l'avance la même mention. Puis il referma le livre noir.

Il alla poser la lampe à pétrole sur le guéridon, à la tête du lit, se déshabilla, en rangeant à mesure ses vêtements sur la chaise, mit la chemise de nuit que lui prêtait sa logeuse, remonta sa montre et la plaça près du pied de la lampe, baissa un peu la mèche et souffla dans le haut du verre.

Tandis qu'il cherchait à tâtons le bord libre des couvertures, pour se coucher, il se souvint de l'ampoule électrique. Lorsque celle-ci s'était éteinte, tout d'un coup, il avait manœuvré plusieurs fois le bouton du commutateur, supposant que l'interruption était due à son mauvais fonctionnement, déjà constaté en de multiples occasions. Mais la lumière n'était pas revenue pour autant et bientôt la logeuse frappait à sa porte (avec le pied ?), tenant une lampe à pétrole allumée dans chaque main. Les « pannes de secteur », dit-elle, étaient très fréquentes et quelquefois de longue durée ; les habitants de l'île avaient donc conservé leurs anciens appareils d'éclairage, qu'ils entretenaient en état de service comme par le passé.

« Ça n'était pas la peine de faire tant d'histoires avec leur progrès », avait conclu la dame en emportant une seule de ses deux lampes.

Mathias ne savait pas dans quelle position était resté le bouton électrique. Si le contact était coupé, le courant se trouvait peut-être rétabli depuis longtemps à son insu ; et dans le cas contraire, la lampe risquait de se rallumer toute seule au milieu de la nuit. Il gagna la porte, dans le noir, reconnaissant au passage avec les mains la chaise garnie de vêtements et le dessus en marbre de la grosse commode.

Il manœuvra de nouveau l'interrupteur fixé près du chambranle. Il n'y avait toujours pas de courant. Mathias essaya de se rappeler quelle était la position d'arrêt ; mais il en fut incapable et, à tout hasard, appuya sur la petite boule métallique une dernière fois.

Ayant retrouvé son lit, à l'aveuglette, il se glissa entre les draps, qui lui parurent froids et humides. Il s'étendit sur le dos de tout son long, jambes jointes et bras en croix. Sa main gauche heurta le mur. De l'autre côté, l'avant-bras pendait entièrement dans le vide. Le carré de la fenêtre, sur la droite, commençait à se détacher en une vague lueur d'un bleu très sombre.

Alors seulement le voyageur sentit toute sa fatigue — une très grande, une immense fatigue. Les quatre derniers kilomètres, parcourus à vive allure sur la grand-route, dans la nuit, depuis les Roches Noires jusqu'au bourg, avaient épuisé ses forces. Au diner, il avait à peine touché aux plats que lui présentait l'aubergiste ; celui-ci, par bonheur, n'ouvrait pas la bouche. Mathias s'était hâté de mettre fin au repas, pour rentrer chez lui — dans la pièce de derrière aux meubles hauts et sombres — face à la lande.

Ainsi, il était de nouveau seul dans cette chambre où il avait passé toute son enfance — à l'exception toutefois de ses premières années, depuis la mort de sa mère, survenue peu après sa naissance. Son père s'était remarié très vite et avait aussitôt repris le petit Mathias à la tante qui l'élevait comme son propre fils. L'enfant, adopté avec autant de naturel par la nouvelle épouse, s'était longtemps tourmenté pour savoir laquelle de ces deux femmes était sa mère ; il avait mis plus de temps encore à comprendre qu'il n'en possédait pas du tout. On lui avait souvent raconté cette histoire.

Il se demanda si la grosse armoire de coin, entre la fenêtre et la porte, était toujours fermée à clef. C'est dans celle-là qu'il rangeait sa collection de ficelles. Tout était fini, maintenant. Il ne savait même plus où se trouvait la maison.

Au pied du lit, assise sur la chaise dont le dossier s'appuyait au mur (marquant la tapisserie d'un trait d'usure horizontal), Violette montra son visage peureux. Le menton enfantin s'écrasait contre le rebord du bois de lit, auquel s'accrochaient les deux petites mains. Derrière elle, il y avait encore une armoire, puis une troisième armoire sur la droite, puis la table de toilette, deux autres chaises dissemblables, et enfin la fenêtre. Il était de nouveau seul dans cette chambre où il avait passé toute sa vie, regardant aux vitres sans rideau de la petite fenêtre carrée, profondément enfoncée dans le mur. Elle donnait directement sur la lande, sans la transition d'une cour ou du moindre bout de jardin. A vingt mètres de la maison se dressait un gros piquet de bois — vestige, sans doute, de quelque chose ; sur son extrémité arrondie, une mouette s'était posée.

Il faisait gris ; il y avait du vent ; on l'entendait souffler en rafales. La mouette, cependant, demeurait tout à fait immobile sur son perchoir. Elle pouvait être là depuis très longtemps ; Mathias ne l'avait pas vue arriver.

Elle se présentait de profil, la tête dirigée vers la droite. C'était un gros oiseau blanchâtre, sans capuchon, aux ailes de teinte assez foncée, mais terne — de l'espèce communément appelée goéland.

C'est un grand oiseau blanc et gris, à tête blanche sans capuchon. Seules sont colorées les ailes et la queue. C'est la mouette-goéland, très commune dans les parages.

Mathias ne l'a pas vue arriver. Elle doit être là depuis très longtemps, immobile sur son perchoir.

Elle se présente exactement de profil, la tête dirigée vers la droite. Les longues ailes, repliées, croisent leurs pointes au-dessus de la queue, elle-même assez courte. Le bec est horizontal, épais, jaune, à peine courbe, mais franchement recourbé au bout. Des plumes plus foncées soulignent le bord inférieur de l'aile, ainsi que sa pointe aiguë.

La patte droite, seule visible (masquant l'autre exactement), est une mince tige verticale, recouverte d'écailles jaunes. Elle débute, sous le ventre, par une articulation coudée à cent vingt degrés, se raccordant, plus haut, à la partie charnue et emplumée dont on aperçoit juste l'amorce. A l'autre extrémité de la patte, on distingue la membrane palmée, entre les doigts, et les ongles pointus qui s'étalent sur le sommet arrondi du poteau.

A ce poteau est suspendu le portillon à claire-voie qui fait communiquer la lande et le jardin, isolé par une clôture en fil de fer maintenue par des piquets de bois.

Le jardin, sagement ordonné en plates-bandes parallèles
que séparent des allées bien entretenues, est fleuri d'une profusion de corolles multicolores, étincelant sous le soleil.

Mathias ouvre les yeux. Il est dans son lit, couché sur le
dos. Dans la demi-conscience du réveil, l'image claire (mais
floue) de la fenêtre, qui se trouve alors à sa gauche, se met
à faire le tour de la pièce, d'un mouvement uniforme, irré-
sistible quoique sans brusquerie, dont la lenteur est comme celle
d'un fleuve, passant ainsi aux places successives que doivent
occuper la chaise au pied du lit, l'armoire, la seconde armoire,
la table de toilette, les deux chaises rangées côte à côte. La
fenêtre en ce point s'immobilise, sur la droite de Mathias —
à l'endroit où elle se trouvait hier — quatre vitres égales coupées
d'une croix sombre.

Il fait grand jour. Mathias a bien dormi, d'une seule traite,
sans remuer d'un pouce. Il se sent reposé, tranquille. Il tourne
la tête vers la croisée.

Dehors, il pleut. Il faisait du soleil, dehors, dans son rêve,
dont il se souvient brusquement, l'espace d'une seconde, et
qui disparaît aussitôt.

Dehors, il pleut. Les quatre vitres sont pointillées de très
fines gouttelettes, brillantes, disposées en traits obliques —
mais parallèles — d'un à deux centimètres de long, hachurant
toute la surface de la fenêtre suivant la direction d'une de
ses diagonales. On entend — presque imperceptible — le bruit
que font les grains de pluie en s'écrasant.

Les rayures sont de plus en plus serrées. Bientôt la fusion des
gouttelettes entre elles vient troubler la bonne ordonnance du
dessin. L'averse commençait, lorsque Mathias a porté les yeux

de ce côté-là. Maintenant de grosses gouttes se forment, un peu partout, et finissent par couler de haut en bas le long du verre.

Des filets d'eau ruissellent sur toute l'image, dont le tracé se stabilise en une série de lignes sinueuses, grossièrement verticales, réparties avec régularité — distantes d'un centimètre et demi, environ.

Ces filets verticaux s'effacent à leur tour, laissant la place, cette fois, à une ponctuation sans orientation ni mouvement — épaisses gouttes figées, parsemant l'ensemble du champ de façon à peu près homogène. Chacun de ces éléments, observé avec plus d'attention, revêt une forme différente — d'ailleurs incertaine — où ne se conserve qu'un seul caractère constant : leur base renflée, arrondie, ombrée de noir et marquée, au centre, d'un point de lumière.

Mathias découvre à ce moment l'ampoule électrique pendue au plafond (en plein milieu de la pièce, c'est-à-dire entre la fenêtre et le lit), qui brille d'un éclat jaune au bout de son fil, sous un abat-jour en verre dépoli à bord ondulé.

Il se lève et va jusqu'à la porte. Là, il appuie sur le bouton du commutateur chromé, fixé au chambranle. L'ampoule s'éteint. Donc, pour couper le courant, il faut pousser la petite boule de métal poli vers le bas — comme cela est logique. Mathias aurait dû y penser, hier soir. Il regarde le sol, puis la lampe à pétrole posée sur le guéridon.

Il sent le froid du carrelage, sous ses pieds nus. Sur le point de se recoucher, il fait volte-face, s'approche d'abord de la fenêtre et se penche au-dessus de la table encastrée dans l'embrasure. Les granulations liquides qui couvrent les vitres, à l'extérieur, empêchent de voir au travers. Bien que vêtu de sa seule chemise de nuit, Mathias ouvre la croisée.

Il ne fait pas froid. Il pleut encore, mais à peine ; et il n'y a pas de vent. Le ciel est uniformément gris.

Rien ne subsiste de la brusque risée qui chassait le grain contre les carreaux, il y a quelques minutes. Le temps est désormais très calme. Il tombe une petite pluie, fine, continue, sans violence, qui, si elle bouche l'horizon, ne suffit pas à brouiller la vue pour de plus faibles distances. On dirait, au contraire, que dans cet air lavé les objets les plus proches bénéficient d'un supplément d'éclat — surtout lorsqu'ils sont de couleur claire — comme cette mouette, par exemple, qui arrive du sud-est (là où la falaise s'abaisse vers la mer). Son vol, déjà lent, semble encore se ralentir, en même temps qu'elle perd de l'altitude.

Après un virage exécuté presque sur place, en face de la fenêtre, la mouette remonte légèrement. Mais elle se laisse ensuite descendre jusqu'à terre, sans un battement d'ailes, d'une courbe lente et sûre en forme d'hélice très ample.

Au lieu de se poser, elle remonte à nouveau, sans effort, par un simple changement dans l'inclinaison de sa voilure. Elle tourne encore une fois, comme si elle cherchait une proie, ou un perchoir — à vingt mètres de la maison. Puis elle reprend de l'altitude, de quelques larges coups d'ailes, décrit une dernière boucle et poursuit son vol en direction du port.

Mathias revient près du lit, commence à s'habiller. Après une toilette sommaire, il met le reste de ses vêtements : la veste, et aussi la canadienne, puisqu'il pleut. Il enfonce d'un geste machinal les deux mains dans ses poches. Mais il retire la droite aussitôt.

Il se dirige vers la grosse armoire de coin, à côté de la fenêtre, entre les chaises et le secrétaire. Les deux battants en sont bien clos. La clef n'est pas dans le trou de la serrure. Du bout des doigts, il fait jouer le panneau, sans aucune peine. L'armoire n'était pas fermée à clef. Il l'ouvre en grand. Elle est absolument vide. Sur toute la surface de ses vastes étagères, régulièrement espacées, il ne traîne pas le moindre porte-manteau, ni la moindre cordelette.

Le secrétaire, à droite de l'armoire, n'est pas non plus fermé à clef. Mathias en rabat la tablette vers l'avant, ouvre l'un après l'autre les nombreux tiroirs, inspecte le fond des niches. Ici également tout est vide.

De l'autre côté de la porte, les cinq grands tiroirs de la commode se laissent manœuvrer sans plus de résistance, bien qu'ils ne soient pas munis de poignées, mais seulement des orifices élargis d'anciennes serrures — absentes — où Mathias introduit l'extrémité du petit doigt, pour tirer vers lui en s'accrochant au bois comme il peut. Mais, de haut en bas du meuble, il ne trouve rien : pas un morceau de papier, pas un vieux couvercle de boîte, pas un bout de ficelle.

Sur le dessus du guéridon, tout à côté, il reprend son bracelet-montre et le fixe autour de son poignet gauche. Il est neuf heures.

Il traverse la pièce pour rejoindre, dans l'embrasure de la fenêtre, la table carrée où est posé l'agenda. Il ouvre celui-ci à la page du jeudi, saisit son crayon et, de son écriture soigneuse, sous l'indication « Bien dormi », ajoute : « levé à neuf heures » — quoiqu'il n'ait pas l'habitude de noter ces détails-là.

Puis il se baisse, empoigne la mallette qui se trouve sous la table, y range l'agenda noir. Après un instant de réflexion il va placer la mallette dans la grosse armoire vide, à l'étagère inférieure, dans le coin droit.

Ayant repoussé le battant — en forçant un peu, ce qui le maintient bien fermé — il enfonce, d'un geste machinal, les deux mains dans les poches de sa canadienne. La droite rencontre de nouveau le sachet de bonbons et les cigarettes. Mathias retire une de celles-ci du paquet et l'allume.

Il prend son portefeuille dans la poche intérieure de sa veste, en extrait une coupure de journal de faibles dimensions, dont le bord dépasse légèrement les autres papiers. Il lit le texte imprimé d'un bout à l'autre, y choisit un mot et, après avoir fait tomber la cendre de sa cigarette, approche la pointe rouge de l'endroit favori. Le papier brunit aussitôt. Mathias appuie progressivement. La tache s'étend ; la cigarette finit par crever la feuille, y laissant un trou bien rond cerné d'un cercle roux.

Avec le même soin et la même lenteur, à une distance calculée de ce premier trou, Mathias en perce ensuite un second, identique. Il ne demeure entre eux qu'un mince isthme noirci, large d'à peine un millimètre au point de tangence des deux cercles.

De nouveaux trous succèdent à ceux-là, d'abord groupés par paires, puis intercalés tant bien que mal aux emplacements disponibles. Le rectangle de papier-journal est bientôt entièrement ajouré. Mathias entreprend alors de le faire disparaître tout à fait, en brûlant à petit feu ce qu'il en reste avec sa cigarette. Il commence par un coin et progresse le long des parties pleines de la dentelle, s'ingéniant à n'en détacher aucun morceau, sinon des miettes calcinées. Quand il souffle doucement sur le point attaqué, il voit la ligne d'incandescence qui gagne un peu plus vite du terrain. De temps à autre il aspire une bouffée de fumée, pour aviver la combustion du tabac ; il secoue la cendre à ses pieds sur le carrelage.

Lorsqu'il n'y a plus, à la place de la coupure, qu'un minuscule triangle tenu entre les pointes des deux ongles, Mathias dépose ce résidu sur le foyer même, où il achève de se consumer. Il ne subsiste ainsi du fait divers aucune trace repérable à l'œil nu. La cigarette elle-même s'est réduite, au cours de l'opération, à un « mégot » d'un centimètre et demi, qu'il est naturel de jeter par la fenêtre.

Mathias cherche, au fond de sa poche, les deux morceaux trop longs retrouvés dans l'herbe, sur la falaise. Il les allume l'un après l'autre, afin de les amener à une taille plus vraisemblable ; il les fume le plus rapidement possible, en tirant bouffée sur bouffée, et les jette à leur tour par la fenêtre.

La main droite, de nouveau, plonge dans la poche, en retire cette fois un bonbon. L'enveloppe transparente, défaite, regagne le sac, tandis que le cube de pâte brunâtre est mis dans la bouche. C'est quelque chose comme un caramel.

Mathias boutonne sa canadienne. Comme il n'y a pas de vent, cette petite pluie ne risque pas de pénétrer dans la pièce ; il est donc inutile de fermer la croisée. Mathias va jusqu'à la porte.

Au moment de l'ouvrir pour passer dans le couloir et traverser la maison — puisque la grande entrée qui donne accès à la route se trouve sur la façade opposée — il pense que sa logeuse, s'il la rencontre, voudra sans doute lui parler. Il entrebâille la porte de la chambre sans faire de bruit. Des paroles indistinctes lui parviennent, probablement de la cuisine, située à l'autre bout du couloir. Il reconnaît, parmi ces voix, celle de la propriétaire. Deux hommes — au moins — sont en conversation avec elle. On dirait qu'ils évitent de hausser le ton — qu'ils chuchotent, même, par instant.

Mathias referme la porte avec précaution et se retourne vers la fenêtre ; il est très facile de sortir par là. S'étant hissé sur la petite table massive, à genoux pour ne pas marquer le bois ciré, il enjambe l'appui, s'accroupit sur la pierre extérieure et saute dans l'herbe rase de la lande. Si c'est à lui que les deux hommes désirent parler, ils le feront plus tard aussi bien.

Mathias s'avance, droit devant soi, dans l'air humide qui rafraîchit le front et les yeux. Le tapis feutré à quoi se réduit la végétation, à cet endroit de la côte, est tellement imprégné d'eau que les semelles des chaussures y font un bruit d'éponge pressée. La marche, sur ce sol élastique à demi liquide, est souple, aisée, spontanée — alors que les pieds butaient à chaque pas contre des pierres invisibles, le long de la route nocturne. Ce matin, toute la fatigue du voyageur l'a quitté.

Il arrive tout de suite au bord de la falaise, peu élevée dans ces parages. La mer, assez basse déjà, descend encore. Elle est d'un calme parfait. Le chuintement régulier des vaguelettes est à peine un peu plus fort que celui des souliers dans l'herbe, mais plus lent. A gauche on voit la grande digue rectiligne, qui avance de biais vers le large, et la tourelle du fanal, tout au bout, à l'entrée du port.

Continuant son chemin dans cette direction, tantôt sur la lande, tantôt dans les rochers eux-mêmes, Mathias est arrêté par une longue faille perpendiculaire au rivage. Elle ne mesure pas plus d'un mètre de large à son niveau supérieur, se resserre aussitôt par en bas et devient vite trop étroite pour laisser

seulement le passage à un corps d'enfant. Mais la crevasse doit
pénétrer bien plus avant, à l'intérieur du roc ; les saillies
contrariées des parois empêchent d'en apercevoir le fond. Au
lieu d'aller en s'évasant du côté de la mer, elle s'y amenuise
au contraire encore — du moins en surface — et n'offre, dans
le flanc de la falaise, aucune ouverture praticable au milieu
du cahos des blocs granitiques qui descendent jusqu'à la grève.
Par quelque face que ce soit, il est donc impossible de s'y glisser.

Mathias prend le sachet de bonbons dans sa poche, l'ouvre,
y introduit un caillou pour le lester, le referme en tordant à
plusieurs tours la cellophane sur elle-même, le laisse enfin
tomber à l'endroit où la fente est un peu moins étranglée.
L'objet se heurte à la pierre, une fois, deux fois, mais sans se
disloquer ni être arrêté dans sa chute. Puis il disparaît aux
regards, absorbé par le vide et l'obscurité.

Penché au-dessus du gouffre, tendant l'oreille, Mathias
l'entend qui rebondit encore une fois contre quelque chose de
dur. Un bruit caractéristique, aussitôt après, annonce que
le corps a terminé sa course dans un trou d'eau. Celui-ci com-
munique sans doute avec la mer libre, à marée haute, mais
par des canaux trop exigus et compliqués pour que le reflux
puisse jamais ramener le petit sac au jour. Mathias se redresse,
fait un crochet afin de contourner la faille et reprend sa marche
interrompue. Il se demande si les crabes aiment les bonbons.

Ce sont bientôt, à ses pieds, les roches plates sur lesquelles
est bâti le début de la grande digue — larges bancs à peine
inclinés de pierre grise qui se dégradent jusqu'à l'eau, sans
céder la place au sable, même à marée basse. Là, le chemin
de douaniers se raccorde à un sentier plus important qui oblique
vers l'intérieur, abandonnant l'extrême bord à un vieux mur

à demi rasé, vestige apparemment de l'ancienne cité royale.
Mathias descend dans les rochers, sans mal, grâce à leur
disposition commode. Devant lui s'élève la paroi extérieure de
la digue, fuyant verticale et rectiligne vers le fanal.

Il gravit la dernière pente, puis les quelques marches menant
au quai par l'ouverture pratiquée dans le parapet massif. Il
se trouve de nouveau sur le pavage bosselé, lavé à neuf, ce
matin, par la pluie. L'eau du port est unie comme un étang
gelé. Il n'y a plus ici la moindre ondulation, le moindre plis-
sement des bords, le moindre frisson de surface. Au bout de
la jetée, amarré contre la cale d'accostage, un petit chalutier
charge des caissettes. Trois hommes — deux à terre, un sur
le pont — se les passent de mains en mains avec des gestes
d'automates.

La bande de vase découverte, le long du quai, n'a plus son
aspect des jours précédents. Mathias doit néanmoins réfléchir
plusieurs secondes pour comprendre la nature du changement,
car rien d'extraordinaire ne frappe la vue dans cette nappe
gris-noir : elle est seulement « propre », tous les détritus qui
la jonchaient ont été enlevés d'un coup. Mathias se rappelle,
en effet, avoir remarqué la veille un groupe d'hommes qui
se livraient à cette besogne de nettoyage, profitant de la grande
marée. Ce sont là, lui a dit l'aubergiste, les habitudes d'hygiène
conservées dans l'île depuis le temps de la marine de guerre.
Le voyageur a fait semblant, bien entendu, d'en retrouver le
souvenir au fond de son enfance ; mais il avait, en réalité,
complètement oublié ce détail, avec tout le reste, et ces images
ne réveillent plus rien dans son esprit.

Carapaces de crustacés, morceaux de ferraille ou de vaisselle, goémons à demi pourris, tout a disparu. La mer, ensuite, a égalisé la couche de vase et laissé, en se retirant, une plage lisse et nette d'où n'émergent plus çà et là, solitaires, que de rares galets arrondis.

Dès son entrée dans la salle du café, Mathias est interpellé par le patron : une occasion s'offre à lui de retourner en ville sans attendre le vapeur du lendemain soir. Un chalutier — celui que l'on voit au bas de la cale — doit partir tout à l'heure pour le continent ; il accepte, malgré les règlements très stricts, de prendre à son bord un passager. A travers la porte vitrée, Mathias regarde là-bas le petit bateau bleu dont le chargement se poursuit, toujours aussi vif et mécanique.

« Le patron est un ami à moi, dit le patron. Il fera ça pour vous rendre service.

— Oui, je vous remercie. Mais j'ai mon billet de retour qui est encore valable, ça m'ennuie de le perdre.

— Ceux-ci ne vous demanderont pas bien cher, soyez tranquille, et peut-être que la compagnie vous remboursera. »

Mathias hoche la tête. Il suit des yeux une silhouette d'homme qui s'avance à présent sur la digue, venant de la rampe d'accostage.

« Ça m'étonnerait, dit-il. Et puis il faudrait embarquer tout de suite, probablement ?

— Il reste encore un bon quart d'heure. Vous avez tout le temps d'aller chercher vos affaires.

— Mais pas le temps de déjeuner, aussi.

— Je peux vous servir un café noir en vitesse. »

Le patron se penche aussitôt vers le placard ouvert, pour y prendre une tasse, mais Mathias l'arrête d'un geste de la main et dit en faisant la moue :

« Si je n'ai pas un bon café au lait, bu sans me presser,
avec deux ou trois tartines, je ne suis bon à rien. »

L'aubergiste lève les bras en l'air et sourit, en signe d'impuissance. Mathias tourne la tête vers la vitre. Le pêcheur en
costume rouge, qui chemine sur la jetée, semble être demeuré
à la même place pendant qu'on ne le regardait pas ; sa marche
régulière aurait dû cependant le faire progresser de façon
sensible au cours des dernières répliques. Il est aisé d'en contrôler
le déplacement, à l'aide des paniers et engins de pêche qui
jalonnent sa route. Tandis que Mathias l'accompagne des
yeux, l'homme laisse rapidement ces repères l'un après l'autre
derrière soi.

Mathias rend son sourire au patron, puis ajoute :

« D'ailleurs il faudrait aussi que je règle le prix de la chambre.
Ma logeuse ne doit pas être chez elle à cette heure-ci. »

Un coup d'œil à travers la porte vitrée lui cause encore la
même surprise : le pêcheur se trouve exactement à l'endroit
où il croit l'avoir vu un instant auparavant, lorsque son regard
l'a quitté, marchant toujours du même pas égal et pressé
devant les filets et les pièges. Dès que l'observateur cesse de
le surveiller, il s'immobilise, pour reprendre son mouvement
juste au moment où l'œil revient sur lui — comme s'il n'y avait
pas eu d'interruption, car il est impossible de le voir s'arrêter
ni repartir.

« C'est comme vous voulez, dit le patron. Puisque vous
tenez tant à rester avec nous... Je vous sers tout de suite.

— Allez-y, j'ai faim, ce matin.

— Pas étonnant ! Vous n'avez rien mangé hier soir.

— C'est le matin que j'ai faim, en général.

— En tout cas, on ne dira pas que le pays ne vous a pas plu ! Vous avez trop peur d'en perdre une journée.

— Pour le pays, vous savez, je le connais depuis longtemps. C'est là que je suis né, je vous ai dit.

— Vous aviez tout le temps de boire un café et d'aller chercher vos affaires. Quant à l'argent, vous en dépensez beaucoup plus en restant ici.

— Bah ! Tant pis. Je n'aime pas prendre ainsi des décisions à la dernière minute.

— C'est comme vous voulez. Je vous sers tout de suite... Tiens ! voilà le petit Louis, justement. »

La porte extérieure s'ouvre, pour laisser le passage à un marin en costume rouge délavé, celui qui marchait sur la digue, à l'instant. D'ailleurs la figure n'en est pas inconnue à Mathias.

« C'est pas la peine, mon gars, lui dit le patron. On ne veut pas de ton rafiau. »

Le voyageur adresse un sourire aimable au jeune homme :

« Je ne suis pas si pressé que ça, vous savez, dit-il.

— Moi, je pensais que peut-être vous aviez hâte de quitter l'île », dit le patron.

Mathias l'observe à la dérobée. L'homme n'a aucun air de sous-entendre quoi que ce soit. Le jeune marin, qui n'a pas lâché la poignée de la porte, les regarde alternativement tous les deux. Sa face est maigre et sévère. Ses yeux semblent ne rien voir.

« Non, répète Mathias, je ne suis pas si pressé. »

Personne ne lui répond. L'aubergiste, adossé au chambranle de la porte intérieure, derrière le bar, a son visage tourné

vers le marin en vareuse et pantalon de toile rouge. Les prunelles du jeune homme sont maintenant arrêtées sur le mur
du fond, dans l'angle de la salle où se trouve le billard chinois.
On dirait qu'il attend l'arrivée de quelqu'un.

Il marmonne à la fin trois ou quatre mots — et sort. Le
patron quitte à son tour la scène — par l'autre issue, vers l'arrière-boutique — mais revient presque aussitôt. Il fait le tour du
comptoir et va jusqu'à la porte vitrée, pour regarder au dehors.

« Cette petite pluie-là, dit-il, on en a pour toute la journée. »

Il continue par quelques commentaires sur le temps — climat
de l'île, en général, et conditions météorologiques au cours des
dernières semaines. Alors que Mathias redoutait une nouvelle
mise en question des mauvaises raisons invoquées à l'appui
de son refus, l'homme paraît au contraire approuver pleinement
cette conduite : ça n'est guère un jour, en effet, pour se pro-
mener à bord d'un bateau de pêche. Non que l'on risque le
mal de mer, par ce calme plat, mais un chalutier si modeste
ne possède aucun endroit convenable pour se mettre à l'abri
des grains ; le voyageur aurait été trempé jusqu'aux os, bien
avant d'atteindre le port.

L'aubergiste reproche encore à ces bateaux leur saleté :
quoique l'on passe son temps à les laver à grands seaux d'eau,
il reste éternellement des déchets de poissons dans tous les coins,
comme s'ils repoussaient au fur et à mesure. Et il est impossible de toucher un bout de corde sans se couvrir les mains
de cambouis.

Mathias jette un coup d'œil, à la dérobée, vers le bonhomme.
On voit bien que celui-ci n'a pas d'arrière-pensée — ni même
de pensée d'aucune sorte — qu'il parle seulement pour parler,

sans attacher la moindre importance aux histoires qu'il raconte. Il n'y met d'ailleurs aucune conviction. Il se tairait, aussi bien.

La jeune serveuse fait son entrée, par derrière le bar, marchant à pas menus en portant sur un plateau les ustensiles du petit déjeuner. Elle les dispose sur la table devant laquelle s'est assis Mathias. Elle connaît à présent la place que doit occuper chaque chose, et ne s'égare plus dans les hésitations ou les erreurs du premier jour. C'est à peine si un peu trop de lenteur trahit encore son application à bien faire. Quand elle a terminé l'arrangement, elle lève ses grands yeux sombres sur le voyageur pour voir s'il est satisfait — mais sans insister plus d'une seconde, le temps d'un battement de cils. Il semble cette fois qu'elle lui ait souri, imperceptiblement.

Après une ultime inspection circulaire de la table servie, elle tend un peu son bras en avant, comme pour déplacer un objet — la cafetière, peut-être — mais tout est en ordre. La main est petite, le poignet presque trop fin. La cordelette avait marqué profondément les deux poignets de traces rouges. Elle n'était pas très serrée pourtant. La pénétration dans les chairs devait être due aux efforts inutiles faits pour se libérer. Il fallait aussi lui immobiliser les chevilles — non pas l'une contre l'autre, ce qui aurait été facile — mais les fixer chacune au sol en les tenant écartées d'un mètre environ.

Pour cette fin, Mathias possédait encore un bon morceau de cordelette, car celle-ci était plus longue qu'il n'avait cru. Il aurait eu besoin, en outre, de deux piquets solidement enfoncés en terre... Ce sont les moutons, près d'eux, qui lui fournissent enfin la solution idéale. Comment n'y a-t-il pas pensé plus tôt ? Il lui lie d'abord les deux pieds ensemble, afin qu'elle se tienne tranquille pendant qu'il ira modifier la disposition des bêtes ; celles-ci n'ont pas le temps de s'émouvoir tant il opère avec promptitude pour les attacher toutes en un seul groupe — au lieu de deux couples et un animal solitaire. Il récupère ainsi deux des fiches métalliques — tiges pointues dont la tête est recourbée en forme d'anneau.

C'est pour remettre ensuite les moutons à leurs emplacements respectifs qu'il aurait eu le plus de mal, car dans l'intervalle ils avaient pris peur. Ils décrivaient des cercles précipités au bout de leur corde raidie... Elle, en revanche, se tenait bien sage désormais, les mains cachées derrière le dos — sous elle, au creux de la taille — les jambes allongées et ouvertes, la bouche distendue par le bâillon.

Tout devient plus calme encore : la bicyclette nickelée est demeurée seule dans le creux de la falaise, couchée sur la pente, se détachant avec netteté devant un fond d'herbes courtes. Les lignes en sont parfaitement pures, sans soupçon de désordre ni zone plus floue, malgré la complication des organes. Le métal poli ne brille d'aucun éclat intempestif, sans doute à cause de la très fine couche de poussière — à peine une buée — qui s'est déposée au cours du chemin. Mathias boit tranquillement le reste de café au lait dans son bol.

L'aubergiste, qui a regagné son poste d'observation derrière la vitre, lui annonce le départ du petit chalutier. La coque s'écarte lentement du bord de pierre oblique ; entre les deux, on aperçoit l'eau noire, au fond de la coupure qui s'agrandit.

« Vous auriez pu être rentré chez vous vers les quatre heures, dit l'homme sans se retourner.

— Bah ! Personne ne m'attend », répond Mathias.

L'autre ne dit plus rien, regardant toujours la manœuvre du bateau — qui présente maintenant le flanc opposé, orienté perpendiculairement à sa direction primitive, la proue face à la sortie du port. Malgré la distance, on peut lire les chiffres peints en blanc sur la coque.

Mathias se lève de table. Une dernière raison — ajoute-t-il — l'incite à demeurer là jusqu'au lendemain : il veut encore, avant de quitter le pays, finir sa tournée de prospection restée inachevée le premier soir. Comme il avait désormais plus que le temps nécessaire, il n'a rien fait la veille — ou peut s'en faut — comptant sur cette troisième journée pour accomplir normalement la portion terminale du circuit. Il explique au patron la configuration générale du chemin parcouru à travers l'île : une sorte de huit, dont le bourg n'occupe pas tout à fait le centre, mais un point situé sur le côté d'une des deux boucles — celle du nord-ouest. Au sommet de celle-ci se trouve la pointe des Chevaux. C'est à partir de là et jusqu'au port — donc sur un quart à peine de l'itinéraire prévu — qu'il doit faire à nouveau le trajet, mais à fond cette fois-ci, sans négliger une seule halte ni un seul détour. Pressé par l'heure, le mardi, il a en effet abandonné la plupart des petites agglomérations que ne traversait pas la grand-route. A la fin, il a dû se résoudre à ne plus s'arrêter du tout, même aux portes devant lesquelles il passait, lancé de toute la vitesse dont était capable sa machine.

Aujourd'hui, il n'aura pas besoin de louer une bicyclette, pour si peu de chemin : il a bien le temps de faire cela à pied. Néanmoins il préfère se mettre en route tout de suite et ne pas revenir déjeuner au bourg. Aussi demande-t-il à l'aubergiste de lui préparer deux sandwiches au jambon, qu'il prendra ici dans dix minutes, après avoir été chercher la valise aux bracelets-montres.

La logeuse l'aperçoit, de sa cuisine ouverte, alors qu'il passe dans le couloir. Elle lui crie un « Bonjour, Monsieur » aimable. Il voit immédiatement qu'elle n'a rien de précis à lui dire — ni d'imprécis non plus. Elle s'avance cependant vers la porte ; lui-même s'arrête ; elle lui demande s'il a bien dormi — oui ; il n'avait pas fermé ses volets hier soir — non ; quand souffle le vent d'est, c'est à peine si l'on ose les tenir ouverts pendant le jour... etc.

Dans sa chambre, son premier regard est pour constater l'absence de la mallette sous la table. Mais il se rappelle, en même temps, l'avoir rangée ailleurs ce matin. Il ouvre la grosse armoire — du bout des doigts puisqu'elle n'a ni poignée ni clef — prend sa valise, referme l'armoire. Il sort cette fois de la maison par la porte et rejoint le bourg en suivant la route. Les gouttes de pluie sont devenues si éparses et si minuscules qu'il faut leur prêter une attention spéciale pour les remarquer.

Mathias entre au café « A l'Espérance », met les sandwiches enveloppés d'un papier jaune dans la poche gauche de sa canadienne et poursuit en direction de la petite place, sur les pavés auxquels l'humidité rend leurs couleurs.

La vitrine de la quincaillerie est vide : tous les articles exposés ont été enlevés de la montre. A l'intérieur, debout sur le comptoir d'étalage, un homme en blouse grise se tient face à la rue. Ses pantoufles de feutre noir, ses chaussettes et le bas de son pantalon relevé par le mouvement des bras sont offerts ainsi aux regards, en pleine lumière, à un mètre au-dessus du sol.

Il tient un gros chiffon dans chaque main ; la gauche s'appuie
seulement contre la vitre, tandis que la droite en nettoie la
surface à petits gestes circulaires.

Sitôt franchi le coin de la boutique, Mathias se trouve nez
à nez avec une jeune fille. Il s'efface pour lui laisser le passage.
Mais elle reste à le contempler comme si elle voulait lui adresser
la parole, portant les yeux à plusieurs reprises de sa mallette
à son visage.

« Bonjour, Monsieur, dit-elle à la fin. Ça serait pas vous
le voyageur qui vend des montres ? »

C'est Maria Leduc. Elle désirait justement joindre Mathias ;
elle serait même allée jusque chez lui, car elle avait appris
qu'il séjournait encore dans l'île. Elle veut s'acheter une montre
— quelque chose de solide.

Mathias juge inutile de retourner avec elle au domicile de
sa mère — la dernière maison à la sortie du bourg sur la route
du grand phare — ce qui l'éloignerait de son projet actuel.
Il lui désigne le trottoir dallé qui entoure la grille du monument aux morts : puisque la pluie a cessé, ils seront très bien
là pour regarder la marchandise. Il pose la mallette à plat sur
la pierre mouillée et en fait jouer la fermeture.

Tout en déplaçant les premiers cartons, qu'il empile un à
un dans le fond du couvercle après les avoir présentés à sa
cliente, il parle à celle-ci de leur rencontre manquée des Roches
Noires, espérant qu'elle fera d'elle-même allusion à l'accident
tragique qui la prive de sa petite sœur. Mais, la jeune fille
ne manifestant aucune intention d'aborder ce sujet, il doit l'y
amener de façon plus directe. Elle coupe court, d'ailleurs,
aux formules de Mathias et se borne à lui indiquer l'heure de

l'enterrement — dans la matinée du vendredi. Il est clair, d'après ses paroles, que sa famille souhaite la cérémonie la plus discrète possible et la présence des seuls proches parents. On dirait qu'elle conserve une espèce de rancune envers la disparue ; elle n'a pas le temps de s'attarder, dit-elle pour revenir à l'achat qui l'occupe. En quelques minutes elle a fixé son choix et décidé de la meilleure méthode pour régler l'affaire : le voyageur n'aura qu'à laisser la montre à ce café où il prend ses repas ; elle, de son côté, y déposera l'argent. Mathias n'a pas encore refermé la valise que déjà Maria Leduc est partie.

De l'autre côté du monument aux morts, il voit le panneau-réclame du cinéma recouvert d'un papier entièrement blanc, collé sur toute la surface du bois. Le garagiste sort à cet instant de son bureau de tabac, muni d'une petite bouteille et d'un pinceau fin. Mathias lui demande ce qu'est devenue l'affiche bariolée de la veille : celle-ci, répond le garagiste, ne correspondait pas au film dont il a reçu en même temps les bobines ; le distributeur s'est trompé dans son envoi. Il va donc falloir annoncer le programme de dimanche prochain par une simple inscription à l'encre. Mathias quitte l'homme en train déjà de commencer son ouvrage, traçant d'une main ferme une lettre O de grande taille.

Après avoir suivi la rue qui prend à droite de la mairie, le voyageur passe en bout du vieux bassin, complètement vidé par la marée basse — car l'écluse hors d'usage n'y retient plus l'eau depuis longtemps. La vase, là aussi, a visiblement été ratissée.

Il longe ensuite la haute muraille du fort. La route, au delà, revient vers la côte, mais sans descendre jusqu'au rivage, et continue en s'incurvant sur la gauche dans la direction de la pointe.

Beaucoup plus rapidement qu'il ne s'y attendait, Mathias arrive à l'embranchement qui conduit au village de Saint-Sauveur — dernier endroit ayant été prospecté par lui de façon systématique. Il n'y a vendu qu'une seule montre — la dernière de la journée — mais comme il en a visité les principales demeures, avec zèle et sans trop de hâte, il est inutile d'y tenter sa chance à nouveau.

C'est donc sur la grand-route elle-même qu'il repart, dans le sens contraire, marchant d'un bon pas vers le bourg.

Au bout d'une cinquantaine de mètres il retrouve, sur sa droite, une maisonnette isolée bâtie en bordure du chemin — dont il ne s'est pas soucié, le mardi, à cause de sa mine peu cossue. Pourtant elle se présente comme la plupart des constructions de l'île : simple rez-de-chaussée avec deux petites fenêtres carrées encadrant une porte basse.

Il frappe au panneau de celle-ci et attend, la poignée de sa mallette dans la main gauche. La peinture vernie, refaite de fraîche date, imite à s'y méprendre les veines et irrégularités du bois. A hauteur du visage, il y a deux nœuds arrondis, dessinés côte à côte, qui ressemblent à une paire de lunettes. Le voyageur frappe une seconde fois, en s'aidant de sa grosse bague.

Il entend des pas dans le corridor. La porte s'entrebâille sur une tête de femme — sans aucune expression — ni avenante ni renfrognée, ni confiante ni méfiante, ni seulement surprise.

« Bonjour, Madame, dit-il. Voulez-vous voir de belles

montres comme vous n'en avez jamais vu, de fabrication
parfaite, garanties incassables, inaltérables, indéréglables, à
des prix que vous ne soupçonnez même pas ? Jetez-y donc un
coup d'œil ! Juste une minute, ça ne sera pas du temps perdu.
Une minute pour voir : regarder ne vous engage à rien.

— Si vous voulez, dit la femme. Entrez. »

Il pénètre dans le couloir, puis, par la première porte à droite,
dans la cuisine. Il pose sa mallette à plat sur la grande table
ovale qui occupe le milieu de la pièce. La toile cirée neuve
s'orne de petites fleurs multicolores.

En appuyant du bout des doigts, il fait jouer le déclic de la
serrure. Il saisit le couvercle à deux mains — une de chaque
côté, les pouces sur les coins renforcés garnis de rivets en cuivre —
et le fait basculer vers l'arrière. Le couvercle reste ouvert en
grand, à la renverse, son bord antérieur reposant sur la toile
cirée. Le voyageur prend l'agenda noir dans la valise, de la
main droite, et le dépose au fond du couvercle. Il prend ensuite
les prospectus et les dépose sur l'agenda.

De la main gauche il saisit alors le premier carton rectangulaire, par son angle inférieur gauche, et le maintient à hauteur de sa poitrine, incliné à quarante-cinq degrés vers l'arrière,
les deux grands côtés étant parallèles au plan de la table. De
la main droite, il prend entre le pouce et l'index le papier
protecteur fixé à la partie supérieure du carton ; tenant ce
papier par son angle inférieur droit, il le soulève et le fait
pivoter autour de sa charnière, jusqu'à ce que la position
verticale soit dépassée. Puis il lâche le papier, qui, toujours
tenu en haut du carton par un de ses bords, continue librement
son mouvement de rotation vers l'arrière, finissant ainsi par

occuper de nouveau une position voisine de la verticale, quoique légèrement gauchie par la raideur naturelle de la feuille. Pendant ce temps, la main droite revient vers la poitrine du voyageur, c'est-à-dire qu'elle s'abaisse jusqu'au niveau du centre du carton, tout en se déplaçant vers le côté gauche. Le pouce et l'index se tendent en avant, serrés l'un contre l'autre, tandis que les trois autres doigts se replient sur eux-mêmes vers l'intérieur de la paume. L'extrémité de l'index tendu s'approche du cercle formé par le cadran de la montre fixée à...

...cercle formé par le cadran de la montre fixée à son poignet, et dit :

« Quatre heures un quart, exactement. »

A la base du verre bombé, il vit l'ongle long et pointu de son doigt. Naturellement ce n'est pas de cette façon-là que le voyageur les taillait. Et dès ce soir...

« Il est à l'heure, aujourd'hui », dit la femme.

Elle s'éloigna vers l'avant du petit vapeur, absorbée aussitôt par la foule des passagers qui encombraient le pont. La plupart d'entre eux ne s'étaient pas encore installés pour la traversée ; ils erraient en tous sens à la recherche d'une place confortable, se bousculaient, se hélaient, rassemblaient et comptaient des bagages ; d'autres se tenaient le long de la coursive, du côté de la digue, voulant adresser un ultime geste d'adieu aux familles demeurées à terre.

Mathias s'accouda lui-même au plat-bord et regarda l'eau, qui venait mourir en biseau sur la pente de pierre. Les clapotements et ondulations de la surface, dans l'angle rentrant de la cale, étaient faibles et réguliers. Plus à droite, l'arête formée par le plan incliné avec la paroi verticale commençait son mouvement oblique de recul.

La sirène émit un dernier sifflement, aigu et prolongé. Puis on entendit le timbre électrique de la passerelle. Contre la coque du navire, la bande plus noire d'eau profonde s'élargissait imperceptiblement.

Au delà, sous la mince couche liquide recouvrant la pierre, on distinguait avec une grande précision les moindres aspérités des blocs, ainsi que des joints en ciment séparant ceux-ci de lignes plus ou moins creuses. Les reliefs y étaient à la fois plus apparents que dans l'air et plus irréels, se signalant aux regards par des ombres accentuées — exagérées peut-être — sans toutefois donner l'impression de véritables saillies, comme si les choses avaient été figurées là en trompe-l'œil.

La mer n'avait pas fini de monter, bien qu'elle fût déjà haute si l'on comparait son niveau à celui qu'elle atteignait ce matin, à l'arrivée du vapeur. Le voyageur était venu jusqu'au débarcadère, pour voir la mine des passagers : il n'y avait que des civils aux allures bénignes, des gens du pays qui rentraient chez eux, attendus sur la jetée par leurs enfants et leurs femmes.

Au bas de la portion encore sèche du plan incliné, une vaguelette un peu plus forte mouilla tout d'un coup une nouvelle zone, large d'au moins cinquante centimètres. Sur le granit apparurent, lorsqu'elle se fût retirée, de nombreux signes gris et jaunes, auparavant invisibles.

L'eau, dans l'angle rentrant, se gonflait et s'affaissait en
cadence, rappelant au voyageur le mouvement de la houle
à plusieurs milles au large de la petite île, contre une bouée
flottante près de laquelle passait le navire. Il pensa que dans
trois heures, environ, il serait à terre. Il se recula légèrement,
afin de jeter un coup d'œil à la valise en fibre posée à ses pieds.

C'était une lourde bouée de tôle, dont la partie émergée
se composait d'un cône dressé, que surmontait un assemblage
complexe de tiges métalliques et de plaques. L'ensemble dépassait la surface de la mer de trois ou quatre mètres. Le support
conique représentait à lui seul près de la moitié de cette hauteur.
Le reste se divisait en trois fractions sensiblement égales :
premièrement, prolongeant la pointe du cône, une mince
tourelle à jour de section carrée — quatre montants de fer
reliés par des croisillons. Au-dessus venait une sorte de cage
cylindrique à barreaux verticaux, abritant un signal lumineux
placé au centre. Enfin, couronnant l'édifice et séparés du
cylindre par une tige qui en continuait le grand axe, trois
triangles équilatéraux, pleins et superposés, le sommet de l'un
soutenant en son milieu la base horizontale du suivant. Toute
cette construction était peinte d'une belle couleur noire.

Comme l'appareil n'était pas assez léger pour suivre le
mouvement des vagues, le niveau s'élevait et s'abaissait au
rythme de celles-ci contre les parois du cône. Malgré la trans-
parence de l'eau, on n'apercevait pas le détail des infrastruc-
tures — mais seulement des formes dansantes : chaînes, rochers,
longues algues, ou simples reflets de la masse...

Le voyageur pensa, de nouveau, que dans trois heures il
serait arrivé à terre.

CET OUVRAGE A ÉTÉ ACHEVÉ D'IMPRIMER LE DOUZE
DÉCEMBRE MIL NEUF CENT QUATRE-VINGT-HUIT
DANS LES ATELIERS DE NORMANDIE IMPRESSION S.A.
61000 ALENÇON (ORNE) ET INSCRIT DANS LES
REGISTRES DE L'ÉDITEUR SOUS LE N° 2374

Dépôt légal : décembre 1988